バートレット英雄譚

～スローライフしたいのにできない弱小貴族奮闘記～

3

上谷 岩清

CONTENTS

バートレット
英雄譚

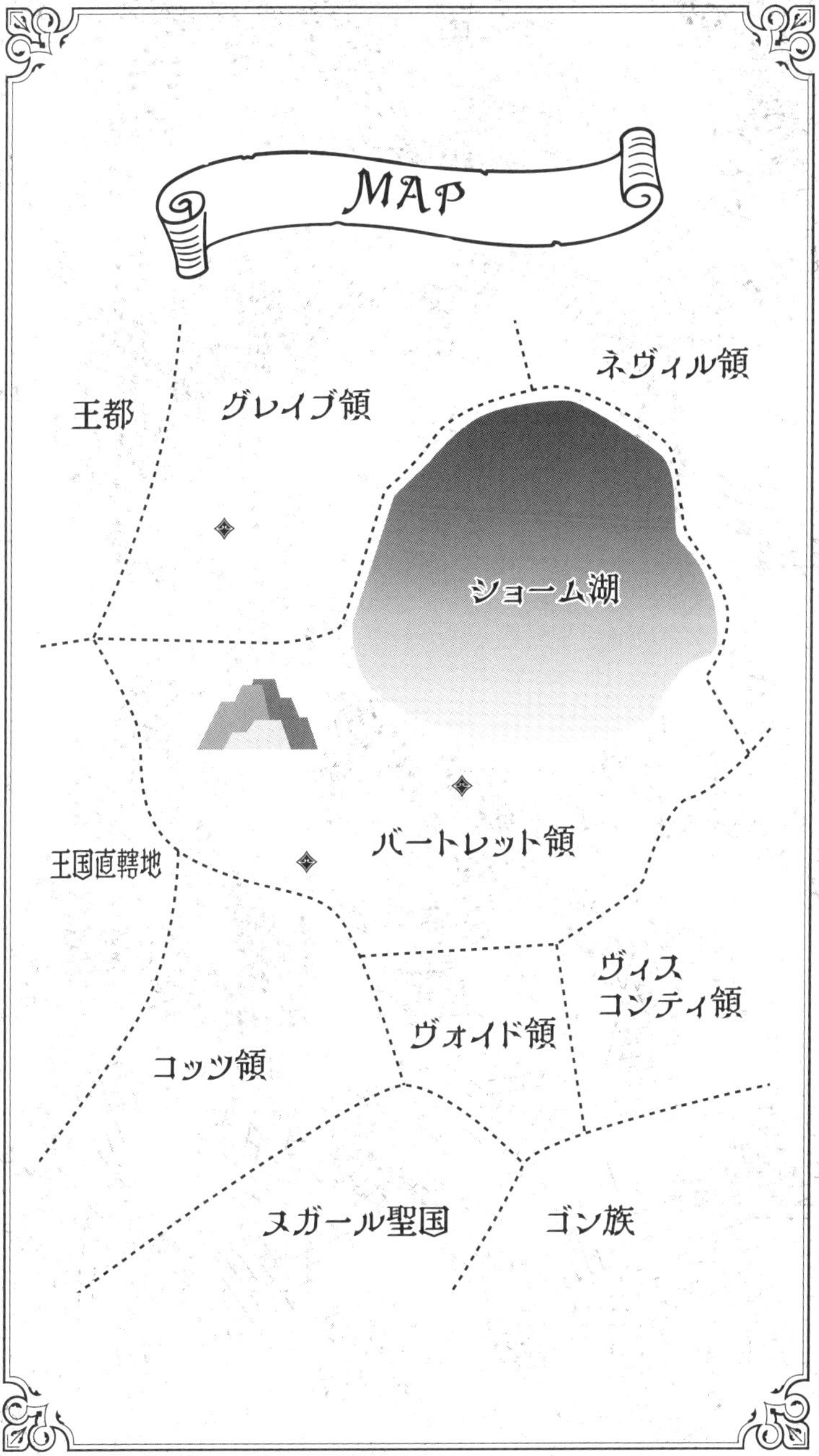

MAP
王都
グレイブ領
ネヴィル領
ショーム湖
バートレット領
王国直轄地
ヴィス
コンティ領
ヴォイド領
コッツ領
ヌガール聖国
ゴン族

CHARACTER

ラムゼイ＝アレク＝バートレット
日本人の男性が転生した少年。
男爵となり、アレク地方へと
転封された。

サンドラ＝アレク＝バートレット
取り潰されたダーエ侯爵の娘。
ラムゼイと結婚し、妻となる。

ダニー
宿屋の四男として生まれた少年。
バートレット領の初期メンバー。

ヴェロニカ
ボーデン男爵軍に見捨てられ
ラムゼイ軍に拾われた女騎士。

ジョニー
ヘンドスの街からバートレット領に
移住した青年。兵士。

グリフィス
戦に敗れ、ラムゼイのもとに
将兵として仕える。

ドープ
旧ダーエ家に仕えていた密偵。
今は王都で情報を集めている。

アシュレイ
商会から独立してラムゼイの
お抱えとなった商人。

ロットン＝バルフ
ラムゼイのもとに派遣された
事務役。ラムゼイの従兄弟。

ギルベルト
旧ダーエ家の従士。
サンドラの護衛を務めている。

グレン
ギルベルトが連れてきたダーエ家の
旧臣。人づきあいが苦手。

ペッピー
チェダー村の青年。

ザッパ
ゴン族の男。
ラムゼイと取引をする。

ラズリー
ザッパの妹。

ホーク
傭兵『黒鷲団』の団長。

ハンス＝ルーゲル
ラムゼイの父親。
王都で暮らしている。

ダリル＝フォン＝ヘンドリック
ヘンドリック辺境伯。
ラムゼイを自身の庇護下に加える。

イグニス
マデューク王国の大公。
反帝国を掲げている。

エミール
マデューク王国の王太子。
隣国の帝国との親和を唱える。

マデューク八世
マデューク王国の国王。

ノーマン＝オーツ＝コーディ＝テレンス＝オーツ
マデューク王国の人務を支配する侯爵。
ダーエ家を陥れた黒幕。

バートレット英雄譚

プロローグ

王国歴551年10月25日

「ここ、だよね？」

ザールもといダールはラムゼイに教えてもらったお店をじろじろと眺める。

それは古びてくすんだ色をした看板が取れかかっている、お世辞にも綺麗とは言い難いお店であった。

王都の人混みに揉まれ人酔いしていたところだ。是が非でも中で休息を取りたいところである。ダールは既にフラフラだ。

「おう、ここだ」

ダールの言葉にロンドキンが応える。そしていつも通りロンドキンを前、そのすぐ後ろにダールというフォーメーションをとると、ゆっくりとその扉を開いた。

静かに扉を開けるもギィと軋む音が店内に響き渡る。その音に気が付いた男――店主であるドープ――の視線が二人を捉えた。

「いらっしゃい。こんな真昼間から酒かい？」

「あ、あの……俺たちは――」

「酒ならやっぱりエールかな。いや、ちょうど良いときに来たな。珍しいものがあるぞ？　お前らライ・ウイスキーって知ってるか？」

ドープは二人のことをお構いなしに準備を進めていく。ウイスキーをショットグラスに注ぐ。それも二人分ではなく三人分。

「さ、どうぞ」

そして優雅な仕草で迎え入れるドープ。固まる二人。そして時が止まった。動かない二人を見てようやくドープも何かがおかしいと感じたようだ。

「ん？　どした？」

笑顔で尋ねるドープ。やはり年の功と言うべきか、客対応はどんな相手でも常に笑顔を絶やさない。

「あ、あの……これ」

後ろに隠れていたダールがおずおずと書状を渡す。ドープはそれを受け取ると封蝋を確認する。

紋章は片刃の剣に絡みつく蛇。バートレットの紋章だ。乱雑に割って中を読み進める。そこにはこう書いてあった。

〝ドープへ
突然人を送っちゃってごめんね。その二人、訳あって少しの間ここを離れないといけないんだ。追放ってこと。だから、その間に諜報員として二人を鍛えておいてね。
期間は、そうだなぁ。一人前になるまでかな？　そのためのお金も少し持たせてあるから。無駄遣いはしないでね。あとは二人に稼がせて。
ダールのほうは才能あるかもだけど、ロンドキンは才能ないかも。その場合、彼の伸ばせそうな才能を伸ばしてあげてね。これは大人の役割だから。

少し多めに持たせているから余ったら懐に入れても良いよ。余ったらね。じゃ、よろしく。

ラムゼイ＝アレク＝バートレットより〟

ドープは全文を読み終えると頭を抱えてしまった。いくらなんでも無茶振りが過ぎる。ぐしゃぐしゃと頭を乱雑に掻いてから二人に告げた。

「まずは座れや」

二人を座らせるドープ。恐らくこの大きいのがロンドキンで小さいのがダールだろう。この大きい方が諜報に向いてるとは思えない。ドープはそう目星をつけていた。

ダールは相変わらずきょろきょろと視線を彷徨わせて挙動が不審だ。

「お前がダールか。なんか面白いもんあったか？」

ドープがそう告げるとダールは固まってしまった。ダールはまだ人慣れしていない。圧の強い言葉は彼の身を竦めてしまうのだ。

しかし彼はラムゼイと約束したのだ。戻ってくるときには別人のように帰ってくると。そこで勇気を振り絞って自分の思ったことを口に出してみた。

「その、建物は古いけど、手入れが行き届いているな、と。梁にも、埃、溜まってない、です」

「……良く見てるようだな。じゃ、まずはコレでも飲みながら事情を聞かせてもらおうじゃないの」

そう言ってラムゼイから強請ったライ・ウイスキーを呷る。彼が飲みたいだけというのは口にしないのが吉というものだ。

二人も彼に倣ってウイスキーを一気に煽る。まず、喉が焼け付き腹の底から熱いものがこみ上げてきて思わず咽てしまった。

「悪くねぇ飲みっぷりだな」

そう言って二人は自身の身の上をポツポツと話し始めたのであった。

◇

「と、こんら感じ、れす」

「なるほどねぇ。俺たちの領主はとんだ甘ちゃんだな」

鼻を鳴らしながらふんぞり返るドープ。ただ、ドープに予想外の部下が出来たことも事実。これで情報収集を効率化することができる。自然と口元に笑みが浮かび上がった。

「さて、びしばし鍛えてやっかんな。覚悟しろよ？」

「はい！　ウェロロロロロ」

ライ・ウイスキーを飲み過ぎたせいか酔いが回ったダールはその場で吐いてしまった。

王都に来て嘔吐。ただの駄洒落である。

バートレット英雄譚

第一章

王国歴551年11月2日

初雪が降るほどに寒くなってきたこの頃、ラムゼイはヴェロニカからの連絡を待っていた。

何の連絡か、それは奴隷商の連絡である。

何も奴隷商から奴隷を買うわけではない。それはアシュレイが行っている。では、なぜ奴隷商からの連絡を待っているのかというと、それは盗賊の根城まで遡らなければならない。

盗賊の根城に囚われていた女性の数は数人。明らかに数が少ない。殺したわけではないのであれば残されるのは一つ。売られたのだろう。

そのことをダールに確認してみると案の定、奴隷商人と繋がっていた。

やり取りは根城にいる伝書鳩で連絡を取り合っているそうだ。赤い紐を足首につけて飛ばすと買取に来てくれる仕組みだ。

ラムゼイは既に伝書鳩を飛ばした。赤い紐を足首につけて。そしてのこのこと買い取りに来た奴隷商をヴェロニカが一網打尽にするという作戦である。

「ご主人様」

「ん？　あれ、ヴェロニカ？」

その連絡を送るはずのヴェロニカがラムゼイを訪ねに拠点へと戻ってきていた。

事前の打ち合わせでは奴隷商、もしくはその手下を捕らえたらラムゼイがそちらに向かう予定である。

「申し訳ありません。その、連れて来たほうが早いかと……」

ヴェロニカの後ろには背の小さい、太っちょの禿げた男性が縄でぐるぐる巻きにされて泣きながら立っていた。それはもう見事なまでの泣きっぷりである。

「えーと、誰?」

「それが泣いてばかりでわからないんです」

「えぐぅ……。ぶえぇ。おえっ」

おっさんらしい汚い泣き方である。途中途中で嘔吐くのが如何にもおっさんらしい。

どうするか途方に暮れようとしたところ、思わぬところから救世主がラムゼイの元に現れた。

「ただいまー。って、なんだこりゃ! ん? ゴンゾのおっさんじゃねぇか」

どうやらこの小男はタイミング良く帰ってきたアシュレイの知り合いだったようだ。

彼にかくかくしかじかとこれまでの経緯を説明する。アシュレイ曰く、この小男こそが主犯の奴隷商だと。

「はっはぁーん。道理で羽振りが良かったわけだ。で、旦那はこいつをどうするんで?」

「アシュレイはこいつのお店がどこにあるかわかる?」

「そりゃもちろん。王都のコウモリ街に店があったはずだぜ。名前は確か『つぼみの園』だったような」

「成程ね。悪いけど、ボクはもう容赦しないよ」

ラムゼイは先の反省を生かし、この男に対しては徹底的に叩きのめすことを心に誓っていた。

先の二人と違い、ゴンゾに情状酌量の余地はない。泣きじゃくってるおっさん相手にラムゼイは不敵な笑みを浮かべるのであった。

そこからのラムゼイの行動は早かった。まずダニー隊を王都に向けて出発させた。総数は二〇。もちろん、全員がバートレット家の紋章を入れた軽鎧を身に纏っている。

そしてそのダニーには二つの書状を持たせていた。

「じゃあ、頼むよ。村人のためにも。そしてボクたちのためにも」

「あいあい」

ダニーを派遣し、ゴンゾを拠点に幽閉する。まだ殺すわけにはいかないのが悩ましいところだ。

それから後回しにしていたアシュレイの報告を聞くことにした。

「俺がいない間になんか大変なことがあったんだな」

「全くだよ。お陰でこの年で心労が絶えないよ」

ラムゼイ特製の温かい麦茶を飲みながら会話する二人。何て言うことはない。ライ麦を煎って煎じているだけのお茶だ。白湯よりもおいしく健康的である。これは流行らせたい。

「それで、買い付けのほうはどうだった?」

「ああ、順調だったよ。俺が男爵のお抱えになったことにはみんな驚いていたが」

アシュレイは約束通りライ麦を大樽で二十樽。それから若くて健康な奴隷を男女合わせて十名ほど買い込んできてくれていた。

「到着はいつ?」

「おそらく二、三日後には」

「誰が運んできてくれるの？」

「荷運びは俺の知り合いっつーか元同僚に一括して頼んできた。ダメだったか？」

「いや、願ったり叶ったりだよ。コレを見て、どう思う？」

ラムゼイは小さなツボを一つ取り出した。手の平に収まるほど小さなツボである。

中に入っているのはライ・ウイスキーではないが、良い香りが漂ってくる。

「舐めてみて」

アシュレイはラムゼイに促され恐る恐る指を突っ込みそれを一舐め。甘い。

彼の舌にこの粘性の液体が甘露の如く甘く感じられた。甘味という激しい刺激が脳を揺さぶる。

「ラムゼイ！　なんだこれは？」

「これはね、『水飴』って言うんだ。これから大々的に売り出そうと思うんだけど」

「売れる！　これは売れるぞ！」

ラムゼイの肩をガクンガクンと大きく揺らす。この品を前にして興奮しているようだ。

そして問い詰める。この甘味をどうやって作ったのか、と。

麦さえあれば簡単に水飴は作れるのだ。

ラムゼイはライ麦を使ってこの水飴を作ってみることにした。

まず、ウイスキー同様に発芽した麦を砕いて粉にする。

それから粉にした発芽麦と通常の麦を一緒に茹でてお粥状にする。

本当ならもち米のほうが良いのだが致し方ない。

それを一晩寝かせて布で漉《こ》す。それから漉した液体を強火で半分ぐらいになるまで煮詰める。

これでほぼ完成だ。

やはりライ麦を使用していたのでラムゼイの舌には甘さが物足りなく感じていた。できれば大麦を使いたいところだがない袖は振れない。

ラムゼイはこれの生産方法もライ・ウイスキーのとき宜しく秘匿するつもりだ。情報というものはどこから漏れ出すかわかったものではない。

しかし、そうなると大量生産することが難しくなってしまう。ラムゼイはそのバランスにこれから頭を悩ますのであった。

王国歴551年11月5日

アシュレイの友人が約束通りに荷と奴隷をつれてバートレット領の拠点に現れた。さすがは商人、納期はきちんと守られている。

「貴方がラムゼイさまで？　私はネイサン。こやつの元同僚でコリンズ商会のドルトム支部を預かっている者です」

「はじめまして。私がラムゼイ＝アレク＝バートレットです」

握手を交わして着席する。この場にいるのはラムゼイとアシュレイ。それからネイサンの三人である。世間話もそこそこにまずは納品から話が始まった。ライ麦の大樽が二十樽。それから奴隷が十人。綺麗に男性と女性が半分ずつだ。代金の支払いを済ませる。

「確かに。それで？　どうせアシュレイのことだ。美味い話を用意してるんだろ？」

「流石はネイサン。よくわかってるぅ」

そう言うとアシュレイは机の上に三つの壺を並べた。それも両手に収まる小さなサイズの壺である。一つは葉っぱ。そして残る二つには液体が入っている。

「わかりやすいところからいこうか。お前から見て一番右側がライ・ウイスキーだ。聞いたことはあるだろ？」

「おお、これが。もちろんんだ。俺だって商人の端くれだからな。話には聞いたことがあるさ」

そう言って手に取り匂いを嗅ぐネイサン。それから飲んでみても？　と断りを入れてから唇を湿らす。今までに味わったことのない良い香りが鼻から抜けていった。

「こいつは良い酒だな。ガツンと来るのがわかる」

「だろ？　お前ならいくらの値を付ける？」

「この壺一杯で100ルーベラは堅いな」

およそ二百ミリリットルにも満たないであろう壺に100ルーベラとは豪気に思えるかもしれないが、それだけ価値を見出しているのだろう。ラムゼイとしては充分な値であった。

「それで200だ。もちろん大量に買ってくれるなら割引も考えるけどな」

しかし、それ以上にアシュレイは強気だ。これでも売れるという自信があるのだろう。餅は餅屋。

ラムゼイは口を挟まないことにした。

「ふむぅ……。して、こっちの壺は？」

「ああ、それは『バートレット茶』というお茶だ。健康にも良いぞ」

ラムゼイが合図を出すと後ろからヴェロニカがライ麦茶をコップに入れて持ってきてくれた。香ばしい香りが鼻孔をくすぐる。

「ほう、良い香りだな。では……うん。味も悪くない。これが健康に良いのか？」

「もちろんだ。さ、お前はこれにいくらつける？」

「そうだなぁ。一壺で200ルーベラだな」

「いや、これは100ルーベラで売る」

バートレット茶はライ麦を焙煎しただけのお手軽なお茶である。100ルーベラでも充分に利益が見込める計算だ。

東方から青茶という高級なお茶が出回ってきている以上、味よりも価格で勝負することを選んだのだ。

「それは、なんと」

「驚くのはまだ早いぞ。最後にこれを舐めてみろ」

呆然としているネイサンに止めの一撃と言わんばかりに粘性の液体を舐めさせる。

その瞬間、ネイサンは持っていた壺をテーブルの上に落としてしまった。粘性の液体じゃなければ零れていたところである。

「な、な、なんだ、これは……」

「甘いだろ。お前はこれにいくらの値を付ける？」

この世界に甘いものは皆無といっても過言ではないだろう。砂糖は南方から流れてくるものもあるが非常に高価で王侯貴族しか安易に口にできない代物である。

貴族といってもその辺の貴族では駄目だ。イグニス大公やヘンドリック辺境伯くらいの影響力がないと難しいだろう。

気軽に手に入る甘味といえば蜂蜜もあるが、あれは運の要素が大きい。そして量産することができない。しかし、これは違う。簡単に量産することができるのだ。

「これには……壺一杯で５００ルーベラだそう」

この提案にはアシュレイも満足そうであった。そして、ここからが話の本題である。全ての壺を回収したアシュレイは一言。

「どれを何壺いや、何樽買っていく？」

この質問には頭を悩ませるネイサン。そのネイサンに色々と追い打ちをかけていくアシュレイ。彼も商売の筋は決して悪くはない。

「今ならグレイブ領まで船を出してやっても良いぜ。そこから馬車ならドルトムまで二日も掛からないだろ」

「そうは言うがな。船に乗った瞬間に馬車はもう帰ったぞ。今回は全て壺で二つずつが限界だ」

「わかった」

そう言ってアシュレイは壺を三つずつ用意する。二つをネイサンに。一つをテーブルの真ん中に置く。そしてアシュレイはネイサンにこう持ち掛けるのだ。

「なあ、ネイサン。頼みごとを聞いてくれないか？」

「聞くだけ聞こうか？　アシュレイ」

「俺たちはここを港町にする予定だ。そこで、ネイサンにはドルトムでこの三つの商品を大々的に宣伝してもらいたい。行商人を一人派遣してくれると言うのなら一つあげても良いぞ。三人で三つだ。悪い話じゃないだろ？」

「……そう、だな。悪くはない。悪くはないな。それじゃあ一つずつ、合計三つ追加してもらおうか」

「毎度どうも」

そう言ってテーブルの上の三つの壺もネイサンに手渡す。俗に言う紹介料というものだ。ネイサンは行商人など歯牙にもかけていない。

理由は湖だ。このショーム湖がある以上、大手商会であるコリンズ商会のほうが圧倒的に優位なのである。行商の馬車を船に乗せるのであれば余程大きな船でないと乗ることはできない。

となると陸路で移動することになるが、サレール山がある以上、ネヴィル子爵領を通るしかない。これでは大幅なロスだ。そして荷馬車では大量に運ぶことも不可能とあれば競合相手にはならないだろう。

そういった観点からも行商人に宣伝するのはネイサンにとって痛手にはならないのだ。これで

800ルーベラ浮くのであれば安いものである。

「それじゃあ確かに。仕事はきっちり頼むぞ」

「当たり前だ。……ところで、この街の名前は何て言うんだ？」

まだ街の名前を決めていなかったラムゼイとアシュレイは顔を見合わせることしかできなかった。

◇

ラムゼイが街の名前を聞かれて困っている一方、ダニーは王都に来ていた。

そして言われた通りドープのお店を訪ねる。するとそこには髪型を変え、短く切り揃えたダールが店前を箒で掃いていた。

「おう、ダール。店主はいるかい？」

「あ、えと、ダニーさん、ですよね。はい、います」

物々しい男たちが列を成して店内に入っていく。そして適当な席に座って足を休める。これがヴェロニカだとそうもいかない。規律に厳しいからだ。ダニーだから許される所業である。

「なんだなんだぁ？　いつから家《うち》は宿舎になったんだ？」

「アンタがドープさんかい？　俺はダニー。ラムゼイからの命を受けてここに来た。まずはこれを」

そう言って一通の書状を手渡す。そこにはラムゼイの紋章と直筆のサインが入っていた。間違いなくバートレット家の使いである。内容は「詳しくはダニーに聞け」それだけ。

「で、なんだってんだ？」

「ああ。ゴンゾっていう奴隷商を知ってるか？」

「ああ。最近、羽振りの良い小さいおっさんだろ」

「そう。ソイツがな裏で盗賊と繋がってやがったんだ。盗賊が攫った女子どもを買い取って盗賊に食糧や武器を提供する。相当あくどいことをやっていたらしい。んで、ラムゼイがそれを暴いてゴンゾを幽閉してるってわけなんだが――」

「なんだが？」

「俺はこれを伝えてドープさんの指示に従えって。あとこれ。お偉いさんに渡す用だってよ」

もう一通の書状をドープに渡す。ダニーにはこれが何を意味するのか理解できていなかったが、そこはドープ。嫌というほど理解できていた。

「それじゃ、どうする？　ゴンゾのおっさんの店はわかってるんだろ？　今から乗り込んでちゃちゃっと片付けるか？」

「お前は阿呆か。都会はな、お前がいた田舎みたいに事が単純じゃねぇんだよ。おい、ダール！」

「はい！」

「ロンドキンと二人でコウモリ街にある『つぼみの園』っていう店を張れ。偉そうな奴が来たら後を付けろ。誰だか判明するまでな」

「はい！　行こう、ロンドキン」

「おう！」

勢い良く飛び出していく二人。それを見送った後、ドープはダニーに滾々とお説教をしていた。

まず、このまま乗り込んでも偉い人間が関わっていたらその人物に握り潰されてしまう恐れがあること。

なのできちんと背後関係も調べ、何もないのであれば王国の内務に一言断りを入れてから踏み込めば解決する問題である。奴隷やゴンゾが貯め込んだ金銀財宝を根こそぎゲットするチャンスだ。

しかし、問題は背後に貴族などが絡んでいた場合だ。これが上位貴族であればあるほど対処が困難になってくる。最悪の場合、その貴族と協議して落としどころを模索しなければならない。

「お前もバートレット家が預かる将なら……将だよな？」

「俺はラムゼイの悪友なだけだから将っていう自覚はねぇなぁ」

「……まあ、ラムゼイを支えていくなら政治を覚えておいて損はねぇ。頭にたたき込んどけ」

なんだかんだ口は悪いが面倒見の良いドープであった。

張り込みを開始して二日後、後ろについている貴族が誰か判明したとの報告がダールより上がってきた。ドープとダニー、ダールが顔を突き合わせて話をしている。

「頻繁に出入りしているので、恐らくこの人物ではないかと」

そう言って一枚の似顔絵をテーブルに広げる。その人物こそクリス＝マツビレジ男爵であった。ここで間違えたら基本戦略が揺らぐことになる。入念に確認をとるドープ。

「間違いねぇんだな？」

「は、はい。念のため、ロンドキンに客を装って潜入、してもらいました。クリス男爵と同タイミン

グで」

「それで？」

「クリス男爵が、『みかじめ料はまだか？』と、言っていたと。ゴンゾがいない、ので支払えないと揉めていたよう、です」

「本当なら黒で確定だな。よくやった」

しどろもどろになりながらも的確に要点だけを話すダール。どうやら犯人の目星は付いたようだ。

問題はここからどう持っていくかだ。

「なんか伝手はないのか？」

まず考えないといけないのは王城、つまり為政者への告げ口である。

望むべくは国王だが、平民如きが会えるはずもない。となると内務卿であるディーン＝リー＝シーモア侯爵に取り次ぎたいところだ。

ここでダニーがラムゼイの父であるハンスの元を訪ねることができれば良いのだが、生憎とハンスが内務卿に仕えていることはおろか、王都にいることすら知らないダニー。となると、ダニーが思い当たる伝手は一つだけだ。

「ラムゼイの部下、俺の同僚にロットン＝バルフってのがいるんだが、ソイツの父が王都にいるはずだ」

「その父親は偉いのか？」

「士爵って言ってたかな。偉くはねぇけど内務への伝手はあるだろ」

「じゃあダール。悪いんだがそのバルフ士爵を探して接触してきてくれ。『バートレット家の者です』とな」

「はい」

二つ返事で飛び出すダール。彼が戻ってくるまでは待機である。

しかし、その時間もそう長くはなかった。というのもダールはすぐに見つけて連れてきたのだ。それもオマケを付けて。

「おい、あのお方はハンス＝ルーゲルさまだ。ラムゼイの父さんだよ」

ダニーが隣にいるドープにしか聞こえないよう小声で伝える。どうやらラムゼイのところで問題が発生したと判断したのだろう。となると心配しない父親はいない。

ギルモアがハンスに伝えて二人でドープの元までやってきたのだ。

そのハンスがカウンターの席に座るなり先に口を開く。

「バートレット領で何があった？」

その口調は努めて平静を装っていたが、ドープには若干の焦りが声色に交じっているのが聞いて取れた。なので、大事ではないことをすぐに伝える。

「心配事ではありません。バートレット領に盗賊が出没し、退治したのですがね。その盗賊が奴隷商と繋がってまして。そしてその奴隷商が男爵と繋がってるようなんですよ。我々としてはこのことを内務卿のお耳に入れて一網打尽にしたいという意向でして」

「なるほど。君――失礼、えーと」

「ドープです。ラムゼイさまの恩情により麾下に加えていただいております」

「ドープくん。君にはこの件に対しての明確なプランがあるのかね？」

「はい。あります」

「……わかった。それでは我々はそれに従おう。何をすれば良いかな？」

ドープに対して下手にでるハンス。やはりハンスの心にもどこかラムゼイに対して申し訳なさというものが未だに残っているのだろう。

「わかりました。では詳しい話を。……何見てるんだ？　あぁ？」

「いえ。そんな、喋り方も、できたのが、意外で」

「お前もできるようになれよ。じゃねぇとお偉方と話せねぇぞ」

ドープは奥の円卓へと二人を案内する。その際、ダールが奇異な目でドープを見ていたので、しっかりと教育しておく。後進の育成も忘れない指導者の鑑だ。そんなダールとダニーも連れて円卓に座るドープ。

「さて、それでは詳しくお話ししましょうか」

お店を閉店にして男爵もろとも一網打尽にするための作戦会議が幕を開けるのであった。

王国歴551年11月7日

クリスは焦っていた。いくら待ってもゴンゾが戻ってこないのだ。奴隷商館の従業員をいくら問い詰めてもお金の管理はゴンゾがやっているの一点張りだ。

今日もゴンゾの奴隷商館である『つぼみの園』へと向かう。一縷の望みに縋って。ただ、おそらくはいないだろう。クリスもそう考えていた。

となると、いよいよゴンゾの身に何かあったと考えるべきだろう。であれば武力行使も視野に入れなければならない。いや、そもそもゴンゾの身に何があったのだ。

ゴンゾが洗い浚い吐けば追及はクリスにも及んでくるだろう。自身の利益を望むか、それとも自身の利益を諦めて身の安全を重要視するか。

――よし、今回。今回までだ。

クリスはそう決めてつぼみの園の門をくぐる。

するといつもの男性、ゴンゾの留守を預かっている男がいつものように対応する。

「いらっしゃいませ。クリスさま」

「ゴンゾは戻ってきているか？」

「いえ……未だ連絡もございません」

「そうか」

これはいよいよ何かあっただろう。盗賊に監禁されたか。それであればこちらに被害が及ぶことはない。では、こちらに被害が及ぶ場合は、どんなパターンだ。

「どうかされましたか？」

考え込んでいるクリスに対して男が尋ねる。クリスは空返事をして応える。どうやら考えがまとまらないようであった。

「駄目元でもう一度尋ねるが、いつもの金は……」

「はい。やはりゴンゾさまがいらっしゃらないと私どもには」

この回答を聞いてクリスは腹を決めた。この場は一度引いてあのお方にご裁可いただこう、と。

そして踵を返して振りむいたところ、クリスは固まってしまった。そこにはこちらをじっと見つめる二つの目。

「おや、これはこれはクリス＝マッビレジ男爵。奇遇ですな」

「確かハンス＝ルーゲル卿でしたな。確かに奇遇で」

二人は和気藹々と会話を交わす。そしてクリスがハンスの脇を抜けて立ち去ろうとしたところ、徐《おもむろ》に腕を掴まれてしまった。

「……何か？」

「ええ、少しお尋ねしたいことが。先ほど仰られていた『いつもの金』というのは何のことでしょう」

「それは卿には関係ないであろう。失礼する」

何とか立ち去ろうとするクリス。しかしハンスは離さない。それどころか館内に大量の兵が流れ込んでくる始末である。

「王国軍白犬騎士団副団長のシュレッドである。全員大人しくしろ！」

「バートレット男爵軍のドープだ。抵抗するんじゃねぇぞ」

何事かと目を白黒させているクリスにハンスが告げる。その内容はまさしくクリスが先ほど自身の中で最悪の場合と結論付け、想定していた出来事であった。

「騒がせて申し訳ございません。この商館のゴンゾなる者が盗賊と繋がっていたとか。バートレット卿が捕らえたそうですよ？」

それを聞いてクリスの背中を一筋の汗が流れる。そして全てを悟った。黒幕を突き止めるために泳がされていたのだと。

少し前の自分に言い聞かせてやりたいクリス。欲は出さずに大人しく身を引いておけ、と。この欲にはどうしても勝つことができなかった。

「では、一緒に内務卿シーモア侯爵の元までご同行願えますかな」

ハンスはあくまで質問のスタンスで尋ねているが強制である。屈強な王国の白犬騎士団の猛者がクリスの両脇をガッチリと支えてるのだ。

ハンスは支えられた状態のクリスの眼前に書状を広げる。つぼみの園の従業員および、その関係者を捕縛する旨が認められている書状だ。発起人はもちろん内務卿である。

「言い分があるなら内務卿の前で伺いましょう」

ハンスは騎士を伴ってクリスを連れ去る。その直前、ちらりとドープに視線を送ってから立ち去って行った。ここからはバートレット男爵軍の出番だ。

白犬騎士団は従業員や用心棒たちを一網打尽にしていく。となるとバートレット軍は囚われている奴隷たちの救出だ。もちろん、盗賊団に攫われていない、全く無関係の奴隷もいるだろう。

しかし、バートレット領は人手が足りていないのだ。誰彼構わず連れ去っていくつもりである。名目はもちろん『盗賊に攫われた領民の救出』である。

解放作業をしている最中、ドープはダニーの袖を引っ張って彼の耳元で囁く。もちろん囁くと言うからには騎士団に聞かれたくない内容だ。

「ダニー。お前は奴隷を探し、解放するフリをして金目のモンを根こそぎ奪ってこい」

「あいあい。……なんか最近、奪うことしかしてねぇな。もしかして俺が盗賊なんじゃねぇか？」

ぼやくダニー。それでも頼まれた任務はしっかりとこなす。

村や賊から金目の物を奪い続けているせいか、変に目が肥えてきたようだ。的確に換金できそうなものを袋の中にしまっていく。

しかし、そんなことをしていると白犬騎士団の騎士に何をしているのかと咎められてしまった。

「おい、お前。そこで何をしている？」

「何って……形見の道具を集めているだけさ。もう売られちまった奴隷の家族に渡さないといけないだろ？」

「じゃあ、それは要らないんじゃないのか？」

そう言って騎士がダニーの右手を指差して指摘する。そこにはルーベラ硬貨がしっかりと握りしめられていた。しかしダニーはそれでもめげない。

「何言ってるんだ？　被害家族に見舞金も支払わなくて良いって言うのか？　じゃあ何だ。被害家族への見舞金はアンタたち白犬騎士団が受け持ってくれるってことで良いのか？」

ダニーが一方的にまくし立てると騎士は舌を一度、ワザと聞こえる大きさで打ち鳴らすとすごすごと下がっていった。

「へっ。ワンちゃん騎士団め。大人しく王都の治安を守ってろっつーの。それこそ忠犬のようにな」

騎士のその後ろ姿を見ながら悪態を吐きつつも、お宝漁りの手は止めない。

結局、ダニーは袋では収まりきらず大樽二つ分の金目のものとお金を奴隷商館から運び出したのであった。

◇

「さて、何か申し開きはあるかな？」

王城の一室。石造りの薄暗く殺風景な部屋にクリスは通されていた。

その場にいるのは内務卿であるディーン＝リー＝シーモア侯爵と白犬騎士団の団長、ガーシュ＝ドレークとその護衛二人のみである。

もちろん、クリスは縛られて自由を失っている。内務卿に何かあれば騎士団の沽券に関わってしまうからだ。

そして、ここにいる全員が彼を真っ黒に近い灰色と見ていることも窺える。

「何のことかな。私はただ奴隷を買いにきたまで！　このような扱いを受けるいわれはない！」

「だが、部下の報告によると奴隷商館からいつもお金を受け取っていたそうですな。ここ最近の羽振りも良いときている」

「商館に奴隷を売り払ってお金をもらっていただけだ。別におかしなことはないだろう！」

「何度も？」

「そ、そうだ！　我が領には賊が蔓延っていて奴隷として売り払う賊が大勢いるのだ！」

なかなかボロを出さないクリス。話だけであれば筋は通っている。賊がそんなに領内にはびこっているかどうかは謎だが。そこでシーモアは攻め口を変えてきた。

「ふむ。ですが奴隷商のゴンゾは洗い浚い吐きましたぞ。盗賊団と繋がっており、攫ってきた無辜《むこ》な領民を売っておる、と」

「そ、それが私と何の関係が⁉」

「そのゴンゾが言うにはクリス＝マッツビレジ男爵に後ろ盾になってもらっているとか。もちろん、盗賊団のことも込みで」

もちろんこれはシーモアのはったり《ブラフ》だ。ゴンゾはバートレット領に囚われており簡単に意思疎通ができる距離にはいない。

少しでも綻びが出ればクリスに嘘だとバレてしまうだろう。しかし、それを気づかせないのがシーモアが内務卿の地位にいる所以であった。

「そっ、そんなの、ソイツが、ゴンゾとかいう奴が出鱈目を言ってるだけでしょう！　証拠はあるんですか⁉」

「今、お前の家を捜索中だ。直に見つかるだろう」

答えたのは騎士団長のガーシュである。

常に眉間に皺を寄せている四十手前の男は睨みを利かせながらクリスに言い放つ。そして、先ほどの発言の痛いところを静かに追求していった。

「なぜゴンゾから金を貰っていた？」

「だからぁ！　領に出没した賊を捕まえて売り払っていたんですって！」

「ほう。領にはそんなに賊が蔓延っているのか？」

「ええ！　多いんですよ」

「そんなに多いのであれば何かしら原因があるのだろうな。正しく治安維持に努めているのか？　これは詳しく調査しないといかんな」

「え？　いや、その……」

雲行きが怪しくなってきた。ここで本当は盗賊が蔓延っていなかったとは言えない。人知れず盗賊を片付けていたことにするか？

であれば領内の将兵とも口裏を合わせなければならない。

いや、そもそも領の治安が悪いとなれば、最悪のケースを考えると領地没収や減封もあり得る。クリスの背中はびっしょりと汗で濡れていた。

「どうだろう。知っていることを話してもらえないか？　もし、話してくれるのであれば事情によっては君の悪行に関して情状酌量の余地を汲むこともできるが……」

クリスにとってはここが運命の分かれ道である。白を切り通すか、それとも全てを白状してしまうか。余り考え込んでも怪しまれるだけだ。早く回答しなければならない。

シーモアはジッとクリスを見つめている。ガーシュの厳しい追及の後にシーモアが優しく救いの手を差し伸べる。飴と鞭。これはいつもの役割分担である。

これにはクリスも困った。家宅捜索をされている以上、証拠が見つからなければ捏造も可能になってしまうからだ。

「わかりました。全て話します」

ガックリと肩を落としてそう宣言するクリス。どうやら観念したようだ。人が変わったようにぽつぽつと事のあらましを二人に話し始める。

「確かに俺とゴンゾは繋がっています。各地に蔓延る盗賊にゴンゾが声を掛けて安く買い叩く。まともな奴隷商は買ってくれないので。ゴンゾは安く仕入れた奴隷を相場よりも安く売り払う。これでも十分な儲け。そして俺はみかじめ料として売り上げの半分を貰うという算段です」

この説明ではシーモアもガーシュも違和感しかなかった。というのもクリスの役割がわからないからである。いてもいなくても同じではないか。シーモアが深く切り込む。

「それで、君は何をしていたのだ？　今の話だと君はいてもいなくても変わらないじゃないか」

「いや、それは違います。俺がいることで他の同業者が変なちょっかいをかけられないのです。貴族に手を出す商人は馬鹿か気狂いかのどっちかでしょ。それに、他の貴族たちにも奴隷を斡旋をしていました」

「本当のことを話すことをお勧めするが、それが君の最終結論ということで良いかな？」

シーモアは彼の言い分を全く信じていない。もちろんそういった側面はあるだろうが用意された言い訳にしか聞こえないのだ。

ただ、言いたくないのであれば相応の対処をすれば良いだけだ。例えば、身体に聞くとか。

「約束してくれ。俺とその家族の身の安全は保証すると。それも今すぐに！」

切羽詰まったクリスの表情と口調。これはただ事ではないと察する二人。

シーモアはガーシュに目くばせをすると、彼はその意図を汲んだのか、護衛の兵を伝令として表へ出す。

「良いだろう。貴殿とその妻子の身の安全は我々が責任をもって保証する。今しがた、妻子の護衛に走らせた」

「そうか。それは、安全だな。……よし！　俺の役割はパイプ。ただの繋ぎ役だ。俺は受け取った金の七割をその人物に収めている」

「それは誰だ？」

「人務卿、ノーマン＝コーディ＝テレンス＝オーツ侯爵だ」

ガーシュはその発言をすぐには信じることができなかった。ガーシュの中での人務卿のイメージといえば清廉潔白で高潔なイメージである。

「その話、本当か？」

「当たり前だ！　考えても見てくれ。ゴンゾはどうやって盗賊と繋がるんだ？」

これはクリスの言う通りである。しがない一奴隷商人と盗賊団を結びつけるには誰かが仲介しないと不可能だ。そして人務卿。その名の通り人事を差配する頂点である。彼ならばその人脈を持って繋ぐことは容易だろう。

「成程な。とは言え貴公の意見を直ぐに全面的に信じることはできん。それはわかってくれるな？」

渋々と頷くクリス。これにて彼への尋問はお開きになった。クリスは王城の牢へ閉じ込められてしまう。

そんなクリスの元に彼の妻子が何者かに殺害されたという報が届けられるのであった。

◇

「クリスめ。しくじりおって」

人務卿ノーマン＝コーディ＝テレンス＝オーツ侯爵。彼は王城の直ぐ近くに建てた豪邸でその太った身体にワインを注ぎながら忌々しげに呟いた。

クリスが王城に連行されたという報は直ぐに彼の元にも巡ってきた。その対策を側近と仕方なしに確認する。もちろん、自身に足が及ばないかの確認である。

「お陰で儂の財源が一つなくなってしもうたではないか。のう？」

「ええ。これだから無能は嫌になりますね」

そう相槌を打ったのは彼の従士長を務めているフェラガー＝ジョーンズであった。

彼はまだ三十半ばの働き盛りである。常に柔和な笑みを浮かべており、誰に対しても、誰から見ても人当たりが良いのが彼の特徴だ。

「儂に傷はつかんだろうな」

「もちろんですとも。やり取りは口頭で全て済ませておりますし、何か言ってきたら『私に罪を擦り付けるための方便だ』とでも返しておけば問題ないでしょう。それに、念のためですが妻子を既に攫っております」

そう言って恭しく頭を下げるフェラガー。何。ゴンゾが駄目になったら他の奴隷商に引き継がせれば良いだけである。盗賊団はダンタプたちだけではないのだから。

「そうそう。ダンタプの盗賊団を潰したのは何処のどいつだ?」

「少々お待ちを。……新たに赴任したラムゼイ＝アレク＝バートレットという男爵のようですな」

「ああ。あの時の」

ノーマンの中のラムゼイの印象は数か月前の陞爵式でのイメージしかなかった。その式もマデューク八世の爆弾発言によってラムゼイの印象は紙の如く吹き飛ばされてしまった。

しかし、ラムゼイの中では違う。ダーエ家を陥れた諸悪の根源だ。

「全く、余計なことをしおって」

「致し方ありませんな。やはり荒らすのであれば王国の直轄地でなければややこしい問題になるでしょう」

そう。代官であれば金や権力で丸め込めば良いだけである。何せこちらは人務卿。代官の差配なども思いのままである。

「失礼します」

一言、断りを入れてからフェラガーの元に一人の兵士が近づいてきた。そして耳元で何か囁く。それを聞いた後、礼を言ってから少しの硬貨を握らせてその場を立ち去らせた。

「どうやら王家の飼い犬が動いたそうです。マッビレジ領のほうへと向かっているとのこと」

「ふん、アイツも存外、口が軽いの。足がついては面倒だ。処分しておけ」

「仰せのままに」

フェラガーが傍に置いてある鈴を二度、往復させて鳴らす。するとその音に反応して兵士が二人ほど入ってきた。どちらも侯爵には似つかわしくないやんちゃな見た目の二人だ。

「呼びましたかい？」

「一番奥の部屋に軟禁している妻子を殺して捨てときなさい」

「あいよ。じゃあその前に楽しませてもらっても構わんよな？」

「好きになさい」

下卑た笑顔のまま歓声を上げて部屋を後にする二人。素行の悪い二人だが何かと役に立つ二人でもある。ノーマンは有能な人物であれば清濁併せ呑む懐の広さを持ち合わせていた。

それが人務卿まで上り詰めることができた所以だろう。そう、様々な人を嵌めて蹴落として。

「その後はいつものように」

「へへっ。承知」

いつものように。とは、適当な人間を犯人として祭り上げて処断してしまうまでの流れである。クリスの場合、恨みを持っている領民の仕業ということで落ち着くだろう。

そしてこれには見せしめの意味もある。しくじるとどうなるのか、子飼いの連中に示しているのだ。

「ふむ。その男爵の何某とやらに盗賊団の討伐褒賞でも出すべきか？」

「出すべきでしょう。褒賞なんぞ所詮は王国の金です。我々の懐を痛めずに閣下の評判が上がるのですから」

彼らにとって大事なのはあくまでも自身のお金だ。国庫など二の次、自身の評判を上げるための道具としか思っていなかった。

「その何某は親帝国派か？　それとも反帝国派か？」

「ヘンドリック辺境伯やイグニス大公の戦勝パーティに参加しているようですので、おそらくは反帝国派かと」

「成程な。近くの親帝国派をぶつけておけ。これ以上掻き回されると厄介だ」

そして戦も彼らにとってはどうでも良い問題だ。

いや、戦となれば多額の金が動く。多少の金が掛かったとしても積極的に起こして欲しいかもしれない。

「少々お待ちを。……近くにネヴィル子爵、コッツ男爵、ヴォイド士爵がいますな。ちょうど良くバートレット領を囲む形で」

ノーマン自身は中立を維持している。というのも人務卿ともなれば両陣営からお誘いが数多なのだ。

迷っているフリをしておけば勝手に利益が降ってくる、まさに夢のような構造になっている。

「それは好都合だ。嗾《けしか》けておけ。それから、そうだな。王都にいる商人と繋いでやれ。戦となれば物が入り用だからな。もちろん紹介料は――」

「皆まで言わずとも承知しておりますとも。して、開戦の理由は如何します？」

「領民の誰かひとりを殺して言いがかりでもつければ良かろう」

こうして、ノーマンはヴォイド士爵に書状を認《したた》めた。

内容は先にフェラガーと話した通り。それと1000ルーベラとノーマンの息が掛かっているレノン商会への紹介状だ。

なぜヴォイド士爵に声を掛けたのか。これは単純にノーマンが金をケチったからである。これがネヴィル子爵であれば最低でも十倍の額を用意しなければならなかっただろう。

それにヴォイド士爵に声を掛ければ周辺の親帝国派が勝手に連携を取るだろうと楽観的に予測を立てたというのもある。

もちろん同じ派閥なので助け舟は出すが、ノーマンの読み通りに動くかどうかは不透明だ。

しかし、それで良いのだ。ノーマンとしてはこの成り上がりの男爵の動きを止めるという結果さえ手に入れば過程などなんら気にすることはない。

ただ、一つ言うのであれば過程を経ずして結果は出ない、ということだけである。

バートレット英雄譚

第二章

王国歴551年11月15日

これから雪が積もって真冬になろうかという時期。そんな時期だというのにラムゼイの元に大量の人が流れ込んできていた。そう、ダニーの帰還である。

「潰してきたぜ、ゴンゾの商館。奴隷がおよそ二百人。金は25000ルーベラだ」

端数はドープに渡してきた。これからの活動資金である。それにドープなら間違った使い方をしないだろうという確信もあってである。

これでもダニーはドープに感謝していた。

口は悪いがドープのおかげでダニーの思考に政治という選択肢が増えたのだ。これだけで戦略や戦術の幅が広がるというものである。

「それはありがたいんだけど……困ったね。彼らを住まわせる場所がないな」

今、エリックは猛スピードでラムゼイたちの拠点である港町バルティの南東に家を建てていた。もちろん、ここに村を作るためである。村の名前はクロミエ村だ。

この拠点である港町の名前も新しい村の名前もラムゼイのあずかり知らぬところで決まっていた。

どうやらラムゼイの家臣たちは彼のネーミングセンスに少々、いや大分疑問を持っているようであった。それは愛猫のコタの名前騒動を思い出せば想像に難くないだろう。

従ってこの港町バルティにあるのはラムゼイの城――になる予定の長方形の家――のみである。流石にこの城に二百人を詰め込むわけにもいかない。

となればどうするか。そう、ないのであれば作らせれば良いのである。

ということでラムゼイは奴隷の中の男衆を引き連れて城の前に大きな小屋を作ることにした。

その前に一つ、楔を打っておくことにする。奴隷として集められた二百人を集める。そしてラムゼイは少し高いところに登り、彼らを前にして口を開いた。

「諸君、君たちの事情は我が手の者から聞かされている。非常に、非常に残念でならない。不当に連れ去られた者や濡れ衣を着せられた者など沢山いるだろう。ボクは……いや、ボクたちは君たちを不当に扱ったりしないことをここに誓う。当面の衣食は保証しよう。それはゆっくりで良いから返してくれると嬉しい。どうか、この領の発展のために力を貸して欲しい」

そう言って深々と頭を下げたのだ。つまり、ラムゼイは彼らを労働力として此処に止めておきたいのだ。しかし、全員に首輪なり足枷なりを付けるわけにはいかない。

ではどうするか。益と情で縛るのである。

まず衣食の保証という益をちらつかせて不当な扱いもしないと誓う。それから貴族であるラムゼイが頭を下げることで情に訴えかけるのだ。

「あの……」

一人の女性の奴隷が恐る恐るラムゼイに対して手を上げながら声を掛ける。何か尋ねたいことでもあるのだろう。ラムゼイはその奴隷に「何でしょう?」と物腰低く丁寧に接した。

「私たちのことを救ってくれてありがとうございます。あの、私は村がなくなってしまったので、ありがたい限りです。ですが、私たちは一生奴隷のままなのでしょうか」

この女性の言うことは尤もである。今まで普通に生活していたのに攫われて売り飛ばされて、はい今日から奴隷です。なんて言われても呑み込めるわけがない。できるなら奴隷から抜け出したいに決まっている。

「良い質問ですね。私たちも貴方たちをいつまでも奴隷にしておくつもりはありません。とはいえ、衣食を提供するのにもお金が掛かることを理解いただきたい。そこで20ルーベラお支払いいただけたら解放しましょう」

そこで一度話を区切るラムゼイ。奴隷たちはどよめいている。そして、無一文な彼らから次に来る質問も想定済みである。質問が飛んでくる前にラムゼイは口を開いた。

「そして、真っ当に仕事をこなしていただければ毎月2ルーベラお支払いします。もちろん、衣食住はこちらで手配するので純粋なお小遣いと思ってください。どうです？　それであれば一年で奴隷から解放されますよ」

これは奴隷たちにとっても悪くない話である。

まず、今現在無一文な奴隷に対し衣食住を保証すると言っているのだ。もちろん、住に関してはこれから自分たちで建ててもらうわけだが、材料などはラムゼイ持ちだ。

「どうだろう？　悪くはない提案だと思うのだが」

「俺は……俺は、今すぐにでも帰りたい。頼む、解放してくれ！」

ラムゼイの提案を一人の男が蹴る。正直、ラムゼイは自身の耳を疑った。正気か、と。無一文でどうやって帰る気なんだ、と。

そのことを尋ねても何とかするの一点張りである。

根負けしたラムゼイはヴェロニカに命じて奴隷と一緒に持ち帰ったゴンゾの奴隷リストを持ってこさせる。どうやら彼も違う場所で攫われただけのようであった。

「わかった、解放しよう。ただ、悪いがこちらから支援は一切しない。ボクたちも裕福ではないんだ。理解して欲しい。他にも解放してもらいたい者がいれば声を上げてくれ」

苦渋の決断だった。ただ、それまで固い決意なのであれば遅かれ早かれ出ていかれてしまうのだ。それであれば自身の寛大さを示したほうが良いだろう。

それに、そう簡単に自分たちが住んでいた村に帰れるとは思えない。なにせ無一文なのだ。明日食べるものにだって苦労するだろう。

ただ、徒党を組まれて暴れられては敵わない。そこで、解放する奴隷――合計で五人――を船で運び、グレイブ領の北東へとおろすことにした。

残った者たちはラムゼイの提案を受け入れた。この中で何人が最短で解放されるだろうか。これから行商人が流れてくる手はずとなっているのだ。

そして自由に使えるお金が手元にある。過酷な労働。自分へのご褒美。その結果は言わずもがなだろう。人間とはそこまで自分を律することはできないのだ。

とは言え、目下の課題は彼らの住居だ。ラムゼイは城を取り囲むように住居を十棟急いで建てる。設計はラムゼイとエリック。それから二段ベッドを百台だ。

これは奴隷を解放し終えたらバートレット軍の宿舎にする予定である。なので、兵士たちにも体力づくりの一環として建築を手伝わせることにした。女性たちは食事の準備や毛布の裁縫である。

そこで初めての奴隷解放者が近い未来に誕生したのであった。兵士に見染められた女性の奴隷が夫婦になったのである。

こうして、バートレット軍の中で結婚ラッシュが発生したのであった。

王国歴551年11月17日

オドン＝ヴォイドは頭を抱えていた。その原因は人務卿ノーマン＝コーディ＝テレンス＝オーツ侯爵から送られてきた一通の手紙にある。

書いてあることを端的に説明するのであれば反帝国派のラムゼイ＝アレク＝バートレットが親帝国派のオドンの領地を狙っているとのこと。攻められる前に攻めろ、と。それだけである。

「流石にこれだけでは攻められんな」

いくら侯爵からの命令とは言え、下調べもなしに攻め込めば返り討ちだ。何せ相手は男爵。こちらよりも格上である。

しかし、それに異議を唱えたのが家令と将軍を兼任している従士長のセオドアであった。

「いえ、攻めるのであれば今でしょう。ラムゼイ卿はコステロ卿と激しい戦いを繰り広げたと聞いております。であれば、その傷も癒えてますまい。今が好機ですぞ」

セオドアの言い分もわからなくはない。ただ、それでも彼我の戦力差を比較すると向こうに軍配が上がると考えていた。

「急いては事を仕損じる。まずはじっくりと情報収集だ。それにもう一月もせずに雪が降るだろう。そうなってしまっては撤退せざるを得ない。攻めるとしても春先だ」

主人であるオドンがそう決めてしまったのであればセオドアは口出しすることができない。しかし、セオドアは攻めるならば今しかないと考えていた。

「お待ちを。文面から察するにラムゼイ卿に対し攻撃を仕掛ければ良いようですな」

「そうだ。だが、それで我々が彼らに睨まれては敵わん」

そこで彼は家令という立場を利用して一計を案じることにした。

そう、隣領のコッツ男爵を利用しようというわけである。それであれば依頼の達成の目が見えてくるはずである。

ただ問題はオドンの言っていた通り雪だ。あと十日もすれば雪が積もって戦どころではなくなってしまう。そして共闘するとなると足並みを揃えるために時間が掛かってしまう。

では、どうするのか。唆すしかないだろう。

侯爵のノーマンから書状と一緒にお金も送られてきていた。おそらく軍備拡張に使えということなのだろう。ならばそちらを使わせてもらうまでである。

「オドン様。では取り急ぎこちらのお金で軍備の拡張を進めても?」

「そうだな。それはしておいても損はないだろう。良きに計らっておいてくれ」

「承知しました」

セオドアは恭しく頭を下げた後、そのお金を大切に懐にしまってから護衛を伴って隣領であるコッツ男爵の領都へと歩みを進めるのであった。

向かった先は商店ではなく兵舎。懇意にしている将へと会いにきたのだ。

コッツ男爵とヴォイド士爵は同盟を結んでいる。となれば自然と顔見知りも増えていくというわけである。

「失礼。ウルダ殿はいるかね？」

アポイントもなしにずんずんと他国の兵舎の奥へと入っていく。この胆力は見習いたいものである。

程なくしてウルダと合流するセオドア。そして連れ立って領都の酒場に顔を出した。

「お前さんがこっちに来るなんて珍しいな」

「何。冬前の買い出しをな」

二人はコップを傾ける。それから色々なことを話した。互いの主人のことから中央の情勢のこと、それからはたまたお気に入りの飲み屋などとめどなく。

「なあ、ウルダ。頼みがあるんだが」

「なんだ」

「兵を率いてバートレット領を荒らしてきてくれないか？」

「おいおい。そんなことできるわけないだろ」

冗談とばかりに思っているウルダはエールを飲みながら笑い飛ばす。

しかし、セオドアは本気だ。少なくともどこかが、どちらかがバートレット領に攻め込まないといけないのだ。

「実は上から手紙が来てな。バートレット領を攻めろとのお達しだ」

セオドアは酒屋の喧騒に紛れて重大な事項をウルダに吹き込む。ウルダからしてみれば聞かなければ良かったと思える内容だ。

「悪いが降りることは許さんぞ。俺たちが問い詰められたら『コッツ男爵が攻めると言っていたので』と必ず巻き込んでやるからな」

両手で顔を覆うウルダ。しかし、覆ったところで現実は好転などしない。こうして板挟み状態となってしまった二人。

バートレット領に攻め込まなければ侯爵からなんらかの制裁が課されるだろう。かといってうかつに攻め込めば返り討ちに遭う危険がある。

ただ結論は出ている。バートレット男爵領に攻め込むと。

であればどうやってその危険性を少しでも減らせるかが重要である。二人は賑やかな酒場の片隅で夜遅くまでその議論を続けていたのであった。

王国歴551年11月24日

「久しぶりだね。スレイ」

ラムゼイたちの元には続々と行商人が訪ねて来ていた。一番最初にラムゼイに協力してくれた行商人のスレイである。

どうやらネイサンが商いの街ドルトムで話を広めてくれたことが大きい。

「いやはや、ラムゼイさまも大きくなりましたな。こんなことであれば最初にもっと融資しておくべきでした」

「そうしてくれていたら十倍にして返していたのに」

昔話に花を咲かせる二人。ただ、双方とも相手の狙いはわかっている。ウイスキーか水飴かバートレット茶のどれかだ。ラムゼイは単刀直入に切り出す。

「で、スレイは何を求めてきたの？」

ラムゼイはコタを膝の上に乗せて撫でながら尋ねる。コタは気持ち良さそうにゴロゴロと喉を鳴らしていた。

「おや、もうその話に移りますか。ではバートレット茶とウイスキーを分けてもらえますかな」

スレイはラムゼイに１５００ルーベラを手渡す。これに対し、４００ルーベラ分のウイスキーと１１００ルーベラ分のバートレット茶を用意した。

「これで良い？　悪いんだけどウイスキーと水飴の生産が追いついていないんだ」

まずは奴隷たちの住居を優先させなければならないため、生産する時間がないのだ。ただ、彼らの衣食住の環境が整い次第、量産体制に入る予定である。

ただ、順調に行商人はラムゼイの元を訪れている。日を経るごとにその数も増える次第だ。これは良い報告と言えよう。

「どれでも利益はあげられそうですからな。問題ありませんよ」

「ありがとう。バートレット茶を少し多めに包んでおくよ」

バートレット茶が一番原価が安く利益率が高い。なにせライ麦を焙煎しただけの麦茶なのだから。

ウイスキー、水飴、お茶のどれもライ麦が主原料であるが手間も原価もお茶が安い。

「体制はどれほどで整う予定で？」

「冬明けには。そのころにまた来てみてよ」

「それは楽しみですな。精々色んな所で宣伝してきましょう」

ラムゼイはスレイとの商談を滞りなく済ませて彼を見送っていたところ、向こうから走ってくる少年が一人。血相を変えてこちらに走ってきている。その人物というのはペッピーだ。

「ラ、ラ、ラ、ラムゼイ!!」

「どうしたんだ？　ペッピー。血相を変えて」

「村が！　村が襲われてる!!」

この一言で一気に場の緊張感が高まった。ラムゼイは直ぐにヴェロニカ、ダニー、グリフィス、ロットンの四名を近くの兵士に頼んで招集する。

「何があった？」

「わ、わかんない。突然南のほうから兵士が現れて……」

「紋を掲げていたか？　どんな紋だった？」

「なんかどちらも鳥っぽい紋を掲げていたと思う。赤地と緑地の二種類だった」

「数は？　相手の兵の数は？」

「多かった。五十人……いや百人はいたと思う」

ラムゼイが聞き取りを進めていると四人が続々と集まってきた。こうなった場合、どう対処するべきか。突然のことで戸惑うラムゼイ。

「落ち着いてください。冷静に考えましょう」

「うん。そうだね。まず、ロットン。赤地に鳥の紋章はどこ？」

「この近くであればコッツ男爵でしょうな。あそこは赤地に鷲の紋章だったはずです」

「緑地に鳥は？」

「そちらはヴォイド士爵かと。緑地に鷹の紋章のはずです」

となると、相手は正真正銘の兵士である。なんで攻め込んできたのか理由を考えたいところではあるが状況がそれを許さない。

「グリフィス。クロミエ村に行って男たちを徴集して援護に駆けつけて。相手は正規の兵だからね」

「あいよ。なるべく死なせずに立ち回ってみせますさぁ」

「ダニーは直ぐにチェダー村に向かって。残ってる男たちを取り纏めて防備に当たって」

「あいあい。残っていれば、だがな」

「ヴェロニカはバルティの街の兵士たちを纏めて援護に」

「はい！」

三人は指示を受けた途端、弾かれたように飛び出していった。ラムゼイはペッピーから何か手掛かりとなるものはないか、さらに事情を聞いていく。

「隣の領と村でいざこざとかあったのか？」

「いや、なんにも」

「相手の兵士たちは何か言ってたか？」

「わかんない。兵が見えたときにおばば様に『行け！』って言われたから」

兵が見えた時、ということであればまだ間に合う可能性が高い。それを聞いたヴェロニカが兵たちに発破をかけながらチェダー村へと進軍していく。

ラムゼイはまたしても三人を見送ることしかできなかった。

◇

「もう少しで領主さまが援軍を送ってくれるはずじゃ！　それまで耐えよ！」

老婆の檄に何とか応えようとする村の男たち。

しかし、向こうは訓練を重ねた兵士である。付け焼き刃の村人たちとは質が違う。

一人。また一人と村人が倒れていく中、ダニーが村へと到着した。急いで残っている男たちを取りまとめ、村人たちを逃すことを最優先に考えて行動する。

「女と子どもはバルティまで逃げろ！　男は俺の元に集まれ!!」

ダニーの元に集まった男手は五〇人。既に二〇人近くが戦闘不能か行方不明になっていた。

向こうの数はおよそ一〇〇。それにもかかわらず村人が二〇人しか人が減っていないのには訳があった。

そう。彼らは村を潰しに来たのではない。物資を奪いに襲って来たのだ。ここにきてラムゼイは自身が行ってきた狼藉を逆に受けてしまったのだ。

ダニーもそれを認識してはいるが今の兵数では太刀打ちすることができない。自身の身を守ることが精一杯だ。

どんどんと劣勢に持ち込まれていく中、ようやくヴェロニカの援軍が彼らのもとに到着した。

「ダニー！　状況はどう⁉」

「控えめにいって最悪。向こうは兵士が一〇〇人。こっちは残ってるのが五〇人にも満たない。援軍は？」

「今は二〇。弓兵を多く引き連れてきたわ。私が牽制する」

ここへきてボーデン男爵との戦で兵の大多数を失ったことが響いてくる。ヴェロニカはそれを痛感していた。

彼女は軽く頭を振って切り替えると無理に攻めず、味方の援護を待つため牽制に徹するよう指示を出した。

そうしているうちに村の男たちの数は四〇にまで減っていた。元は七〇はいたはずだ。つまり、討死や怪我で半分近くにまで減ってしまったのだ。

「隊長！　どうやら向こうも軍を差し向けてきた模様です！」

村を襲撃している兵士の一人が言う。それに答えたのはウルダであった。彼は冷静にヴェロニカの隊に視線を送る。総数は多くない。

「慌てるな！　援軍の数は多くない。向こうから仕掛けてくることはないといって良いだろう！　兵の半分は彼らに当たれ！　残りの半分は村を荒らすぞ!!」

村の兵は男たちも含めて六〇名。うち正規兵は二〇名だ。この数であれば五〇名いれば対処できると踏んだのだ。

ウルダも無理に攻め落とす必要はないと考えている。重要なのは物資の略奪だ。

ウルダ自身は兵を率いてバートレット軍と対峙する。略奪に指揮は必要ないだろう。彼は村の大部分を占領すると戦線を膠着させて略奪に励む。

ウルダはダニーとヴェロニカを村の長である老婆の家に籠城させ、そこに足止めしたのだ。

それから悠々と村から物資を略奪するウルダ。何なら家を解体して資材として持っていく始末だ。

そこにようやくグリフィスが兵を四〇も率いてチェダー村に到着した。それを見たウルダは兵に撤退命令を下す。決して無理はしない男なのだ。

「撤退するぞ！　物資を運び出して火矢を浴びせてやれ！」

正規兵らしく素早く整然と撤退した後、ありったけの火矢をチェダー村に浴びせて追ってこれないようにしてから悠々と逃げ去っていったのであった。

この一連の動きからウルダは一廉の将であることが窺える。

ダニーたちバートレット三羽烏はウルダの思惑通り鎮火の対応を強いられて追撃どころではない。

結果、村は壊滅状態といっても差し支えない状態になってしまったのであった。

◈

ラムゼイは皆からの説明を聞いて頭を抱えてしまった。チェダー村は壊滅、コッツ男爵とヴォイド士爵が襲ってきた理由は不明だ。

住民は命からがら逃げ出してきたものの、この襲撃でおよそ三〇人が死亡。村にあるのは村長の屋敷だけとなってしまっていた。

「まずは村を再建しよう。じゃないと冬を越せない」

やらないといけないことは山積みだがまずは越冬することである。それができないと話にならない。それからロットンに命じて非難の書状を認めさせコッツ男爵とヴォイド士爵に送りつける。

それからイグニス大公にも経緯を記した書状を認め、手土産にウイスキーを持たせてロットン自身を派遣する。彼の目的は二つ。

まずはラムゼイに非がないことを認めてもらい、コッツとヴォイドの両名を非難してもらうことにある。

それから北のネヴィル子爵まで参戦されるとラムゼイの分が悪すぎる。最悪、滅されかねない。

そこでグレイブ伯爵にネヴィル子爵の牽制を頼むのだ。といってもラムゼイがお願いしたところであの伯爵だ。足元を見られるだけである。

そこでイグニス大公に間に入ってもらおうという算段だ。そのお礼としてのウイスキーであれば別に痛くも痒くもない。

「それから冬の間に軍備を整えるよ」

「具体的にはどうするんだ？」

ダニーのもっともな質問にラムゼイは悪い笑顔で答える。流石のラムゼイもどうやらこの所業には頭に来ているらしい。

「もちろん、金にものを言わせるまでさ」

そう言って話を切り上げ、書状を認めたロットンを見送る。それと入れ違いに入ってきたのはペッピーだ。話が一段落したペッピーが声を掛ける。涙を堪えながら。

「ラムゼイ！」

「どうした？　ペッピー」

「こっち！　こっちに早く来て！　奥様も連れて！　早く！」

ペッピーの強い要望でサンドラと合流する。それからラムゼイたちをある一室に通した。

そこに複数の人間がベッドに横たわっていた。どうやら襲われた村人の治療を施している場所のようだ。

その中に見知った顔を見つける二人。何を隠そうチェダー村の長である老婆だ。その顔を見つけた瞬間、サンドラは息をのんで口を手で押さえる。

老婆の呼吸が荒い。胸から下腹部にかけて包帯が巻かれている。これを見た瞬間、ラムゼイとサンドラは何があったのか事態を察した。

「……ばーば」

サンドラはベッドの上で横たわっている老婆の傍らに跪き優しく手を握りながらそう呼ぶ。声が心なしか震えているようだ。

「おお、サンドラ、さま、かい？」

「そうだよ、ばーば」

息も絶え絶えになりながら声を絞り出して呼びかける。サンドラは頬を涙で濡らしながら応える。そうだよ、と。老婆は死の淵だというのに何故か嬉しそうであった。

「どうやら、お迎えが、きちまった、ようだ。ヘマ、しちゃってねぇ。サンドラ、さまに、また、あえて、ほんに……。げんきで――」

「ばーば。ねえ、返事をしてよぉ。ばーばぁ」

そう言い残すと老婆は動かなくなってしまった。サンドラは泣きながら震える声で老婆に呼びかけている。ただ、それでも老婆は返事をしない。

ラムゼイは静かに部屋を出た。そして自身に言い聞かす。お前は領主なんだ冷静になれ、と。何度も何度も。しかし、この怒りを抑えることができそうもない。

壁を力いっぱい、乱暴に殴りつける。

「この報いは必ず受けさせてやる……必ずっ！」

ラムゼイの頬を一筋の涙が流れていった。そして執務室に籠ってどうすればこの鬱憤を晴らすこと

ができるのかを延々と考えるのであった。

◇

ラムゼイはバルティの街の整備をヴェロニカ、チェダー村の再建をダニーに任せる。必要なものはラムゼイに伝えると彼が金にものを言わせて買ってくれるという手筈である。

では、そのお金はどうするのか。それはもちろん手の空いたラムゼイがウイスキー、水飴、バートレット茶というバートレット領の三種の神器を量産して稼ぐのである。

その量産だが、できる限り情報の流出は抑えたい。どこで情報が漏れるかはわからないのだ。そこでラムゼイはある策を考えた。

それは工程ごとに人を配置するのだ。ウイスキーであれば麦芽を粉々に砕く作業。これを専門に行う者が一人。

それから砕いた麦芽を人肌の水と掛け合わせてお粥状にする作業。これも別の者に専門に行わせる。

そうして作業工程の全容を誰にも明かさせないのだ。全容がわからなければ作ることもできない。

これで多少は情報の流出を抑えることができる。

それから作業場を極端に遠くして奴隷たちも職務中は私語厳禁とする。採用する人員も経歴から独り身の人間を中心に採用していた。

これを水飴も同様に工程ごとに人員を分けて全容を把握させないようにしていた。問題はバートレット茶である。お茶の工程は大麦を焙煎しているだけだ。

こればっかりはバレても仕方ないだろう。ただ、その覚悟でラムゼイは奴隷たちに一つ、嘘をついてみることにした。

「これはね、ボクが改良して育てた特別な麦なんだ。これじゃないと美味しいお茶は出ないんだよ」

「はぁ。そうなんですね。それを煎れば良いと」

「そう。頼むよ」

どうやら奴隷たちはラムゼイの発言を信じてくれたようだ。もちろん、どこまで信じてくれたかは定かではないが表面上は信じてくれたようである。

これで情報流出の対策は打った。これで漏れてしまったら仕方がないが諦めることにしよう。そのためにも先駆者の利益を享受したい。

そして時を同じくして王都からお金が届いた。全く言われのないお金がである。

なんでもダンタプ盗賊団の討伐報酬ということである。差出人は人務卿ノーマン＝コーディ＝テレンス＝オーツ侯爵である。

これに嫌悪感を抱いたのはサンドラである。あの男がただでお金を払うわけがない。何か裏があると勘ぐっているのだ。

ラムゼイは貰えるものは貰っておこうの精神でこのお金もありがたく頂戴する。今、バートレット領は未曾有の危機に瀕しているのだ。間もなく冬だというのに街も村も完成していない。

しかし、それでもまだお金は足りない。となると商品を大量に作って大量に販売だ。先の通り量産の体制は整っている。

問題は販売である。近くに湖があるのだがその湖に面してるのがグレイブ伯爵領とネヴィル子爵領なのだ。商いの街であるドルトムへ運ぶにはどうしてもグレイブ領を通る必要がある。

「アシュレイ。これからどう販路を広げていけば良いかな？」

「あー、あの三つな。基本的にはネイサンに売りつけておけば良いだろ。後はネイサンが良いように取り計らってくれるさ」

「わかった。じゃあ当面はその方針で行くよ。ネイサンが捌き切れなくなったら、その時また考えよう。それは良いとして、ボクはこのバルティの街をもっと賑やかにしたい。だから商人にもっと来て欲しいんだ。どうしたら商人は来てくれるかな？」

「んー、そうだな。あくまで俺の、一商人としての意見だが利益が出れば嫌でも集まってくる、と思う」

「今のままじゃ利益は出ない？」

「いや、出なくはないが……やはり道がな」

アシュレイの指摘はまさにである。まず、バートレット領にある道は港町バルティとチェダー村を繋ぐ道のみだ。そして北西にはサレール山があり北へと抜ける道がないのだ。

せっかく水運が使えると喜んでいたのも束の間、隣人に恵まれずに当面は魚釣りのための船に成り下がってしまったのであった。

しかし、これぱかりはどうすることもできない。今は考えるのを止めて問題を棚上げすることにしたのであった。

王国歴551年11月29日

「本当にこれでよかったのか？」

「もちろんでございます、閣下」

ハンメル＝コッツは髭を撫でながら部下であるウルダに何度も確認をとっていた。何の確認かというと、ラムゼイから差し向けられた伝令への回答である。

ご自慢のカイゼル髭をずっと撫でている。これはハンメルが落ち着かないときの癖だ。齢四十に差し掛かろうというのにこの癖だけは未だ抜けない。

なぜ攻めてこられたのか、と非難の書状を持ったバートレットの伝令に対し、チェダー村の村人が我が領の領民を暴行、殺害したためとハンメルは返答していた。

しかし、この返答では腑に落ちないはずだ。明らかにやり過ぎである。

本来であればまずは領主同士で会談が催されるのだが、それや宣戦布告すら何もかもをすっ飛ばしての進軍である。

そこでハンメルとウルダは一計を案じていた。ラムゼイに対し『貴君の赴任前から再三に渡り、注意を促してきたが』改善が見受けられず、何度も暴行事件を起こしていたためである、と。

もちろん嘘だ。嘘だがこれはやったやらないの水掛け論にしか発展しない。それであればうまく丸め込めると思ったのだ。

何なら少しの金銭なら渡して解決しても良い。具体的にはチェダー村から奪った物資と同等のお金くらいは、である。

それにこれから冬が到来する。つまりは雪が降るのだ。

そうなれば進軍してくることはまずないと言って良いだろう。その間に王都に住う人務卿、ノーマン侯爵に助けを乞うのだ。

役目は果たした。バートレット軍の目は完全にこちらを見ている。ここらで手打ちにしなければ我々もただでは済まなくなるだろう。

それは隣領のヴォイド士爵も同じ気持ちである。いや、その気持ちだけであれば領土も小さく弱いヴォイドのほうが強いだろう。

ラムゼイがどう出てくるかはわからないが、わかっていることと言えば行動を起こすのは早くても雪解け後ということだ。

コッツ男爵とヴォイド士爵の胸中に暗雲が漂う中、時を同じくしてラムゼイの使者としてロットンがイグニス大公の元を訪れていた。

「其方がラムゼイの使者か」

「はい。ラムゼイの従兄弟でありますロットン＝バルフと申します」

「そうか。イグニス閣下の臣であるロージー＝テレンス＝オーツだ。書状を拝見しよう」

対応してくれたのは腹心である、ロージーであった。彼はロットンから受け取った書状の封蝋を割って中を読み進めていく。すると段々と彼の眉間に皺が寄っていくのがわかる。

「ふむ。書状は拝見した。が、君の口からも状況を説明して欲しい」

「はっ」

ロットンは自身の主観を交えながらではあるが何があったのかを詳細に説明していく。

しかし、説明を聞いてもロージーは腑に落ちない点がある。コッツ男爵とヴォイド士爵が攻め込んだ理由だ。

こればっかりは当人にしか理解できないだろう。ただ、明確な敵意を持っていることは誰が見ても明らかである。ロージーはラムゼイの要請を飲むことにした。

「仔細わかった。グレイブ伯爵には私からその旨を伝えておこう」

「ありがとうございます。それを確約する書状をいただければと思うのですが……」

流石はロットン。書面で残す意味をきちんと理解している。

ロージーとしてもラムゼイが潰れてしまっては大きな損失だ。しっかりと書面に認める。その最中、ロットンはもう一つのお願いも口にする。

「それから、我が主人の正当性も担保していただきたい」

「というと？」

「もちろん、これから我が主人が軍を興した場合、それが正義の軍であるという正当性であります」

このままいけばラムゼイが軍を興すのは既定路線だ。

そしてイグニス大公としても親帝国派は少しでも減らしておきたい。これは両者の意向が合致している話なのだ。

「良いだろう。その内容も書面に認めておこう」

「ありがとうございます」

こうしてロットンはラムゼイの胸中を彼なりに察し、軍を興す約束をとりつけてくるのであった。

王国歴551年　12月　上旬

とうとう積雪の時期となった。どの村も完成度は七割前後といったところだろう。この分であれば年内にはどの村も完成する予定だ。

ここからすることはクロミエ村とチェダー村を繋ぐ道とクロミエ村とバルティの街を繋ぐ道を整備することが一つ。それから対南方のために前線の拠点を築くのが一つである。

と言っても両方とも冬のうちに行うことはできない。冬の間にできるのはグリフィスの兵の訓練だけである。この冬の間に富国強兵に取り掛かり始めたのだ。

富国強兵と一口に言うが簡単なことではない。軍を強くするには人がいないとどうすることもできない。昔の偉い人が言っていたように戦いは数である。

そこでラムゼイは金にものを言わせて奴隷を買い集めるようアシュレイに指示を出した。

条件は健康な若い男性である。そして奴隷たちにも衣食住の保証と給与の保証を提示した。もちろん、結婚も自由である。

兵士となってもらう条件以外、奴隷ではなく一般の領民として扱うとしたところ、思いのほか奴隷商から奴隷が送られてきてしまった。

その数はざっと三〇〇名ほど。多くの兵が集められて嬉しく思う反面、どこにこんなに奴隷がいたのかと驚くラムゼイ。なんでも男の奴隷は女の奴隷に比べて売れにくいようだ。理由は言わずもがなである。

お陰でラムゼイは四ヶ月みっちりと訓練を施し、雪解けと同時にヴォイド士爵領に攻め込む考えであった。

国力と兵数のバランスが釣り合っていないがそんなことはお構いなし。やられたらやり返す、倍返しの精神だ。

ただ、それだけでは攻め込むことはできない。攻め込むには装備も整えなければならないからだ。ウイスキーや水飴を売って鉄鉱石を買い込む。それをディエゴに渡して槍と兜を量産してもらうのだ。

軽鎧と盾、それから弓矢は買って補いたいところだがこのままのペースだとお金が足りなくなってしまう。

それもそうだ。奴隷もとい兵士たちの食糧に鉄鉱石、軽鎧と盾に弓矢など買っていたら、いくらウイスキーや水飴が売れると言っても賄い切れるものではない。

この時点でラムゼイが取れる方法は三つ。一つは諦めて出撃の日時を延期する。雪解けから三ヶ月後、つまり七月あたりであれば準備が整うだろう。

もう一つは何とか別の方法でお金を作る。パッと考えられるのが生成方法の売却である。ウイスキーの作り方をヘンドリーに売りつけるだけで、ざっと１０００ルーベラは固く見込めるだろう。

最後の一つは装備を諦めて進軍するというものだ。これを選択した場合、相応の被害が見込まれるだろう。ただ失われるのは購入された奴隷だけである。

問題はどれを選ぶかだ。できれば情報の流出は避けたい。まだ先駆者利益を得ていたいのだ。ということで真ん中の選択肢はなし。

となるとどちらかである。うんうんと唸りながらどちらの選択肢を取るべきか悩んでいたところ、見かねたアシュレイがラムゼイに声をかけた。

「どうしたんだ、ラムゼイ。そんなに考え込んで」

「ん？　ああ、お金が足りなくって。どうしたもんかなーと」

ラムゼイはここまでの自分の考えをアシュレイに話した。その話を聞いたアシュレイは全てを聞く前にラムゼイに解決策を提示する。それは簡単な解決策であった。

「え、借りれば良くない？」

そう。お金がないのなら商人から借りれば良いのである。

この発想はラムゼイの頭の中には全くない選択肢であった。どことなく借金＝悪という概念があったからだ。

ラムゼイは手始めにアシュレイから５０００ルーベラを借りることにする。商人らしく貯め込んでいたようだ。もちろん借りる以上、彼にはそれ以上の額を返済するつもりだ。

ただ、これで何とか準備が整いそうだ。アシュレイにはそのお金で軽鎧と矢を揃えてもらうことにする。

アシュレイと相談した結果、弓と盾は自分たちで用意できると判断したのだ。

そこでラムゼイは街の女性たちを率いて盾と弓の量産に励む。グリフィスは相変わらず練兵だ。バートレット領民総動員である。

日を追うごとに兵の練度が上がっていくのがわかる。途中からは村の再建を終えたダニーやヴェロニカも合流して訓練に励む日々。

そこには意外な顔もあった。ペッピーである。彼もまたバートレット軍に加わっていたのだ。

加わった理由として村での居場所がなくなってしまったことも大きな要因として挙げられるだろう。

それでも村が襲われたことは彼にとっても悲しいし憤ることでもある。そう、皆の心は一つ。コッツ男爵とヴォイド士爵にやられたことを熨斗つけて返してやることだけであった。

王国歴552年　1月　上旬

「閣下。ヴォイド士爵とコッツ男爵から書状が届いております」

「なんだと?」

「ラムゼイ卿との仲を取り持って欲しい、と」

人務卿ノーマン＝コーディ＝テレンス＝オーツ侯爵はお金を数えながら側近であるフェラガーの話を耳にする。正直、この二人の陳情などノーマンにとってはどうでも良いことであった。

「知らん。お前の好きにせい」

「承知しました」

ノーマンの目はもう国の端を見ていない。中央を見ているのだ。

まだ公には明かされていないが国王であるマデューク八世が倒れたとの情報が入ったのだ。歳も歳だ。回復する見込みはないだろう。

となれば事前の取り決め通り次期王は孫のリューク＝フォン＝マデュークだろう。

ただ、彼は十歳と幼く政ができない歳でもある。そこで大叔父にあたるイグニス大公が摂政となるのだ。

これまで薄氷の上のような均衡を保っていた反帝国派と親帝国派の関係が崩れる恐れがある。そんな最中に王国の南東の端隅のことなど考えていられるわけがない。

そこで部下に一任である。一任するほうは楽だがされるほうは堪ったもんじゃない。フェラガーはノーマンの側近である。彼もまた暇ではないのだ。

そこでフェラガーは自身の部下であるエイルマーにこの件を丸っと投げることにした。

困ったのは投げられたエイルマーだろう。彼はこれまでの流れを理解していない。引継ぎ？　そんなもの、あるはずがない。

ただ理解していることは一つ。ノーマンもフェラガーも無駄なことが大嫌いで私腹を肥やすことが大好きであると言うことだ。

では、どうすれば私腹を肥やすことができるのだろうか。もう一度書状に目を通す。

此処から読み取れるのはコッツ男爵とヴォイド士爵が困っているということである。何に困っているのか。隣領であるバートレット男爵からの報復である。

指示通り攻めたということはノーマンないしはフェラガーがコッツとヴォイドの両名に攻める指示を出したと考えるのが妥当だろう。

そこでまず最初の分かれ道である。両名を助けるべきか見捨てるべきか。これは前者の選択肢しかない。でないとノーマンの名前に瑕がついてしまう。

私腹を肥やすことは何よりも大好きなのだが、それと同じくらい名に瑕がつくことを嫌うノーマン。彼が両名に指示書を出した時点で選択肢は前者しかないのだ。

では、問題はどうやって助けるかである。この対処もまた二つにわけることができる。そもそも攻めさせないようバートレット側に圧を掛けるか、コッツとヴォイドに加勢するかだ。

これは後者だろう。前者を取ってしまうとバートレット陣営がノーマンのことを快く思わない可能性があるからだ。つまり名に瑕がついてしまう。

これで大枠の方針が決まった。あとはどうやって両名に加勢するかである。まず考えられるのは金銭的な支援か人員的な支援だ。

しかし金銭は良くない。何故ならば多めに渡さないといけないからである。ここで出し渋ってしまうとノーマンはせこい男だという風評が流れる可能性がある。

エイルマーのせいでそんな噂が流れてしまうと物理的に首と胴体が離れてしまう。かと言って多めに渡すと身銭を切ることになる。それもよろしくない。

よって人員での補填を目指すことにするエイルマー。ただ、ここでもお金をかけたくはない。となると必然的に手配されるのは奴隷だ。

奴隷商とは懇意にしているノーマン。それも複数の奴隷商とだ。それであれば兵の一〇〇や二〇〇くらいすぐに用意できるだろう。

人務卿ノーマン＝コーディ＝テレンス＝オーツ侯爵の名を出せば関係している奴隷商であれば安く買い叩くことができるはずである。

これならば1000ルーベラの損失くらいで補填できるだろう。

そう結論付けたエイルマーは王都にある奴隷商を巡る旅に出掛けたのであった。

王国歴552年1月　中旬

準備は着々と進んでいった。領民たちの反発に遭うかと思っていたのだが、意外にも領民たちはラムゼイの行いを後押ししてくれていた。

戦国武将もこんな感じだったのだろうか、とラムゼイは思いを馳せる。

共通の敵をつくって普段であれば非難されそうなことでも敵へと憎悪のほうが大きいために容認されてしまう。それを怖いと感じていた。

しかし、彼も後に引くことはできない。そもそも後に引くつもりもない。あとは彼が道を踏み外さないことを願うばかりである。

そんな彼のもとに思わぬ来客がやって来た。その数は総勢五〇名ほど。その先頭にいるのはギルベルトである。そう、彼が各地に散らばってしまった旧ダーエ家の家臣を集めて戻ってきたのだ。といっても将軍だったり家令だったりは連座させられている。ここにいるのは鍛冶師に大工、侍女にコックと末端の者たちが大多数だ。

その中に兵士も混ざっている。その数は三〇名ほど。これでバートレット家の兵士は三五〇人まで膨れ上がった。領内に徴兵をかければ四〇〇名は動員できるだろう。

一同は跪いた。もちろんラムゼイに向かって……ではなくサンドラに向かって。中には泣き出す者もいた。それだけサンドラの無事が嬉しかったのだろう。

ギルベルトがラムゼイとサンドラの前に進み出る。傍らには細身の男を伴っていた。歳のくらいは二十代半ばといったところだろうか。綺麗な黒髪をしており、前髪で片目が隠れるほど伸びきっている。

「ラムゼイ殿。仲間を集めて戻って参った」

本来であれば殿などと呼べる立場ではない。だが、ラムゼイはこれを容認していた。彼らはあくまでダーエ家の旧臣である。バートレット家の忠臣ではない。

ただ、今はまだ、である。彼らを旧臣から忠臣に変えられるかはラムゼイ次第だろう。ラムゼイは馳せ参じてくれた彼らを労う。

「ありがとう。今、実は困った状態になっていてね。助かるよ」

「あら。グレンじゃない。久しぶりね」

ラムゼイの横にいたサンドラがギルベルトの隣の人物に興味を持った。どうやら彼とも旧知の仲のようだ。それもそうである。集まっているのは旧臣だけなのだから。

「別に。私はこいつに無理やり引っ張られてここに来たに過ぎない」

久しぶり、と挨拶したサンドラに対し早々に言い訳から入るグレン。何の言い訳なのかラムゼイにはさっぱり理解できていなかった。

「グレン。まずはラムゼイ殿に挨拶せんか」

ギルベルトが保護者面をしてグレンに挨拶を強いる。グレンは渋々「……っす。グレンっす。しゃす」と蚊の鳴くような声で挨拶をする。思わずラムゼイはギルベルトを見てしまった。

「ああ、すまんな。少し癖は強いが有能な人物なんだ。上手く使ってやってくれ」

「だから、俺は別にダーエ家に戻るつもりはないと言ってるだろう！」

「わかったわかった。じゃあお前はダーエ家に戻らなくて良いからバートレット家にお世話になっとけ」

意味合いとしては全く同じである。今はバートレット家＝ダーエ家なのだから。ただ、ここまできて仕官しないという考えはない。グレンとしても生活費は底を尽きかけている。

「できれば盛大に帰還を祝いたかったんだけどね。ちょっと立て込んでいるんだ」

ラムゼイは隣領であるコッツ男爵家とヴォイド士爵家とのいざこざを二人に共有した。意外にも興

味を持ったのはギルベルトではなくグレンのほうであった。

「それで？　ラムゼイはどうするつもりなのだ？」

「様を付けんか！」

と怒られるグレン。それでいうのであればギルベルトも様を付けていないが。その怒声も何のその。ラムゼイの回答を待っている。

「雪解けを待って攻め込むよ。まずはヴォイド士爵のほうからね。二〇〇名で攻め入るつもりだよ。五〇名はここバルティで待機。一〇〇名は対コッツ男爵のための拠点づくり。ネヴィル子爵の抑えはグレイブ伯爵が行ってくれる予定になってるよ」

それを聞いたグレンはうーんと少し考え込む。どうやらこのラムゼイの考えがお気に召さなかったようだ。グレンはラムゼイにもう一つ質問をした。

「戦の最上って何か知っているか？」

「それは聞いたことがある。『戦わずして勝つこと』でしょ」

「なんだ。知ってるのではないか」

これはラムゼイでも聞いたことがあった。いわゆる孫子である。こちらの世界に孫子があるかは定かではないが、少なくとも似た代物があるのだろう。

「じゃあ、何で戦おうとしているのか理解に苦しむ。このままだとコッツ男爵とヴォイド士爵の二方面作戦を取らないといけないのだぞ。まずはこの二つを分断すべきだ」

ここからグレンが自身の考えをつらつらと語り始める。彼の考えだと、まずはコッツとヴォイドを仲違いさせることから始めるのが肝要ということだ。

片方とは仲良くして許すように見せる。そして、もう片方を猛烈に非難する。これだけで非難された側は疑心暗鬼に陥るのだ。突然仲良くなるなんておかしい。何かしたはずだ、と。

しかし、実際には何もしていないのだから問い詰めても何も出てこない。しかし、それを隠していると錯覚し、ますます疑いの沼に深く嵌っていくことになる。

そうしてから片方を攻めれば、もう片方は援軍に来ない、という算段である。こちらの被害を抑制することができて、なおかつ二正面作戦を避けることができるのだ。

「もし、コッツ男爵が講和を破って攻め込んできたら？」

そう尋ねるラムゼイ。グレンがすかさず答える。

「私としてはそれこそ願ったり叶ったりです。何せ大手を振って、反帝国派の力を借りてコッツ男爵を潰すことができるのですから」

グレンが言うには大義名分が出来るのだ。それであれば各地の反帝国派に支援を求めやすい。

「……素晴らしい。試してみる価値はある。いや、試そう」

ラムゼイはこう呟くとグレンを連れて城の中に籠ってしまった。彼もどちらかというと策を弄するタイプの人間だ。グレンとは相性が良いのだろう。

「コッツ男爵とヴォイド士爵には詰問状を送ってある。おそらくその返事が来るはずだ。片方……そうだな。先にどっちを攻める？」

ラムゼイがグレンにそう尋ねる。グレンは間髪入れずにこう答えた。

「あえてヴォイド士爵を推す」

「うん。ボクも同意見かな。そのほうが被害が少なく制圧できそう。コッツ男爵に関してはじわじわ削っていくことにしようと思ってる」

このラムゼイの提案に頷くグレン。これからのバートレット家が取る方針が次々と決められていく。

二人はそこはかとなく楽しそうだ。

「じゃあ、コッツ男爵とは仲良くしてヴォイド士爵を非難する。コッツ男爵領とは交流も活発にしておこう。物流を良くしておけば物が売れる。お金が手に入るだけじゃなく兵站までスムーズになるのは有り難いしね」

「そうだな。ただ、備えは重要だ。商いの拠点と称してコッツ男爵領近くに砦を築こう。ただ、露骨にやると怪しまれる。集積所と称して砦にするのが無難だろう。集積所なら兵士がいてもおかしくない」

「それ、良いね。実は数か月前に盗賊が出ていたんだ。それも理由に付け足せば黙らせられるでしょ」

折角ギルベルトが大勢の仲間を引き連れて舞い戻ってきてくれたというのに、ラムゼイはというと新しくやってきたグレンと侃侃諤諤《かんかんがくがく》、バートレット家の今後について滾々《こんこん》と議論を交わしていたのであった。

王国歴552年　1月　下旬

ラムゼイの元に待望の返書が届いた。返書というのはもちろんコッツ男爵とヴォイド士爵に送り付けていた詰問状に返書である。どんな言い訳が書かれているのか今から楽しみだ。

同タイミングで到着したことを考えると両者は共謀しているに違いない。きっとそうだろう。内容を確認してみると、細部は違うものの大部分は同じ内容が書かれていた。

要約するとこうだ。バートレット領の領民が我が領の領民に対し何度も暴行をする。酷いときには殺人も。これは昔から断続的に行われてきたことである。その報復措置としてチェダー村を攻めた。

ラムゼイ卿は転封間もない故、知らないであろう。ご容赦いただきたい。

お粗末にも程があるとはこのことだ。向こうもこれでラムゼイが納得するとは思ってもいないだろう。しかし、その予想を反してラムゼイは納得するのだ。片方だけではあるが。

「ペッピーとグリフィスを呼んできて」

「承知」

ラムゼイの側近の位置にいつの間にか収まっているグレン。

最初はあんなにつっけんどんな対応だったというのに丸くなったものである。いや、ラムゼイ以外には未だ声も小さく目も合わせないのだが。

「ラムゼイ、呼んだ?」

「来たぜ、大将」

ペッピーは未だにラムゼイのことを呼び捨てにしている。どうやら、チェダー村で呼び捨てにしろと指示して以来、ずっとそのようだ。

ラムゼイは特段気にしていないがグレンが眉を吊り上げる。

「二人にちょっと伝令をお願いしたくて。ペッピーはこれ。コッツ男爵に渡してきてね。あ、内容に関して聞かれたら『わかりません』って素直に応えちゃって良いから。でも返事は貰ってきてね」

「わかった。じゃあ行ってくる！」

ペッピーは待てができない犬の如くバルティ城を飛び出して行ってしまった。今回、ペッピーを伝令に起用したのには理由がある。

それは彼の性格である。敵意を感じさせず、また裏表も感じさせない。悪い言い方をすれば知性が感じられないのだ。

素朴にして純朴。ただの村の青年だ。敵意を抱いていないことを表すのにこれほど最適な人材はいない。

対してヴォイド士爵にはグリフィスを使者に立てた。もちろん圧をかけるためである。ただグリフィス一人で行かせるはずもなく彼には一〇〇人の護衛も付けた。

「グリフィス。なるべく高圧的、威圧的にお願い。一歩も譲歩しないで。この交渉は成立するか決裂するかの二つに一つだから」

「承知」

「ただ自身の身の安全を最優先してね。絶対単独で動かないこと。できるなら一〇〇人固まって動いて欲しい」

グリフィスはこのラムゼイの言葉に対して重々しく頷くと書状を手にしてバルティ城を後にした。彼のほうは一人で飛び出していくことはせず、兵を選別している。おそらく練兵済みの兵のみを連れていくのだろう。

ラムゼイとしては後は彼らからの報告を待つだけである。

王国歴552年　1月　下旬

最初に到着したのはもちろんペッピーである。正直、彼の礼儀作法は怪しいところが満載だ。付け焼刃でしかないのだから。ただ、これぱっかりは場数を踏ませるしかない。

「君はペッピー君と言ったかね?」

「はい。ペッピーです。コッツ男爵閣下に於いて……ご機嫌麗しゅう!」

ペッピーは片膝をついて頭を下げ、大きな声で叫びながら一通の書状を差し出す。ハンメルは戸惑いつつも近衛兵にそれを受け取らせた。

きちんとバートレット家の紋章が刻まれている。間違いなくバートレット家の使者だ。

封蝋を割って書状を広げる。ふぅと一息吐く。コッツは非難を受ける覚悟を決めてから読み進めていった。

ゆっくりと読み進めていく。そして読み進めていくたびに鼓動が速くなるのがわかる。予想していた内容と書かれている内容が全く違うのだ。

〝ハンメル＝コッツ男爵閣下

まだまだ寒い日が続く今日このごろ、いかがお過ごしでしょうか。この寒い中、閣下の使者が身を粉にして書状を届けてくださいました。感謝の念に堪えません。

内容も一字一句漏らさずに拝読させていただきました。そのような背景があったこと露知らず、失礼極まりないお手紙をどうかご容赦ください。こちらでも引き続き調査いたします。

しかしながらこちらも領民の手前、強硬に主張するしかなく落としどころを探っております。何かしら落としどころのご提案をいただけたら幸いです。

まだまだ厳しい寒さが続いておりますのでお身体を壊さぬよう、ご自愛ください。


ラムゼイ＝アレク＝バートレット〟


非難するどころか自分の無知を謝っているではないか。最後には相手の体調を気遣う始末。この手紙を貰って勘繰らない領主は無能だ。

「それで……お返事をいただきたいのですが」

「そ、そうであったな。しばし待たれよ」

ペッピーを応接間に残しハンメルは一度自室に下がる。そこには既に家令のペトルと将であるウルダが待っていた。手紙の内容を気にしているのだろう。

ハンメルは机の上に書状を投げ出し椅子に深く座り込んだ。投げ出された手紙を拾い、二人は内容を読み進める。その二人の顔色が段々と曇っていくのがハンメルから見て取れた。

「さて、これから返事を書かねばならん。使者が待っている」

「これは……何を考えているのか図りかねますな」

ペトルがそう呟く。彼は食糧や金銭の管理は上手なのだが政の駆け引きは得意ではなかった。しかし、それはウルダも同じである。戦であれば得意なのだが政治は苦手である。

二人とも決して知力が劣っているというわけではない。現にウルダなんかはそうだ。先のチェダー村襲撃のときも見事な引き際を見せていた。

ただ政治的な駆け引きが苦手なのだ。しかし、今はそんなことも言ってられない。三人寄ればなんとやらである。知恵を出し合って方向性を定めなければ。ウルダが呟く。

「真っ当に考えるのであれば我々の武力に尻込みをしているのでしょうな」

ハンメルも男爵だ。保有戦力は五〇〇名近くいるだろう。しかし、彼の南側にはヌガール聖国が控えており、そちらの国境にも兵を派遣しなければならない。

ヌガール聖国はその名の通り宗教国家である。ヌガール教という宗教を崇めているのだ。

この世界に広く信奉されている聖神教の大教とほぼ近しいのだが、ヌガール聖国の聖帝が神の生まれ変わりと謳っているのだ。

そのため、ペンジュラ帝国とは仲が悪い。なのでマデューク王国とは事実上の停戦状態となっている。しかし、だからと言って国境に兵を置かなくて良いわけではない。

コッツ男爵領は国境の警備に兵を一〇〇と指揮官一人を取られてしまうのだ。これは立地上仕方のないことである。

ただ、国境の防備に関しては国から補助が出ているが。となると自由に扱えるのは四〇〇名ほどだ。

領都の防備に一〇〇は残しておきたい。となると、三〇〇が自由に動かせる限界だろう。

正直、冬前のラムゼイであればこの三〇〇名で攻めてこられていたら一巻の終わりであった。

つまり、ウルダはバートレット領は疲弊しているとみているのだ。

「バートレット士爵家とボーデン男爵家の戦いの詳細があったな。それを引っ張り出してこい」

ハンメルはしきりに髭を撫でながらペトルにそう指示を出す。ペトルは席を外すとすぐに一枚の羊皮紙を持って戻ってきた。それに全員で目を通す。

「なるほど」

ハンメルは笑みを溢しながら頷いた。読み通りだ。バートレット軍はボーデン軍との戦いで疲弊している。戦に持ち込んで勝てる見込みがないのだ。

つまり、戦いに踏み込めないのだ、バートレット家は。おそらくヴォイド士爵家にも同様の使者が向かっているのだろう。ウルダが自信満々に告げる。

「読めましたな。これはバートレット家の時間稼ぎの策です。恐らく領内の体制が整ったところでこちらに攻めてくるのでしょう」

「それであれば乗っかって講和するのも吝かではないな。問題は落としどころをどうするかだが……」

「これは強気に出ても良いのでは？　奪った物資の半分……いや、そうですな。200ルーベラほどお渡しすれば良いでしょう」

ペトルがハンメルに意見する。何とも強気な講和条件だ。これが禍根にならないと良いのだが。これればっかりはどうなるか誰にもわからない。

「わかった。そうしよう。羊皮紙をこれへ」

ハンメルはつらつらと美辞麗句を並べた返書を直ぐに認めると、待たせていたペッピーにこれを渡してラムゼイの元へと戻らせたのであった。

王国暦552年　1月　下旬

ペッピーから遅れること三日。グリフィスは完全武装をした兵を引き連れてヴォイド士爵の領都を目指していた。もちろん彼らが領内に侵入したことは既にオドンに伝わっている。

しかし、兵が一〇〇もいるのだから迂闊に手を出すことができない。ただヴォイド士爵領は他の士爵と比べて兵の保有率が多い。何故ならば、こちらも国境に面しているからである。補助金が多く出ているのだ。

そのお陰でヴォイド士爵領には兵が二五〇名ほどいる。しかし、ここはコッツ男爵領よりも複雑なのだ。ヌガール聖国だけでなく蛮族と呼ばれているゴン族とも面している。

上記の理由からオドンは国境に兵を二〇〇配置している。ヌガール聖国に対し一〇〇、ゴン族に対し一〇〇である。上記の理由から自由に扱えるのは五〇名の兵だけだ。それではグリフィスを相手にできない。

もちろんグリフィスは村や領都を襲う気はない。あくまでラムゼイの伝令としてオドンの元へと向かっているまでである。

そのグリフィスがヴォイド士爵領の領都まで到着した。オドンは兵を完全武装させ弓でグリフィスを狙いながら彼の出方を窺っている。

「こちらはバートレット男爵の伝令である。書状を受け取られよ!!」

グリフィスはそんなことも気にせず大声で宣った。彼は自分の仕事をこなすだけだ。その声に反応して一人の男がグリフィスの元へと進み出てきた。

「ヴォイド士爵の家臣であるセオドアだ。用件を聞こう」

「バートレット男爵の家臣、グリフィスだ。主の書状を携えてきた。中を確認し返答をいただきたい」

セオドアがその書状を受け取る。それから「しばし待たれよ」と言い残してオドンの元へと戻っていった。グリフィスは待つのみである。

オドンはセオドアから書状を受け取るとすぐに封蝋を割って開く。そこに書かれている内容はコッツ男爵のときとは打って変わって強気のものであった。

〝オドン＝ヴォイド

良くもやってくれたな。我が領民を手に掛ける愚行。絶対に許さないぞ。あんな言い訳で通用すると思っているのか。これは宣戦布告と受け取るぞ。

もし違うと言うのであれば我が領民を手に掛けた償いとして５０００ルーベラの支払いと麦を五十樽を要求する。もちろん大樽でだ。

返事は外で待っているグリフィスに伝えてくれ。それも直ぐにである。悪いが気は長いほうではないぞ。もし和睦するのであれば彼らに半金を持たせろ。残り半分は後日にしてやる。

良い返事を待ってる。


ラムゼイ＝アレク＝バートレット〟


舐めている返事としか思えないオドン。今すぐこの手紙を破り捨てたい気持ちで一杯であった。もちろん返事はノーである。セオドアに命じて外にいるグリフィスたちに矢を浴びせる。

「宜しいのですか？」

「構わん。コッツ男爵と共闘すればバートレット軍など怖くもないわ」

向こうにも同じ手紙が届いているのだろうと推測するオドン。それもそうだ。二人は共謀してほぼ同じ内容の手紙を送っているのだから。

セオドアは命令通りにグリフィスに矢を射かける。

「総員、退避！　矢に当たる間抜けになるなよ!?」

グリフィスの命令に従ってバートレット軍の全員が後退する。他人から見れば必死の撤退であるがこれも想定のうちだ。被害なく安全圏まで下がることができていた。

「オドンさま。これからどうなさいます？」

「コッツ男爵からの連絡を待つぞ。向こうから何かしらの連絡が来るはずだ」

共闘となるのだ。向こうから連絡が来ないはずがない。しかし、この思い込みがオドンの首を絞めることになるとは全く考えていなかったのであった。

王国歴552年　2月　下旬

段々と暖かく、日差しの降り注ぐ時間も長くなってきた。もう雪が解けるのは時間の問題だろう。

あれからのラムゼイの動きは迅速であった。

まず、コッツ男爵と和議。条件はコッツが提示したものをそのままラムゼイが飲む形で決着した。その代わり、ラムゼイはコッツと通商を開始することを提示。

これはコッツにとっても悪くない話だ。街が活性化する。ラムゼイがそのための集積所を近くに作らせて欲しいという話だったのでその場で許可を出した。

この集積所作りは本日から行われる。下見は既にグレンが済ませてくれた。チェダー村とコッツ男爵領の間にある小高い丘の上に建てるつもりだ。

この集積所に関してはグレンに一任することにする。彼ならば良い集積所を作ってくれるだろうとラムゼイは考えたのだ。

驚いたのはヴォイド士爵である。まさかコッツ男爵がバートレット家と和議を結ぶとは思いもしていなかったからだ。

ヴォイド士爵はバートレット家に対して既に喧嘩を売ってしまった。覆水盆に返らずとはまさにこのことだろう。オドンはハンメルに相談を持ち掛けた。

これに困ったのはハンメルだ。バートレット家とは既に講和を結んでしまった。今更これを反故にするわけにもいかない。できることと言えば金銭や人員の援助だけである。

もちろん表立ってできるわけではない。あくまでも裏でこっそりとだ。そして都合の良いことにノーマン侯爵から両名宛てに援軍が送られてきた。

その数はなんと一〇〇名。もちろん装備も整っている。練度も充分だ。

ハンメルはこれを丸っとオドンに渡すことにした。それからハンメル個人の判断でコッツ領から五〇名も。

これでヴォイド士爵領の兵数は四〇〇名になる予定である。とはいってもそのうちの二〇〇名は国境の防備に当てていないといけないのだが。

残りの二〇〇名でバートレット領との境に砦を築き始めたオドン。雪が解けたら攻め込んでくるのは確実だ。まだ時間はある。打てる対策は全て行っておくべきだ。

それとも和議を結んでしまうのも手である。ただ、その場合は先に提示された条件よりも厳しいものとなるだろう。ヴォイド士爵家にそれを飲む余裕はない。

「大丈夫だ。大丈夫。バートレットに余裕はないはずだ。ここで兵を減らせばコッツ男爵やネヴィル子爵に攻め込まれるんだ。ほどほどで講和を引き出せるはず」

自分に何度も言い聞かせるオドン。彼の言う通り、ラムゼイはボーデン男爵との戦を二度と経験したくはないと考えている。

そのラムゼイはと言うとバートレット領の諸将を集めていた。話す内容はこれから行われるヴォイド士爵領攻略戦の作戦内容だ。

「色々と情報が入ってきた。なんか兵を物凄く集めているらしいね。領内に五〇〇も集めてるなんて話もあるくらいだよ」

「五〇〇!?　そりゃまた多いな。どうやって掻き集めたんだか」

ラムゼイの言葉を聞いて驚きを隠せないダニー。それもそうだ。一介の士爵に集められる数ではない。何かしらの力が働いているとみて間違いないだろう。

「というわけで、攻め込むのは少し延期しようと思う」

まさかの発言だ。あれだけ腸が煮えくり返っていたラムゼイから延期という言葉が出るとは。ただ、何の意味もなく延期するような男ではない。裏があるのだ。

「それとアシュレイ。悪いんだけどさ、コッツ男爵領の麦から野菜から食べられるもの全て買い占めてくんない？」

「お？　おう。それくらいなら構わんぞ。ウイスキーも水飴も麦を使うからな。ただ、金はあるんだろうな？」

「もちろん。なんなら水飴とウイスキーを使っても良いから。あ、買い占めたのは集積所を経由してバルティまでお願い」

ラムゼイはアシュレイから借りたお金がまだあるという意味で力強く頷いた。

アシュレイはというと、ラムゼイに指示された通りコッツ男爵領の買い占めを行う。まあ全部買い占めるのは難しいが八割くらいであれば抑え込めるだろうとラムゼイは見ていた。

「それからヴェロニカ。ヴォイド士爵が砦を築いているみたいだからさ。その近くにボクたちの砦も築いてくれない？　委細は任せるよ」

「かしこまりました」

彼女であれば堅実な場所に堅実な砦を築いてくれるだろう。これがダニーであれば一捻りした砦になってしまうしグリフィスなら攻撃的な砦になってしまう。今はあくまで普通の砦が欲しいのだ。

「グリフィスは引き続き練兵。新しい奴隷が次々と到着しているからね。彼らも一人前に鍛えておいてよ」

「得意分野だな。任せとけ」

バートレット領は奴隷を買い続けている。その奴隷をみな同じ条件で解放しようと言うのだ。ある種の慈善事業と捉えられてもおかしくはない。

ただ、領民が増えるのであれば長い目で見て税収が増えるからプラスになるはずだ。この地に転封された当初、バートレット領の人口は五〇〇〇人に満たないほどであった。

しかし、今では二〇〇〇〇人を超えている。明らかに異常なスピードだ。しかし、ボーデン男爵領の人口が五〇〇〇〇人を超えていたことを鑑みればまだまだ少ないほうだろう。

それに兵士が多過ぎる問題も解消されていない。バートレット領の五人に一人は兵士なのだ。軍事に特化した領となってしまった。その兵の数もまだまだ増え続けている。

「ギルベルトは引き続きサンドラの警護とバルティの街の警備を」

「長年やってたんだ。大船に乗ったつもりで任せておけ」

ギルベルトにはいつも通りのお願いをする。このバルティの街も急速に発展を遂げているからである。前まではお粗末なバルティ城しかなかったのだが、今では商店が軒を連ねている。みなウイスキーや水飴などを買いにきたのだ。

行商人が訪れて数か月。その芽は着々と実を結ぼうとしていた。バートレット領の名産品が評判を呼び、各商会がこぞって支店を出す街になりつつある。

ラムゼイとロットンはこの整備に追われていた。特に税、つまりお金に関する整備を早急に進めなくてはならなくなったのである。と言っても関税は設けない。設けるのは商売税だけだ。

そんな大層なものではない。商いをする場合、その規模に応じて月に一度、税金を払ってもらうだけである。

一般的な商店で300ルーベラという額だ。

高いか安いかは商人の実力次第だが、王国内でも有数の安さだろう。

安くするには理由がある。それはラムゼイが人を動かしたいからだ。人が動けば情報も動く。この情報をラムゼイは欲している。

もちろんスパイが紛れ込む隙も大きくなるが、そこはギルベルトを信じるしかない。彼なら経験も豊富だし大丈夫だろう。

そんなわけで現在のバートレット領は兵士と領民と商人の割合が3：5：2となっている。明らかに兵士の割合が多い。しかし、ラムゼイは間引くことはしない。有効活用するのだ。

「とりあえず一通りの手配は済んだかな」

ラムゼイは拳を力いっぱい握りしめてから苛立ちを発散するかのように手を広げる。ラムゼイによるヴォイド領侵攻は目前に迫っていた。そんな彼の後ろで一人の男が呟いた。ダニーである。

「ラムゼイ、俺は何をするんだ」

「あー、うん。そうだね。えーと、雑用？」

ラムゼイはこれしか言うことができなかった。

王国歴552年　3月　下旬

オドンは震えていた。セオドアに呼ばれて前線の対バートレット用の砦、通称アレク砦に駆けこんで屋上から北に目を向ける。

するとそこにはアレク砦と同等かそれ以上の大きな砦が建築されつつあった。これが建築されてしまうと厄介だ。何とか中止させたい。

「セオドア。兵を率いて潰してこれないか？」

「……難しいですな。向こうはざっと見て三〇〇の兵で砦を築いております。対して我々は一五〇。このまま仕掛けても返り討ちに遭うだけです」

そうなのだ。ラムゼイはヴェロニカに大部分の兵である三五〇人を預けていた。もちろん補佐としてダニーを付けてある。

後の一〇〇はグレンが集積所を築くために、最後の五〇はギルベルトが治安維持のために兵を用いていた。さらにグリフィスが新兵の訓練を担当している。

「－っ！　ならばどうすると言うのだ！」

「落ち着いてください。三〇〇であれば大丈夫です。こちらの砦も強固ですので四……いや、五〇〇の兵でも連れてこない限り落ちることはありません」

このセオドアの発言は攻撃三倍の法則に則った正しい見立てと言って良いだろう。三〇〇では力攻めではまず落ちないだろう。

それに、いざとなれば国境に配備している二〇〇名の兵と領都を守らせている近衛兵五〇をアレク砦に派遣すれば二〇〇になる。これを落とすのは骨が折れるだろう。

「そうか、そうだな。セオドアの言う通りだ。取り乱して済まなかった」

オドンは冷静さを取り戻しセオドアに謝罪した。そうなのだ。オドンは増援のタイミングさえ間違えなければ負けるはずがないのだ。

そんなことを知ってか知らずかバートレット軍は砦を築き続けている。そしてオドンたちはそれを見守ることしかできなかった。

王国歴552年　4月　上旬

ヴェロニカが築いた堅牢な砦が完成した。彼女が築いたのでロニカ砦と名付けられることになったその砦に兵士が四〇〇名ほど駐屯を始めた。

その報告を聞いたオドンは眩暈に襲われていた。いきなり四〇〇名も砦に入れたのだ。対してオドンのアレク砦には一五〇名しかいない。あと一〇〇名いや、五〇名の援軍が来たら砦は陥落してしまう。

「セオドア！　アレク砦に援軍を派遣するぞ！　すぐにだ！」

「オドンさま。落ち着いてください。そう易々とは落ちませんよ。……そうですな。南の国境から五〇名持ってきましょう。国境が薄くなることをコッツ男爵にもお知らせください」

「無論だ。手配を急げ！」

オドンはセオドアを叱りつけるように叫ぶと執務室へと向かった。ここ最近、オドンの機嫌が悪い。この状況で上機嫌でいられるのは阿呆か策を弄している策士のどちらかだけだ。

セオドアは自身の宣言通り、国境から五〇の兵を前線に送る。

しかし、バートレット軍からは動く気配が一向にない。砦の中で訓練している声だけがアレク砦まで響いていた。

それから数日、いや四月に入ってもバートレット軍に動きはなかった。砦に詰めている兵士たちも段々と精神を消耗してきているようだ。

そんな時、バートレット軍に動きがあったとの報告が入った。

どうやらさらに兵の数を増やしたようだ。その数はなんと一〇〇〇。これでロニカ砦に籠るバートレット軍は五〇〇〇人にのぼることになった。

この事実に対し、喚き散らしているのがオドンだ。戦力比が2：5になってしまったのだ。あと一押しで砦を攻略されてしまうかもしれない。

増援を。そう考えたオドンは執務室の机の上に置いてある地図に丸石を乗せていく。青石が味方で赤石がバートレット軍を示していた。石一つは五〇人と仮定する。

バートレット領にあるロニカ砦には赤石が十個。対してアレク砦には青石が四個である。それからヴォイド領の領都にも青石が一つ。それから国境に青石が三つだ。

どこから青石を持ってくる。順当に考えるなら国境からしかない。しかし、そうなると国境がいつもの半分の兵になってしまう。そのリスクは大きいだろう。

では領都の近衛兵を前線に送るか。そうなると領都が空っぽになってしまう。万が一、領都が襲われたら男手だけで守り切るのは至難の業だ。

駄目だ。どこからも援軍を捻出することができない。じゃあ増援を派遣せず、傍観するのか。いや、それは愚策だ。多くの兵士が失われるだけである。じゃあ、どうする。

「何か良い考えはないか？」

「難しいですな。兵がいないのであれば作るしかありません」

セオドアの考えは兵がいないのであれば作れば良いじゃないか、というものである。どこぞのアントワネットが吐きそうな言葉だ。

しかし、この発言は正鵠を得ている。作れば良いのだ。金にものを言わせて傭兵を雇うか、領民の男手を掻き集めて兵として仕立てるか、である。

「……領民の男を兵として集めよ」

オドンは苦渋の決断を下した。後者を選択するという決断を。こうして何とか領内から男手を一〇〇人集め、アレク砦へと派遣した。

バートレット軍は攻めてこない。練兵の時間はある。そう判断したのだ。こうしてオドンは領内の男手の約六割を前線に送ってしまったのであった。

王国歴552年4月　半ば

今日も今日とてバートレット軍は練兵ばかりである。そしてそれを眺めているだけのヴォイド軍。

今日も平和だ。ご飯が美味しい。

ラムゼイはというとバルティの街の一角に農地を設けていた。何をするための農地かというとイモを植えるためである。案の定、あの花はジャガイモの花であった。

そのイモをタネイモとして農地に植えていく。これが海の近くであれば塩害に悩まされるだろうが、ショーム湖は湖だ。水撒きが楽なだけである。

手に入ったタネイモは精々十数個であった。それを半分に切ってから地面に植える。間隔は三十センチほどだろうか。それからしっかりと畝を作ることも忘れない。

「おー、いたいた。ラムゼイ！　コッツ男爵領の買い占め、ほとんど終わったぞ」

農地に顔を出したのは買い占めを依頼していたアシュレイである。どうやらラムゼイを探し回っていたようだ。この農地はバルティの北西の端っこにあるのでわかりにくかったのだろう。

「ありがとう。アシュレイ」

「マジ大変だったぜ。大体七割は買い占めできたかな。お陰で残金は37ルーベラだ。まだ子どものほうが持ってるわな」

そう言ってケラケラ笑うアシュレイ。残金の少なさに危機感を覚えていないようだ。恐らく物資が充実しているからだろう。いざとなれば現金化すれば良いだけの話である。

「うわ、ギリギリだったね。借金しておいて良かったよ。後はお金を返すだけだな」

「あー。いいよいいよ。そこも俺がやっといてやる。これだけの物資があれば転売で良い金になりそうだぜ」

需要の足りていないところに物資を供給する。これを転売と呼ぶのであればそうなのだろう。だが、それが商売の基本である。

アシュレイから借りたお金をアシュレイが稼ぐというおかしな構図になってしまったが、彼自身が良いと言ってるのであればそれで良いだろう。ラムゼイは口を噤む。

おそらくアシュレイはいくらか中抜きするだろうが、それも利子だ。口だけでなく目も瞑ることにする。彼がいなければ買い占めはできなかったのだから。

「ってか、なんでわざわざ買い占めたんだ？　やっぱアレか？　ウイスキーと水飴を量産するためか？」

「いや、違うよ。これはね、嫌がらせなんだ」

そう。これはラムゼイのヴォイド士爵を潰すための策なのだ。前にグレンと話した通り、戦わずして勝つことを体現しようというのである。

オドンはラムゼイの真の狙いを見抜けていなかった。ラムゼイが攻めているのは砦ではない。資金である。そもそもラムゼイとオドンとでは資金力が違うのだ。

「ただ、最後のほうは物価が高騰してたぜ。おそらくどこかが気が付いたのだろうな。奴さんたちか、それとも他の商会か」

「そっか。どれくらい持つかな？」

ラムゼイはあと一年ほど砦に兵を詰めさせても何ら問題はない。食糧も買い占めたお陰か充分にある。しかしオドンのほうはそうもいかない。あと一、二か月もすれば悲鳴を上げ始めるだろう。

それと領内の男手を集めてしまったことも響いている。このままだと種蒔きができない。冬を越せなくなってしまうのだ。

同盟領であるコッツ男爵領を頼りたいところだが、現状出回っている食糧はラムゼイにほとんど買い占められてしまい、値が吊り上げられてしまっている。

このままでは食べるものがなくなってしまうのだ。オドンはこの事実にいつ気が付くのか。気づいた時には手遅れになってなければ良いが。

「ただ、確かにずっと砦に詰めていても信憑性がないな。ちょっと仕掛けておかないとな」

「ホント、お前を敵に回さなくて良かったよ」

ラムゼイは農地の管理をペッピーに任せてバルティ城に戻ると、伝令としてジョニーをロニカ砦へと派遣した。伝令の内容はもちろん『軽く一当てしてみて』である。

その伝令を受け取ったヴェロニカは兵を集める。その数、実に四〇〇名。その兵士たちの前に立ち、ヴェロニカは彼らに今回の作戦の意図を伝え始めた。

「諸君。これから我々は前方の砦に総攻撃を仕掛ける。が、本気で仕掛けるわけではないので安心して欲しい。なので、まずは死なないことを第一に考えなさい。良いわね、死ぬんじゃないわよ！」

死なないことを第一に、と何度も念を押すヴェロニカ。今回は本気で仕掛けるわけじゃないのだ。こんなところで大切な兵を失うわけにはいかない。

「出撃は明朝。今日は全員ゆっくりと休みなさい！」

「「はっ！」」

こうしてバートレット軍による最初の侵攻の口火が切られたのであった。参加するのはヴェロニカとジョニーである。各々が二〇〇名ずつ率いての参戦だ。

翌朝。日が昇りきらないうちに砦の前へと集まるバートレット軍。その異変を察知したのか見張りの一人が大きな声で叫んだ。

「敵方に異変あり‼」

その声に騒めき立つ砦内。その騒ぎを聞きつけてか砦の屋上に一人の男がやって来た。歳は既に還暦を過ぎているだろう男だ。頭は禿げあがっており、眼下は窪んでいる。身体は細いが矍鑠《かくしゃく》な様子が窺えた。

「騒ぐな！　戦闘配置につかせよ。兵の大多数は弓を持って屋上にのぼれぃ！　残りは入口を堅く塞げぇ！　机でも何でも使うのじゃ‼」

この男性こそアレク砦を預かる老ファーレン将軍である。既に引退した身ではあったが領の危機と聞いてわざわざ馳せ参じてくれたのだ。

その老兵の一言で兵たちは落ち着きを取り戻し、指示された通りに動き始める。砦の屋上に一〇〇名。窓や隙間から五〇名が弓を構えている。残りは入口を塞いでる最中だ。

甲高い女性の声が微かに聞こえた。それから間髪入れず男たちが野太い声を響かせながらアレク砦へと迫ってくる。その砦内にいる兵士たちは気が気でないだろう。

「慌てるんじゃない！　落ち着いて狙いを定めよ！　……放てぇ‼」

老ファーレンの声に合わせて兵士たちは一斉に矢を飛ばす。バートレット軍の兵士たちは所持していた大盾の陰に隠れる。これでは近づくことも困難だ。

ただそれで良い。今日は本格的に攻略する予定ではないのだ。深入りする前にヴェロニカは早々に撤退の合図を出す。それは戦端が開かれて十分も経っていないうちに。

矢の届かない所まで全員で下がるとヴェロニカは兵士に命じて挑発するように付近の矢を拾い始めた。あくまでもお前たちの矢が目当てであると言わんばかりに。

「してやられたわっ!!」

矢を拾いに矢を射かけても直ぐに逃げられる始末。これを繰り返し行われては矢が尽きてしまう。かといって射るのを止めてしまうと簡単に砦壁に貼り付かせてしまうことになる。

まさにあっちが立てばこっちが立たない状況だ。こればっかりは矢を補充しながら戦うしかない。

老ファーレンは兵を一人、領都に派遣して追加の矢を大量に用意してもらうことにした。

彼らは気が付いていない。ヴェロニカのその狙いはあくまでブラフ。本筋は彼らをここに留めておくことにあるということに。

それから両陣営は再び睨み合いを始めた。ヴォイド軍は彼らがいつ再び攻めてくるかわからず、精神を徐々にすり減らしていったのであった。

王国歴552年　5月　初め

オドンは困っていた。と言っても困っているのは今日が初めてではない。今日も困っていると言うのが正しいだろう。

領民たちが陳情に来ているのだ。男手を返して欲しい、と。既に五月に入っており、このままだと種蒔きが終わらないのだ。

種まきが終わらないと農業の収穫高に大きな影響が出てくる。となれば必然的に税収にも大きな影響が出ることが容易に想像されるだろう。

領民の要求は男手の返却か税の免除、このどちらかである。

さらに領民の男手を砦に詰めているので糧秣の減りも早い。このままだとあと一か月も持たないのだ。もうすぐヴォイド軍は戦わずして崩壊してしまうのである。

そこでオドンはセオドアに糧秣の買い占めを指示する。しかし、セオドアから返ってきた返事はオドンを絶望に叩きつけるのに十分な言葉であった。

「オドンさま。残念ながら麦を買うことができませんでした。他の野菜も高騰しております」

そう。麦に留まらず食せそうなものは軒並み高騰していたのだ。この要因は二つある。まず一つ目はヴォイド領民が今期の収穫を見限っていることだ。

男手が足りず収穫量が見込めないので領民たちが市場に麦を出さないのだ。すると必然的に需要過多となり価格が吊り上がってくる。

それから二つ目の要因はラムゼイの買い占めである。彼がコッツ男爵領内で買占めを行った結果、麦が売れると判断した商人はヴォイド士爵領でも麦の調達を行っていたのだ。

結果的にラムゼイはコッツ男爵領とヴォイド士爵領の二領で麦など農作物の買い占めができてしまったのである。これで高騰しないわけがない。

となるとオドンはヴィスコンティ辺境伯領内で物資を調達しなければならない。これは高くつくだろう。値段もそうだが何よりも輸送が大変だ。

しかし、輸送できたとしてもオドンにはお金がない。ラムゼイには資金源があるのだがオドンにはないのだ。これでは戦線を維持することはできない。

「コッ、コッツ男爵からの援護はどうなっておる⁉」

「返事は芳しくありません。ない袖は振れぬ、と」

コッツ男爵領のほうが物資不足は深刻だろう。何せラムゼイが有り金全てどころか借銭してまで買い占めたのだから。しかし、この一言がオドンの心に深く響いた。

「……ネヴィル子爵は」

「グレイブ伯爵の相手で手が回らない、と」

もはや打つ手なしである。かくなる上は人務卿ノーマン侯爵に泣きつくしかないだろう。しかし、それはノーマンの犬になり下がることを意味していた。

そんなときである。ラムゼイから手紙が届いたのは。広げて内容を確認する。そこには端的に一言だけ書かれていた。内容次第では和議を結んでやる、と。

正直、ヴォイドとしては言い方は癪だがそれに縋るしかない。ラムゼイと和議を結ぶかノーマンの犬に成り下がるか。どちらかである。

それであれば、まずはラムゼイとの和議を第一に考え、それが駄目であればノーマンの犬に成り下がる。オドンの心の中ではこの方針で固まっていた。

どうやら書状によるとラムゼイはロニカ砦でオドンの到着を待っているようだ。

というのも、現在の連絡手段は手紙しかなく、会談するかどうかを決めて、日時を決めて、とやっているとそれだけで時間を使ってしまう。

それを減らすためにラムゼイは砦にいるから会談する気があるならお前も砦に来いと伝えることにしたのである。オドンは精一杯着飾ってアレク砦へと向かった。

砦に到着するオドン。それを老ファーレンが出迎えていた。どうやら老ファーレンにも会談が行われる可能性があることは伝わっていたようである。

「こちらに来たということは会談なされるということでよろしいですな？」

「無論だ」

簡潔に答えるオドン。彼としては忸怩たる思いのはずだ。その回答を聞いた老ファーレンは兵を使者としてロニカ砦に派遣する。

オドンが砦内で移動の疲れを癒していると派遣した使者が戻ってきた。ラムゼイの伝言を携えて。それをオドンに伝える。伝言の内容はこうだ。そちらの好きな時に、いつでもどうぞ、と。

それであれば今すぐに会談の要請をするオドン。善は急げ。いや、善ではない。どちらかというと嫌なことは先に処理する、が正解だ。

そのことをまたしてもラムゼイに伝えるため伝令を派遣する。すると、今度は伝令が中々戻ってこない。時間が空くと彼の心に魔が差してしまう。

伝令に何かあったのでは。まさか懐柔されているのではないか。こちらの内情を喋っているのでは、などなど。オドンは不安でたまらないのだ。もちろん、そんな素振りは見せはしないが。

その伝令が戻ってきたのは日が暮れようと辺りが赤みを帯び始めたころであった。オドンはほっと胸を撫で下ろす。ただ、ここからが本番である。

「中央に会談の場を設けた故、護衛を連れて参られたしとのことです」

「うむ」

オドンは伝令からの報告を受け、赴く準備をする。護衛にはセオドアと老ファーレン、それから兵を五〇名ほど引き連れて中央へ進み出た。

すでにラムゼイはそこにいた。周囲には将兵併せて一〇〇人はいるだろう。会談の場にはテーブルと椅子が設けられており、ラムゼイは既にそこに座っていた。

到着したオドンに手で座るよう促す。ゆっくりと腰を下ろすオドン。そして二人は対峙した。先に口を開いたのはラムゼイであった。

「まどろっこしいことが嫌いでね。単刀直入に要求を申し上げさせてもらう。領土の九割を寄越せ。それが嫌なら戦争だ」

無茶な要求を突き付けるラムゼイ。これにはオドンも面食らってしまった。だが次第にラムゼイの不遜な要求に怒りが沸々と湧き出し、反論を試みる。

しかし、そのオドンの反論の前にラムゼイがまたしても口を開いた。一切妥協はしない、強硬な姿勢と口調である。

「悪いけど、この条件が飲めるか飲めないかの二択だ。飲めないなら互いに戻って戦争を始めよう。先のチェダー村に対する怒りの炎は燃えたままだ」

そこで言葉を区切るラムゼイ。オドンやセオドア、その他の兵たちの様子を見ているようだ。彼らは食い入るようにラムゼイを見つめていた。

「戦うのなら、我々は一切の慈悲なく貴公たちを一人残らず殲滅するまで戦争を止めないだろう。それでも良いなら掛かってくるが良い。貴公の首を柱に飾るまで我々は殺すのを止めないぞ」

その言葉から伝わってくるラムゼイの執念。

いや、バートレット軍の執念と言い換えても良いだろう。ラムゼイの後ろに控えている全員が敵意をむき出しにしていた。

「う……ぐ……」

その狂気とも呼べる執念に中てられてしまうオドン。先ほどの怒りはどこかへ流れ去ってしまった。連れてきた護衛の兵士たちもどこか尻込みをしている。

「ま、待て。その内容では即答はできん。検討させてもらいたい」

「わかった。今日はもう日が暮れてきたしお開きにしよう。明日の朝一番に結論を持ってここに来い。いや、昼までは待ってやる」

それだけを言い残してバートレット軍は去っていった。

取り残されたオドンはバートレット軍が充分に離れたのを確認してから姿勢を楽にし、天を仰いだのであった。

◇

ラムゼイは砦に戻ると大きく息を吐き出しその場にへたり込んだ。背中は汗で濡れている。それがラムゼイを不快にさせていた。

「どう？　あれで良かった？」

「ええ、充分かと」

ラムゼイの問いに従順になったグレンが応える。そう。強気の姿勢はあくまでもポーズ。オドンを追い込むためのポーズである。

これで領地の割譲を抉り取ろうというわけだ。九割も抑えることができれば不満はないだろう。万が一、戦争を選ばれてしまった場合は大人しく戦うことになるが。

ただ、それでも勝率は高いだろう。ただでさえ兵数で優位に立っているのだ。

そして先の会談でのラムゼイたちの狂気。あれがオドンが連れてきていた護衛の一般の兵士にも伝播していれば軍自体が動揺するだろう。

おそらく、ヴォイド陣営は揺れているはずだ。そして末端の兵士、いや駆り出されている領民までもがこの話題でもちきりになっているはずである。

そして噂は噂を呼び、根も葉もない尾びれや背びれも付いてくるというものである。そして、その内容は主に悪い方向に付くものである。

条件を飲まなければ領民全員を根絶やしにするとか全員を殺すまで戦いを止めないとか。ラムゼイはそんなことを一言も言っていないのに。

こうなってしまっては逃亡者が続出するのは目に見えている。オドンは戦線を維持できないだろう。オドンが採れる選択肢はそう多くないはずなのだ。

「ま、あとは明日になってみないとわからないけど、これでヴォイド士爵との決着はつきそうだね」

「残るはコッツ男爵ですな」

流石にこっちは油断ならない。兵も多く保有しており内政も安定している。そして何より講和を結んでいる以上、攻め込むことができない。

「何とか講和を破らせないとね」

「ええ、いくつか策は考えております」

二人は目を合わせてにやりと笑う。まだまだラムゼイたちの復讐は続きそうであった。

翌日、ラムゼイは日が昇ると同時に昨日と同じ手勢を引き連れ、互いに睨み合う砦の中央に布陣する。

オドンは来ていない。そう簡単に纏まる話ではないとラムゼイは睨んでる。せいぜい昼まで待つだけである。これであればバートレット茶の一杯でも持ってくれば良かったと後悔する。

「さて、昼だ。もう待つのは飽きたし、そろそろ動こうか」

ラムゼイの一言で将兵が動き出す。砦の前に集められた兵の数は実に六〇〇名。

その全員が足を踏み鳴らし槍の柄で地面を突いている。そして叫ぶ。大声で。相手を威嚇するように。物凄い音が響き渡っていた。

一方そのころ、オドンは何をしていたかというとセオドア、老ファーレンを交えての軍議を開いていた。昨夜から話し合っているものの、一向に方針が決まらない。

「オドンさま。口惜しいですが大人しくバートレット卿の言う通りの条件を飲まれませ」

そう主張するのはセオドアだ。セオドアとしては中途半端に領地を残すのであれば全て譲渡し、その代わりに宮中伯にしてもらうほうが良いと考えていた。そして、そのくらいの伝手はラムゼイにあるとも踏んでいたのだ。

しかし、これに異を唱えるのは老ファーレンだ。彼はこれまでヴォイド領を守ってきたという自負がある。それをどこぞの馬の骨にほいほい渡してしまう真似だけは避けたかった。一か八か賭けてみたいのだ。

「ファーレン老。あなたは老い先短いから良いでしょうが少しは領民のことも考えなさいませ。しわ寄せは領民に行くのですぞ?」

「併呑されて領民が安泰に暮らせる保証などあるのか!?　それであれば戦うほうがマシよっ!」

「ですから!　それもバートレット卿に突き付ける条件に含めるのです!」

どちらも一歩も引かない。そしてオドンは決めかねていた。

その時であった。そとから轟音が響き渡ってきたのは。地が鳴り兵の雄叫びが聞こえる。それはバートレット側からであった。

オドンは慌てて外に出て空を見上げる。日は既に頂点に達していた。目の前には足を踏み鳴らす大勢の兵。その数、五〇〇人は下らないだろう。

「しまった」

会議に夢中になるあまり、約束の時間を過ぎてしまったのだ。いや、正確には少し残っているかもしれない。ラムゼイの取り決めた昼というのが曖昧過ぎるのだ。

それはラムゼイがあえてそうしたのだ。オドンに時間はまだあると錯覚させるために。そして一方的に時間を打ち切って攻めに転ずるのだ。

そう。ラムゼイは最初からオドンを許す気などなかった。もし、領土を割譲していたら追い出していただろう。方法はいくらでもある。

老ファーレンは兵を集め、セオドアは尻尾を巻いて逃げ帰る。オドンはただただ呆然としているだけであった。

◇

「そろそろ攻め込んで良いか？」

「んー、どうかな。もう良いかい？　グレン」

「もう少し待ちましょう。急いては事を仕損じますゆえ」

グリフィスが今か今かとラムゼイをせっつく。ただ、グレンがもう少し待てと言うので彼にもう少し待つように伝えた。

なぜ待つのか。それは敵兵に逃亡する時間を与えるためである。できる限りの恐怖は与えた。そしてそれが増幅する時間も与えた。あとは爆発するのを待つだけである。

「叫べ叫べ！　もっと叫べぇ！」

「鳴らせ鳴らせぃ。踏み鳴らせぃ！」

ダニーとヴェロニカが兵を煽る。彼らも逸る気持ちを抑えられないようだ。そろそろ頃合いだと判断してラムゼイが合図を下す。

「よーし！　全軍、突撃ぃぃぃぃぃっっ!!」

ラムゼイは号令一下。そして片刃の剣を抜剣して先陣を切って突撃していった。領主自らが先陣を切ることは襲われやすくなる半面、士気が高まる効果を持つ。

そしてそれに遅れまいとグリフィスも槍を振り回しながら彼の後に続く。自然と鋒矢の陣形となって砦に一直線に向かっていった。

ラムゼイとしてもこの戦は思うところがある。一方的に通達もなく攻め込んできた挙句、大切な領民を殺されているのだ。溜まっているものが相当あるに違いない。それを解消するかの如く、腰の引けている敵兵目掛けて兵士に矢を射らせる。

我先にと突っ込んでいくラムゼイ。それを守るように寄り添いながら自身も暴れていくグリフィス。後方で控えながら戦線を押し上げていくヴェロニカ。そして搦手はダニーだ。

今回はそれだけじゃない。さらに後詰めとしてグレンが待機していた。全体のバランスを見ながら足りない部分、または敵の薄い部分に兵を派遣していく。

実はこの時、ヴォイド士爵のアレク砦には兵が一〇〇名しかいない。

領民の男手は散り散りになって逃げだしており、それに釣られて兵士も我先にと逃げ出していた。

砦の前で暴れるバートレット軍。

一〇〇名対五〇〇名。そして士気も雲泥の差。これは勝負あったようなものである。ラムゼイは砦の塞がれている扉を打ち破るべく兵に破城槌を持たせ、それでこじ開けていく。

「開けさせるな!! あ奴らを率先して狙えぃ!!」

砦の中から響く老体の声。どうやら中にいる者は全員が徹底抗戦するようだ。数は多くないとはいえ一筋縄ではいかないだろう。

力攻めで破っても良いが、それではこちらの損害も大きくなる。いったん引かせて態勢を整えようか迷っていると砦の頑丈な門が内側から勝手に開いた。そこから出てきた一人の男。

「よう、遅かったな」

「ダニー!? どうやって?」

「実はな。集められた男手の中にこっそりと兵を潜ませていたんだよ。ソイツに手引きしてもらって裏手からこっそりと入ったってわけだ」

「いつの間に……」

「いや、俺じゃねーよ。俺はグレンに言われただけだ」

どうやらグレンは事前にヴォイド領の領民にこちらの兵士を紛れ込ませていたようだ。対コッツ男爵のための集積所を作っていながらどうやってそんなことができたと言うのか。

そして兵が少ないのも潜ませていた間諜のお陰だろう。

恐怖を煽り、砦から逃げ出すことを勧めていたに違いない。昨晩であれば逃げ出すのに十分な時間が残っている。

しかし、今はそんなことはどうでも良い。目の前の頑丈な扉が開いたのだ。ラムゼイは大きな声を上げ兵を中へと雪崩れ込ませる。

「骨のある奴はおりませんなぁ！　大将！」

「そりゃ入念に準備を、重ねて、きたからね！　士気の差が……違うよっ!!」

砦の中にもほとんど兵士はいない。皆、逃げ去ってしまったようだ。残っている兵士たちを皆殺しにしながら進む。

しかし、その最奥にある一室に頑丈に鍵が掛けられていた。中から堅く塞がれているのがわかる。これにはラムゼイも困惑した。何せ絶対に助からないのだから。無理にこじ開けなくても食糧が尽きて餓死するのが目に見えている。その前に抜け出せるとでもいうのだろうか。

ラムゼイはまず、兵に抜け道がないかを丹念に調べさせた。それから後詰めに控えているグレンに砦を占拠したことを伝える。オドンの身柄も目前であることを添えて。彼ならばこれで上手く動いてくれるだろうと見込んでいる。

「さて。聞こえるか？　オドン＝ヴォイド」

呼びかけても中から反応はない。ラムゼイは仕方がないので脅すことにする。これから砦に火をかけて全てを灰にするぞ、と。すると中からガサゴソと音がした。

「ま、待て！　話せばわかる、な？　な？」

中から声が聞こえてきた。オドンの声だ。何が話せばわかる、だ。ラムゼイの中で既にオドンとの外交チャンネルは閉じられているというのに。

「遺言があるのならば聞こう」

「～～っ!!　た、助けてくれ！　命だけは!!　な、何でもするっ!!」

「まずは黒幕を吐け。それから洗い浚い話せ」

「わかった！　話す、話させてくれ！」

そう言ってオドンはノーマン侯爵から依頼を受け脅されていたこと、攻撃する意思はなかったこと、自分も被害者であることを懸命に伝えた。扉の向こう側から。

「なるほど。ノーマン侯爵が差し向けたんだね？」

「そうだ！　成り上がって媚もしない其方を毛嫌いしているのだろう。証拠なら届いた書状がある！　俺のせいじゃない。頼む、助けてくれ！」

なぜラムゼイを嫌っているかはあくまでオドンの推測である。

しかし、ラムゼイにとっては色々な可能性が考えられていた。例えばサンドラの存在がバレてしまった、など。

ただ、ラムゼイの中である種の決断は下されていた。彼は憎きノーマンに付き従っただけに飽き足らず、サンドラの大事な人まで奪ったのだから。

「わかった。だけどそれだけじゃ助けることはできない。ボクにメリットがないからね。わかる？」

むしろ生かしておくほうが邪魔になる可能性のほうが大きい。既に大勢のバートレット軍に囲まれている以上、ラムゼイの胸三寸でどうとでもなるのだ。

中から話し声が聞こえる。老人の声とオドンの声、それから数人の声だ。おそらく老ファーレンと兵士たちだろう。そしてラムゼイの元にグレンが到着し、現在の状況を尋ねた。隠す必要もないのでラムゼイは素直に話す。

「なるほど。ここは素直に受け入れてしまうのが得策かと」

グレンの言い分はこうだ。彼を助命し領土を全て禅譲してもらう、と。そうすることでヴォイド領民の反発を抑えながらバートレット領に組み込むのだと。

今、無理な徴兵を行いヴォイド領民は領主であるオドンに不信感と敵意を抱いている。それを諫め、そして許す寛大な領主であることを領民に伝えるのが得策であると言うのだ。

ラムゼイも頭ではわかっている。グレンの言い分が正しいことも、オドンを殺しても何の達成感にもならないことを。領内にいる数少ない彼を信奉している者を敵に回すだけである。

ただ心が叫ぶのだ。アイツを殺し、村の皆の、老婆の無念を晴らせと！

そんなラムゼイにグレンが一言かける。領主として正しい判断をなさいませ、と。

これはグレンに試されているのだ。ラムゼイが仕えるに相応しい領主であるかどうかを。彼は間違いなく優秀である。

しかし、優秀ゆえに周囲から妬みや僻みの対象となっていた。また、彼は正論を言う。どんなときも、誰に対してもである。

ただ、正論だけが正しいわけではない。事実には事情や背景を加味して考えなければならないのだ。そして彼自身も社交的な性格ではないため、その陰口に拍車をかけていた。

そのせいで代々仕えてきたダーエ侯爵家を辞することになった。

彼は彼の代でそれを途絶えさせてしまったのだ。それが幸か不幸か粛清の対象外という自身の身の安全に繋がったのは皮肉な結果である。

それから出仕もせずに田舎に隠棲していたところ、ギルベルトに見つかり――居場所を突き止めたのはドープなのだが――ここに連れてこられたのだ。

そして出会ったのだ。再び。自身を理解してくれる領主に。前回は彼自身にも落ち度があったと分析している。社交性が足りなかったと。

そこで今回は社交的に振る舞おうとするも、いざ振る舞う場面に出くわすと照れのせいか上手く振る舞えない。それでもラムゼイはグレンを受け入れてくれたのだ。

なんとか彼の役に立ちたい。彼が道を誤りそうになるのであれば、それを正すのが自身の役目だと言い聞かせながら。その思いを込めてもう一度、伝える。

「オドンは赦し、我々の良いように扱うべきです」

ラムゼイの目を真っ直ぐ捉えて進言するグレン。その言葉をよくよく吟味する。そして深呼吸を二度ほど繰り返してからラムゼイは彼に伝えた。

「わかったよ。この件はグレンに任せる。グリフィス！　悪いんだけどグレンの指示に従って動いてくれ」

ラムゼイはこの件を彼に任せることにした。このままだと感情のままに誤った判断を下しかねない。となれば関わらないほうが良いと見たのだ。英断だろう。

この件は彼らに任せ、ラムゼイはバルティの街に戻って気を紛らわすかのように一心不乱にジャガイモ畑の手入れに精を出すのであった。

王国歴552年　5月　中旬

ラムゼイはジャガイモ畑の手入れに精を出していた。もう花が咲いており、もう少しで春植えジャガイモの収穫である。これが上手く行ったならば秋植えの準備を始めなくては。

「何を現実逃避されているのですか。やることは山積みなのですよ？」

農作業に従事しているラムゼイを目敏く見つけるグレン。そう。ラムゼイは政務が嫌になってバルティ城の執務室から抜け出してきたのだ。

ギルベルトが連れてきた仲間の中にいた大工によってバルティ城に二階と三階が付いていた。もちろん、三階がラムゼイとサンドラの部屋で二階が執務室と応接間である。

一階は玄関ホールに従者や使用人の部屋に様変わりしている。

「話は進めました。あとは領主の仕事です」

グレンはラムゼイの首根っこを掴んで引き摺っていく。これからヴォイド領の引き継ぎを行わなければならないのだ。

結局、あの後グレンがオドンと交渉し、話を纏めていた。その結果、オドンと老ファーレン他数名の兵士は助命。その代わり領地没収と領外追放という処置に終わった。

ヴォイド領民の不満は高まっていた。それもそうだろう。男手を集めた挙句、負けたのだから。これから作物を植えても間に合うかどうか。

暮らしを引っ掻き回す領主であればいないほうがマシだ。これがヴォイド領民の総意である。そんな背景もありラムゼイはヴォイド領民に温かく迎え入れられた。

というのも、グレンが事前に今年の税を減らしたのだ。

ラムゼイの『任せる』という言葉を拡大解釈して。もちろんグレンはラムゼイが怒らないことを見越しての行動だ。これで怒られたらそこまでと見限るだけである。

言葉遣いは丁寧になっても、その行動は図々しいままであった。

指示されていることであれば誰だってできる。指示されていないことを汲み取ってこなすのが自分の役目だと考えていたグレン。

ただ、減らしたのは作物を納める税だけであり、賦役のほうは免除されていない。これから道を整備しないといけないのだ。免除できるはずがない。

「……なんか、歓迎されてるね？」

「ですな。まあ良いことではありませんか」

ヴォイド領民の熱狂ぶりを疑問に思うラムゼイと素知らぬ顔をするグレン。そんな二人はオドンが住んでいた領主館に入る。

領民名簿の確認や税収の推移調査など、ほとんどの作業はグレンとロットンの二人と彼らの部下がこなしてくれた。どうやら二人を中心に文官も育ってきたようだ。ラムゼイは椅子に座り机に寝そべっている。

そして何故かそこにセオドアも同席していた。どうやら彼は砦から逃げ帰って領主館まで引き返していたようだ。

そして彼に敵意はない。何しろ尋ねれば相応の資料を出してくれるからだ。

「ねぇ、ボク要る？」

「当然じゃんか。領主がいなかったら話にならんでしょ」

そう言うロットン。それでも彼は手を止めない。ラムゼイは暇を持て余してしまい、手当たり次第に話しかける。

「この村の名前は何？」

「ここは領都ヴォドスですな」

「改名しよう。何が良い？」

「では我が主にお仕事をお願いしましょう」

誰かれかまわず話しかけるラムゼイに堪えかねたグレンが振り返ってこう宣言した。

「え？　なになに？」

「ここの新しい名前を考えるのがお仕事です。頼みましたよ」

軽くあしらわれてしまうラムゼイ。その意趣返しと言わんばかりにこの村の名前をグレンから取ろうとしていた。

「んー。グレスト。グレイン。グレーズ。グルド。どれにしようかな。……うん、一番近しいグレインにしよう！　今日からここはグレイン村ということで」

ラムゼイの仕事は終わってしまった。五分も経っていないだろう。再びラムゼイを暇が襲うのであった。

なぜ彼が連れてこられたのかと言うとそれは村長との話し合いに同席してもらうためである。

領主自身が目にかけてますよ、ということをアピールするのが狙いだ。今日のうちに村の状況を丸裸にして明日、村長との会合に挑もうという算段である。

「さて、この村には当面の間でも代官を置いておかないといけないよね。誰が適任だろう」

「国境に面してますし兵の扱いにも心得がある方でないといけませんな」

「となると……ヴェロニカが適任かなぁ」

グリフィスは威圧感があり過ぎて代官には不適切。そもそも内政なんかに興味ないだろうし。ダニーは最近になって政治に興味を持ち始めたけど軽薄だから向いてないだろう。

ロットンは兵を率いることができないし、ギルベルトはダーエ命だからサンドラの護衛にするのがちょうど良い。となるとグレンかヴェロニカのどちらかが適任だろうと判断したのだ。

「お待ちを。セオドアとやら。ここの家令と従士長を務めていたのだな？」

「はっ。左様にございます」

控えていたセオドアに話しかけるグレン。どうやらグレンはセオドアにここの代官を任せる心積もりだ。ラムゼイにはその意図が見えない。

「では、何故に我が領を攻めてきたのか説明せよ」

オドンから事前に聞いていたがセオドアからも事情を聴取する。二人の意見に食い違いがあればどちらかが嘘を吐いているということだ。

そして、オドンも知らない情報がセオドアの口から漏れてきた。最初のチェダー村への侵攻はセオドアとコッツ男爵の将、ウルダが共謀したものだということ。

「なるほど。其の方はウルダなる者と親しいので？」

「はっ。合同で訓練などをしてますれば、それなりに仲は深まりますゆえ」

「寝返らせることは可能か？」

「……些か無理があるかと」

どうやらグレンはウルダを寝返らせようという考えのようだ。そこでセオドアを重用しようというのだとラムゼイは気が付いた。

相手方の家令を務めていたセオドアでさえ降伏すれば重用される。

それがわかればコッツ男爵領の将兵たちも降伏しやすくなるだろう。それを察したラムゼイはセオドアに声を掛けた。

「セオドアよ。先のいがみ合いは忘れてボクたちの陣営に加わらないか？」

「は？」

突然の申し出に理解が追い付かないセオドア。

まさか勧誘されるとは夢にも思っていなかったからだ。そんなセオドアにラムゼイはこちらの思惑を全て話した。信頼を得るためである。

「なるほど。そういうことでしたか」

「うん。ウルダという将、死なすに惜しいのであれば尚のことね」

「わかりました。私はウルダを死なすに惜しいと考えております。ですので裏切り者の誹りを受けてでもお仕えしましょう」

跪いてラムゼイに忠誠を誓うセオドア。ラムゼイはその忠誠が心の底からの、本心での忠誠か訝しんでいたが素直に受け入れることにする。

「ありがとう。ただ、もう裏切ってくれるなよ？」

ラムゼイはセオドアの手を取って笑顔でそう語りかけた。それが逆に怖かったとセオドアは後に語ったのだとか。

◇

一方そのころ、オドンは西へと進路をとっていた。

ノーマン侯爵がいる王都へと向かっていたのだ。供にいるのは老ファーレンと共に籠城した兵士数名である。

「くそっ！　何で俺があんな若造なんかにっ!!」

悪態を吐きながら歩き続けるオドン。普段動かない彼にとって王都までの道のりは険しいものとなった。そしてバートレット領を出ようかというときに事件は起きる。

「こんにちはー」

「ん？　なんだお前たちは⁉　どけっ‼」

「そうもいかないんですよねぇ。なにせ、追い剥ぎに来たのですから」

そう言った覆面の男。その男が手を上げるとわらわらと仲間が出てくること出てくること。その数は五〇人はいるだろう。思い思いの武器を持っている。

「何だ⁉　金か⁉　何も持っておらんぞ⁉」

「違いますよ。貴方の命、頂戴しちゃおっかなって」

軽々しくそう言った覆面の男は自身の台詞の後にタイミングよく指を鳴らす。パッチンと。するとと後ろに控えていた二〇人ばかしの仲間が一斉に矢を放った。それで護衛の兵士は全滅。残るはオドンと老ファーレンのみである。

「おのれぇ、貴様らぁ！」

怒りにまかせて襲い掛かってくる老ファーレン。それを覆面の男は軽々といなす。そして老ファーレンがよろけたところを仲間が串刺しにしていた。

「な……お、お前は⁉」

どうやら老ファーレンの槍が男の覆面に掠っていたようだ。男の顔が少しだけ露わになる。オドンはその顔を見たことがあった。それもごく最近に。

そしてそこでオドンの意識も途切れる。一閃。覆面の男が彼の首と胴を切り離したのだ。

血しぶきが上がる。仲間たちがわらわらと集まり、彼らの衣服や装備を剥いでいた。

「これが村人の思いだ。覚えとけバーカ」

結んだ長い髪を揺らしながら男が去っていく。

こうして、オドン・ヴォイドは人知れず賊に襲われて命を落としたのであった。

バートレット英雄譚

第三章

王国歴552年　5月　下旬

ラムゼイはヴォイド士爵領を全て併呑した。

そのヴォイドもバートレット領と王国直轄地の境界で死体となって発見されていた。死体から察するに追い剥ぎに襲われたようだ。なんとも不幸な。

さて、次はコッツ男爵を攻め滅ぼしたいところではあるが、これがまた難しい。まず、講和してしまっているのがネックだ。

こちらから一方的に破棄しても構わないのだが、折角なので有効活用させてもらうことにしよう。なに。戦争したほうがマシだったと思わせてやるだけである。

「第一回！　コッツ男爵領滅亡会議ぃー！　いぇーい!!」

「何なんですか、そのノリは」

ラムゼイは全員を集めて作戦会議を開く。そのノリをヴェロニカに指摘されたがそれは無視である。

ヴォイド士爵領を併呑できて浮かれているのだ。それくらいは察して欲しいところである。

「はい、というわけでヴォイドを滅ぼしたので次はコッツなんですけれども、ここは講和してますね。さあ、どうしましょう。意見をどうぞ！」

ラムゼイが変なテンションのため誰も何も答えない。ヴェロニカに至ってはラムゼイの病気を心配する始末。

流石に恥ずかしくなったのかラムゼイは咳ばらいを一つして席に座る。慣れないことはするべきではない。肝に銘じておこう。

「えー、対コッツ男爵だけど、講和は破棄しない。違う方法でアイツを懲らしめることにした」

「ほう？　どんな方法で。興味がありますな」

最初に声を上げたのはグレンだ。やはり策を弄するとなると俄然興味が出てくる男のようだ。彼は常に知識欲に飢えている。

「うん。簡単に言うとね。領民を根こそぎ奪ってしまおうかと」

そう言って地図を広げるラムゼイ。そして二つの地点を指差す。まずはグレイン地方――旧ヴォイド士爵領――の西側に一つ。それからチェダー村の南、集積所の付近に一つである。

「ここに村を作りたいんだ。賦役と租税は収穫高の一割だ」

これにはグレンとアシュレイを除く全員が驚いた。そんなことをしてしまっては村の防衛費やら何やらで赤字になるだけである。ロットンなんか目を回していた。

「なるほど。考えられましたな」

ラムゼイの意図を察したのかグレンが顎に手を置きながら呟く。ダニーは隣のアシュレイにわかるか？　と尋ねている。アシュレイは自信満々に頷く。

「もちろんよ！　こちとら商人だぞ！　人ってのはいるだけで価値なんだよ。人がいれば行商人が来るからな。そして人をコッツ男爵の領地から集めるってことだろ。何せコッツ男爵領内の物資を買い占めたからなぁ、俺が」

流石はアシュレイ。商人だけあって的を射た発言である。人はいるだけで価値があるのだ。

人が集まると物資が必要になる。それを売る行商人が来る。泊まる場所が必要になるなど経済が循環する。それだけで領内が潤うのだ。

それにこちらの力を上げるための策ではない。向こうの力を削ぐ策である。こちらの領の力を上げるのはあくまでもオマケだ。

「そこでヴェロニカは集積所付近に村をつくる準備をして。ダニーはグレイン地方の西に村を」

「承知しました」

「あいよー」

「二人は村の名前も考えておいてね。それからアシュレイは商人にその噂をどんどん流して。主にコッツ領の商人だと嬉しいんだけど」

「任せとけ！」

「ロットンは村に人を入れる準備を。グレンは自由裁量で動いて良いよ」

「オッケー」

「承知」

「じゃあ解散！」

各々が返事をして三々五々に散らばっていく。そんな中、一人動かない男がいた。グリフィスである。彼はラムゼイをジッと見ている。

ラムゼイもその視線に気が付いた。気が付かないわけがないだろう。さり気なく視線を逸らす。するとグリフィスが声を掛けてきた。ゆっくりと。重々しく。

「で、大将。俺は？」

「……練兵を」

これも大事な仕事である。旧ヴォイド士爵領を併呑した結果、バートレット領の兵数は一〇〇〇人に届こうとしていた。

実は領内のバランスを取るために村を作製するという側面もあったりする。これで領民の四人に一人が兵士だった計算が三人に一人に改悪される計算であった。

といっても、国境を守るための兵も含まれているので国から補助金が下りる、はずである。そのお金で三百の兵を養うことができるだろう。

おそるおそるグリフィスを見るラムゼイ。彼はその巨躯を揺らしながら立ち上がるとニカッと笑って「承知した！」と返事をして笑いながら出ていった。

彼は自身のことをよく理解している。

政治もわからなければ統治のこともわからない。その駆け引きなぞ、なおのことだ。ただ武には自信がある。それでラムゼイに貢献すると心に誓った。

そうと決まれば善は急げである。兵の全員の質を担保することはもちろん、一人一人の質も上げるべきだと考えている。

考えなしのように見える彼だが、こと武のことに関しては頭を使っているのだ。

後日、グリフィスの口から「精鋭部隊を作りたい」との依頼があったラムゼイは驚きと同時に喜びも感じていたという。

王国歴552年　6月　中旬

今日は何の日かおわかりだろうか。そう、待ちに待ったジャガイモの収穫日である。ラムゼイは汚れても良い服装に着替えるとサンドラを連れて畑へと繰り出した。

「これ、被っておきな。ねっちゅ……日差しがきついだろ？」

「そうでもないけど、そうね。有り難く受け取っておくわ」

サンドラはラムゼイから受け取った麦わら帽子を被る。そして畑の横に用意された椅子に座った。

侍女が彼女に冷たいバートレット茶が入ったカップを渡す。

彼女はそのカップに注がれたバートレット茶をゆっくりと飲みながらラムゼイがジャガイモを掘る作業を眺めていた。ただ眺めているだけでは暇なので侍女とお喋りをするサンドラ。

「ねえ、なんで私はここに連れてこられたのかしら」

「さぁ。旦那さまなりの気遣いでは？」

そう答えたのは侍女のドロシアである。彼女もまたギルベルトと共にバートレット領に駆けつけたダーエ家で働いていた者だ。

当時からサンドラの世話をしており、彼女が最も信頼しているうちの一人と言っても過言ではないだろう。そこでサンドラは思い切って相談してみることにした。

「ねえ、ドロシア」

「なんでしょう？　お嬢様」

ドロシアは相変わらず彼女のことをお嬢様扱いする。奥様と呼ぶよう注意しても二言目にはお嬢様と口を開くのだ。サンドラはこの呼び名に関しては諦めることにしていた。

「その、ラムゼイが、そういうことを求めてこないんだけど」

「まぁ……」

そういうこと。つまりは子づくりである。彼も年頃の男の子だ。そういう欲がないわけではない。ただ、ギルベルトと厄介な約束をしてしまったのがここへきて仇となってしまったのだ。

男の子が二人出来たら次男をダーエ家として分家する。もし、今男の子が二人、双子でも出来てしまったら家中に派閥が出来てしまうのだ。このタイミングでそれは避けたい。

となると、地盤を安定させてから。少なくともコッツ男爵を滅ぼしてからじゃないと安心して子育てができないのだ。こればかりはラムゼイ自身が蒔いた種である。我慢してもらうしかない。

しかし、それをサンドラに告げないのは不味いだろう。彼女を不安にさせるだけだ。ただ、転封だ侵略だと余裕がなかったのも事実。

今であれば可能なのだ。この束の間の平穏であれば。そう。先ほどのサンドラとドロシアの会話がラムゼイに聞こえていたのだ。

彼女たちが意図的に聞こえるように話したのかは定かではないが、聞いてしまった以上、夫として解決しなければならない。

イモ掘りも一段落したため、サンドラに声を掛けようとしたその時だった。向こうからジョニーが走ってくるのが見える。

「ラムゼイ様ー！　お手紙が届いております。差出人はグレイブ伯爵のようです」

全くタイミングの悪い。そう独り言ちる。わかった、すぐ戻ると大声で返事をするとラムゼイはサンドラの元に向かった。が、言う台詞が思い浮かばない。

「あー、なんだ。その、城に帰ったら少し話さない？」

「ええ、いいわ。楽しみに待ってる」

結局、気の利いたことが言えず問題を先延ばしにしてしまったラムゼイ。それでもサンドラは年上の余裕か、優しく受け止めてくれた。

掘り出したイモを抱えて城へ先に戻るラムゼイ。

もちろん、ジョニーにもイモを持たせている。城に戻るとグレンとロットンの二人がラムゼイの帰りを待っていた。

「ラムゼイ、これが書状だ。代わりに受け取っておいたよ。封蝋に間違いはないね」

そう言って一枚の丸められた羊皮紙を差し出すロットン。ラムゼイは直ぐに中を読み進める。内容は至って簡単である。つまりはグレイブ伯爵から呼び出しがかかったのだ。

「なんでボクを呼び出すんだ？」

「ネヴィル子爵を抑えているのだから、御礼の品を寄越せと言ってるのでしょうな」

「それであれば勘違いも甚だしいでしょ。だってアレは俺がイグニス大公の元に赴いて大公からの指示でそうなってんだから」

三人が書状一枚の扱いに悩む。無視をするか。いや、それだと後々に禍根を残しかねない。何かしらの返答は送らないといけないのだ。

「決めた。強気に返書を認める」

イグニス大公がグレイブ伯爵に対しネヴィル子爵を抑えろと命じたのだ。

確かにバートレット家も恩恵を受けているが恩着せがましく礼を言いに来い、というのはお門違いだと考えたのだ。

ラムゼイが強気に出たのにも理由がある。それは、もしグレイブ伯爵が宣戦布告してきても山と湖に囲まれている以上、進軍することが難しいと考えたからである。

コッツ男爵を無力化してしまえばネヴィル子爵と事を構えても充分に太刀打ちできると考えているのだ。こちらも湖があるお陰で戦線を広げなくて済む。

なので、その旨の内容を羊皮紙に認める。もちろん当たり障りのないよう穏便に言葉を置き換えて、である。

それをペッピーに持たせて送り出したところ、入れ違いに伝令が飛び込んでくる。

その人物はダールとロンドキンであった。流石に当人たちも早く戻り過ぎて不味いと思っているのかフードを深く被って顔を隠している。

ただ、それだけ火急の出来事だったのだろう。そして口を開くダール。

「国王陛下が崩御されました」

王国歴552年　6月　中旬

「逝ったか。存外持ったほうではないか」

そう呟いたのは黒衣に身を包んだイグニスであった。彼は今、王城の一室で待機している。勤めている役人たちの慌ただしい足音を聞きながら。

「さて閣下。これから閣下が摂政にございます。もちろん葬儀も摂政として閣下が執り行われませ。王子を噛ませてはいけませんぞ」

「それくらいわかっておる。それよりも、だ。親帝国派を一掃する準備は整っているのだろうな」

「もちろんにございます。ですが、そのためにはきちんとそのように国の方針を定めていただきませんと」

「ふふ、任せておけ」

ロージーが主君であるイグニスと今後の展望について今一度、確認をしていた。ここで主導権を得ることができなければ今までの努力が全て水泡に帰してしまう。

まずは国王の葬儀を恙なく終わらせる。そして、幼いリュークを遺言通りに玉座に座らせ、自身が摂政に就くまでを素早く執り行う。

そうすれば後は意のままである。マデューク王国はイグニスのものと言っても過言ではない。事実、反帝国派に加わる陣営が日に日に増えているのがそれを物語っているだろう。

本来であれば十日以上は掛かるであろう葬儀を五日にまで短縮したイグニス。これはイグニスが事前に葬儀の準備をしていたからできた短縮だ。

この短縮も王弟であるイグニスだからこそである。他にできるとすれば王太子くらいだが、残念ながら彼にそのような権力はなくなってしまっている。

葬儀には聖神教の教皇であるクレメンス三世や隣国のタダン国や西ドゴ国から国王の名代として大臣や宰相が列席していた。ペンジュラ帝国からも複数人参加している。

なにせペンジュラ帝国の皇帝からしてみれば娘婿の父親が亡くなったのだ。それなりに列席させないと示しがつかないだろう。

皇帝自身は参列できないものの、宰相に公爵、果ては王子まで参列していた。

マデューク八世の葬儀自体は問題なく終わった。ここまでは想定通りである。そしてそのまま即位式に移る手はずだ。本来ならば時間を空けるのだが、来賓の方にもう一度お越しいただくのは忍びないとのことで即座に行われる手はずになったのだ。イグニスの強い要望で。

そして、即位式。参列者が起立する中、リュークが堂々と王城に備えられている教会の中央を歩んでいく。その先で待っているのはもちろん教皇クレメンス三世。

リュークは教皇から有り難いお言葉を賜り、その場に跪く。

大人用に作られている、少し大きめの冠を教皇に載せていただく。これでリュークは自他共に認めるマデューク王国の国王となったのだ。

そして、その場で発言を要求するリューク改めマデューク九世。

どうせ感謝の言葉でも述べるのだろう。そう高を括っていたイグニス。しかし、これが良くなかった。彼を驚かせたのは最後の発言だ。

「私はまだ子どもで未熟なのは重々承知しております。ですので、摂政の大叔父だけではなく宰相も用いることにしました。こちらへ」

そう言って進み出る一人の男。歳のくらいはちょうどマデューク九世と親子ほど離れている男である。髪を後ろに撫で付け、ぴしっとした印象のある男だ。

そして何よりも驚いたのはこの男が帝国の衣装に身を包んでいたのだ。この出来事に慌てるイグニス。しかし、止める手立てがない。そうしているうちに話がどんどん進んでいく。

「こちらの方は母の兄。つまりボ……私の伯父にあたるウォーレン＝ドズル＝チャックウィルに宰相を依頼しました。これは決定事項です。以後、政に関しては私が成人するまで宰相であるウォーレンに任せます」

声高らかに宣言するマデューク九世。流石に異議を唱える者はいない。いや、この場で唱えることができないと言うのが正しいだろう。

臍を噛むイグニス。流石に親帝国派がこのままのうのうとイグニスの好きにさせるはずがなかった。毒を食らわば皿まで。政の中心に帝国の王子を据えようと言うのだ。開いた口が塞がらないとはこのことだ。

「馬鹿め！　連中は何を考えておるっ！　国の中枢に帝国の王子を据えるだと!?　馬鹿も休み休み言わんかっ!!」

結局、止めることもできずに戴冠式が終わってしまった。

王城内の自室に戻ったイグニスは荒れていた。荒れるなと言うほうが無理だろう。傾いてきた流れを一気に戻された感がある。親帝国派はさぞ喜んでいることだろう。

「閣下、することは変わりません。むしろ好機です。中枢に帝国の王子を置かれたのですよ。これはもう乗っ取りと言っても過言ではありません。大義名分を得た今、何を恐れることがありましょう」

そう。ロージーの言う通りである。これは好機なのだ。乗っ取りを声高々に宣言し日和見を決め込んでいる領主を取り込むチャンス。

意識を切り替えたイグニスは机に向かって何枚もの檄文を認め、これを領主たちにばら撒き始めたのであった。

◇

「さて、また振り出しに戻ったな」

そう言ったのは同じく王城内に執務室を持つ人務卿ノーマンだ。

彼は趨勢は決したとばかりに反帝国派、つまりはイグニスに付く決心をしたところで先の爆弾発言である。

この人事にはノーマンも寝耳に水であった。そしてノーマンの考えを揺るがすに充分な衝撃である。

深く溜息を吐いた。また一から考え直しだからだ。

「親帝国派とのパイプはまだ残っているな?」

「もちろんにございます。ただ、最近は扱いが蔑ろだったので関係は良くはないかと」

「何。断絶でなければどうとでもなる。金も権力もあるのだ」

ノーマンにはわかっていることが一つ。わからないことが一つあった。

わかっているのはこの先、間違いなく反帝国派と親帝国派が覇権をかけてぶつかるということ。わからないのは、どちらが勝つかということであった。

◇

「ねえ、母上。あれで良かったの？」

リュークもといマデューク九世となった少年は、母親であるエマの膝の上でそう尋ねる。

問われたほうは愛おしい息子の頭を撫でながら「ええ、そうよ」と優しく耳元で答えた。

「全部、私のお兄さん。つまり、貴方の伯父に任せておけば大丈夫よ。きっとこの国を良くしてくれる」

「うん、そうだよね。イグニス大叔父もいるんだし、二人が協力すればなんてことないよね！」

「ええ、そうよ。それに貴方のお祖父さま。ペンジュラ帝国の皇帝陛下もお力になってくれるわ」

「これでみんな幸せだね！」

そう言ってエマの膝から飛び降りると、侍女から蜂蜜水を受け取り一気に飲み干す。そして再び母親に抱き着くのだ。

蝶よ花よと育てられたマデューク九世。同年代と比べて少し、いやかなり母離れが遅いと見える。

そして母親のほうもまた彼を手放したくないようだ。

「ただいま。良い子にしていたかい、リューク」

「おかえりなさい、父上！　していましたよ！」

今度は父親に向かって体当たりをするマデューク九世。父であるエミールはそれを軽々と受け止めていた。エマもエミールの元へ近づく。

「お帰りなさい、あなた。どちらに？」

「ああ、ウォーレン義兄さんと少し話をしていてね。ああ、これで面倒な政ともおさらばだ！」

大きく伸びをするエミール。その表情は晴れ晴れとしていた。

これで彼が忌み嫌っていた政争とやらに巻き込まれる確率は大きく低くなっただろう。その代わり、息子が巻き込まれる可能性が高くなったのだが。

「兄とはどんなお話を？」

「うん、そうだな。……リューク、ちょっと良いか？」

そう言ってリュークを呼び出すと膝を曲げて同じ目線まで降りてからエミールは口を開いた。その内容に驚いたのは息子よりも母親のほうであった。

「何ー？」

「リューク、可愛いお嫁さんは欲しくないかい？」

「あなた!?」

エミールの一言でエマの心臓は止まりそうだ。勢い良く詰め寄る。まだまだ可愛い盛りだ。手放したくはない。それに対してエミールは落ち着いていた。

「義兄さんからの勧めで。これを機に更に両国の絆を深めようじゃないかということらしい。なので、そろそろ帝国の姫をとね」

「ですが、まだ早過ぎはしませんか？」

「モタモタしてると変な虫が寄ってくるぞ？　仮にも一国の王なのだから」

「それは……そうですけど」

「それに男の子だ。手元からいなくなるわけではない。向こうから嫁が来るだけだ。な？」

歯切れの悪いエマ。その彼女を何とか強引に説得するエミール。マデューク九世はそんな夫婦のやり取りをただボーっと眺めているだけだった。その視線に気が付くエマ。

「まずは、この子の意見を聞きましょう。ねえ、リューク。お嫁さんどう？　欲しい？」

「んー。まだ要らない。母上といっぱい遊びたい！」

その回答を聞いたエマがどうだと言わんばかりの表情でエミールのほうを向く。

そう言われてしまったらエミールも無理に話を進めることはしない。我が子を優先だ。

「じゃあ、義兄さんにはお前から説明しておいてくれよ」

「もちろんです。それよりもちょっとお忍びで城下に行ってみない？　最近、美味しい料理を出すお店が出来たんですって。なんでも水飴って言うね――」

「おいおい、城下なんて危ないからダメだぞ。リュークは国王なんだから。その店を丸ごと王城に呼んでしまえば良いじゃないか。向こうも箔が付いて喜ぶだろう」

「まぁ、何て良いアイディアなのかしら。そうしましょう！　誰か!!」

政は全て宰相のウォーレンに任せ、エミール一家は放蕩の限りを尽くすのであった。

ただ、宰相のウォーレンとしてはそのほうがありがたいだろう。任してもらったと思った矢先にあーでもないこーでもない、としゃしゃり出てこられたほうが面倒だ。

ウォーレンが真っ先に行ったことは国の基礎情報に目を通すことである。人口、税収、資産、兵数、主要な貴族とその婚姻関係などなど。

これさえ覚えておけば、たった今お役御免になったとしてもウォーレンを放っておくことはできない。

かと言って処刑することもできないのだ。してしまえば帝国に攻め込む口実を与えることになってしまう。

そして彼は今、人事の見直しを図っている。というのも彼がやりたいことをできる人事にするためである。これに真っ先に反応したのは人務卿ノーマン侯爵であった。

ノーマンは国がどうなろうと構わない。自身の地位さえ守ることができればそれで良いのだ。

ウォーレンに付け届けを送ったのはノーマンが最初だ。

「今後ともどうぞ、良しなに」

「ふむ、考えておこう。そうだな……貴公の意見を少し聞かせてくれるか？　人務卿であることを見込んで」

「何でしょう」

「政を円滑に進めるため、もう少し私の子飼いを要職に就かせたいのだ。良い知恵はないか?」

ウォーレンも思い切った相談をしたものである。

ただ、ノーマンにはバレても問題ないと踏んだのだろう。彼は役職をそのままにしてやるとさえ言っておけば従順な犬に成り下がるのだから。

「そうですな。私を人務卿のままにしていただけるのであれば、ある程度は融通を利かせられましょう。具体的には人務卿の補佐官。その他にも外務、内務、軍務に一人ずつ送り込めるよう取り計らいましょう」

「話が早くて助かる。前向きに検討させてもらおう」

「はっ」

ただ忘れてはならないのが宰相であるウォーレンが全てを決めることができるのか、というと答えはノーだ。

もう一人、摂政を納得させないことには人事異動の了承は下りないだろう。そのこともノーマンは熟知している。

「久しぶりだな。ロージー」

「お久しぶりです、父上。やっと我々の陣営に付くことを決めていただけましたか?」

「すまんが事はそう簡単ではないのだ。まずは国政を安定させないといかん。民あっての国だ。人務卿としては民を優先に考えなければならん。何、心配はするな。安定したらお前の味方になってやる。

だから、な?」

そう言ってイグニス陣営にいる息子のロージーを説得するノーマン。こうして今日も王都は大人たちの陰謀詭計な会話が繰り広げられていた。

◈

「来たわよ、ラムゼイ」

サンドラがラムゼイの寝室にやってきた。それはバルティ城の頂上に位置する三階である。

今のところサンドラとラムゼイは別々の寝室で休んでいた。それがこの国の習わしなのだ。

もちろん、その習わしは絶対ではない。これは側室を置きたい昔の貴族の知恵がそのまま風習として残っただけである。それを置くつもりのないラムゼイは別に同室でも良いと思っていた。

「いらっしゃい。まあ、座って。お茶入れるから」

ラムゼイが席を立ってカップを用意する。ティーポットには水出しされたバートレット茶が入っていた。どちらも模様の付いていない綺麗な真っ白なティーセットだ。

「それで、話って?」

サンドラはカップを受け取りながらラムゼイに尋ねる。彼女としては早く本題に入って欲しいのだ。ただ、ラムゼイとしてはもう少し心の準備をさせて欲しいところである。

「あー、うん。最近どう?」

「まあまあよ。この城も快適になったし悪くはないわね。ただ……」

そう言って視線を落とすサンドラ。ラムゼイは自身の胸が一つ高い音を奏でたのを感じた。その先をサンドラに促す。

「ただ？」

「ただ、少し暇ね。合流してくれたダーエ家で働いてくれていた人たちは優秀だし、することがないのよ」

「サンドラは何かしたいことはないの？」

そう尋ねるとサンドラは人差し指を顎の下に持っていって考える仕草を取る。控えめに言って可愛い。ラムゼイが幸せな気持ちになっていたのも束の間。彼女の口から彼を叩き落とす一言が飛び出してきた。

「そうねぇ……今したいのは子育てかしら」

きらりと光る目でラムゼイを捉えるサンドラ。この発言は明らかに確信犯である。先ほどまでの幸せな気持ちが一転、ラムゼイの背中を汗が流れる。

どう切り抜けるべきか。素直に謝るか。それとも誤魔化すか。誤魔化したとして、誤魔化しきれるか。ラムゼイの頭の中はぐるぐると高速回転していた。

考え抜いた挙句、ラムゼイは靴を脱いで両膝をつき頭を深々と下げた。そう、彼のとった選択肢は土下座だったのだ。そして叫ぶ。

「すみませんでした！　子どもはもう少し待ってくださいっ!!」

それを冷ややかな目で見つめるサンドラ。そして静寂。いたたまれないラムゼイ。でも顔を上げることができない。先に根負けしたのはサンドラだ。

「それは構わないのだけど。この際だからはっきりさせたいのだけど、私に不満があるの？」

「いや、サンドラに不満はない。ただ――」

「ただ？」

そこで言葉を区切るラムゼイ。そして優しく続きを促すサンドラ。先ほどとは立場が逆である。ここで黙っていては話が先へと進まない。意を決してサンドラに伝える。

「強引に娶ったから、その、イヤに思ってないかなって」

ラムゼイの心配事を聞いてサンドラは思わず吹き出してしまった。彼としては相当な悩みであったのだが、彼女からしてみれば路傍の石の如き悩みなのだろう。

「そう思っていたら貴方に買われてないわよ」

「それと、子どもが出来たら家中が割れそう――」

ラムゼイがそう言ったところでサンドラは彼をベッドに押し倒し、そして唇を奪った。とても柔らかい唇だったのがとても印象的だった。

「大丈夫よ。ああ見えてギルベルトも分別あるもの。私の子供っていうだけで忠誠を誓うに決まっているわ」

「確かに。それはありそうだね」

なんだかんだ言っても子どもは可愛いものだ。自身が手塩に育ててきた令嬢の子どもとなれば、立場は祖父と同じだろう。

流石にここまでされてしまってはラムゼイも我慢できない。

サンドラの衣服に手をかけ、生まれたままの姿にすると二人揃ってベッドの中に潜り込んだのであった。

◈

「上手く入り込めたようだな」

男は届いた粗末な紙に目を通すと、それを蝋燭に近づけて燃やしてしまう。それからリヒトを自室に呼び出した。リヒトはすぐに男の元を訪ねる。

「お呼びでしょうか」

「ああ、お前にちょっと頼みがあってな。どうやら我らが姫が上手く事を運んだようだ。お陰でその兄が王国の宰相位に就いたらしい」

「ほう、それは……荒れますすね」

「そうだ」

男はここで言葉を区切る。これはリヒトに考える時間を与えるためであった。彼はこめかみを押さえて必死に頭を働かせている。充分に時間を取ってから男は問いかけた。

「さて、どうする？」

「んー、ボクは兵を率いて反帝国派の領地を荒らして回れば良いのだと思っています」

「何故そう考えた？」

「王国内が真っ二つに割れるのであれば国力を低下させる好機です。互いに争わせれば良い。今はまだ牽制している時期かと思われますので、反帝国派の領内を荒らして親帝国派への憎しみを高めようと思っております」

「なるほど、悪くはない。悪くはないがもう一押し欲しいな。兵を連れていくのではなく、兵を向こうで集めよ」

「え、向こうでですか？」

「そうだ。できる限り帝国に目を向けさせたくはない。あくまでも国内の内乱にしておきたいのだ。帝国の息は少なければ少ないほど良い」

つまり、リヒト一人で王国に乗り込む。そしてそこで兵を集めて国内を荒らせということのようだ。こうなってしまったらリヒトの素性も向こうで明かすことはできないだろう。

「それは難しいですね」

「なら止めるか？」

男の目がリヒトを捉える。リヒトはこの男の目に弱いのだ。自分を試されているような気がして。できなければ不合格の烙印を押される気がして堪らないのだ。

「わかりました。やらせていただきます」

「よろしい。何、こちらにも準備はある。王国の金だ」

男は立ち上がり、後ろに置いてあった革袋をリヒトに渡す。これを受け取ったリヒトはその重さに思わず膝がガクンと折れる。

「２０００ルーベラはあるだろう。それを元手になんとか上手くこなしてくれ」

「わかりました」

「俺は引き続きマフレード朝ペリジャムの内部工作に当たる。案外、ペリジャムが崩れることはないやもしれん」

男は机に腰掛けるとともに溜息を吐く。

ペンジュラ帝国としてもマフレード朝とマデューク王国の二正面作戦は避けておきたい。時間を置けば置くほどマデューク王国は食らいやすくなる。

なんとしてでもその間にマフレード朝の牽制をしておきたい。

「わかりました。王国への侵攻の目安は？」

「予定では三年後。後はお前の出来次第だ。全く、早く領地を得たいものだ。そうすればどさくさに紛れて独立してやるものを」

男は手近にあったワインを煽る。リヒトはそれを見て目を伏せる。このお方の境遇を慮ってか、それとも自身の不甲斐なさを実感してか。

「では、私は任に取り掛かりますので。失礼します」

リヒトは敢えて何も言わずに退室した。革袋を抱えたまま。

そして歩きながらこれからのことを考える。まずは王国内に拠点を築かないといけない。それから人員の確保だ。

傭兵を雇うか、それとも奴隷を買って育てるか。前者のほうが即戦力ではある。

しかし、領内を荒らすたびにお金が掛かって仕方がなくなるだろう。

後者の場合は領内を荒らせるようになるまでに時間が掛かる。しかし、一度軌道に乗ればそうそう崩れることはないはずだ。

そんな時、一人の男のことを思い出した。帝国とパイプを持つ商人のことを。名前は何と言っていたか。こめかみを強く押して脳を刺激する。

「マン……なんだっけ、動物みたいな名前だったんだよな。んーと、えーと」

その人物の手がかりを求めて自室に戻るリヒト。ついでに出立の準備も手早く済ませる。ナイフに皮の水筒。それから着替えを何枚か鞄に詰めて剣を下げる。

「あ！　モスマンだ！　思い出した、思い出した！」

その途中、大声をあげるリヒト。どうやら思い出したようだ。どうやらスッキリしたようで鼻歌交じりに準備を整える。そして叩かれる扉。

「はい？　あ、パメラ」

「はぁい、リヒト。聞いたわよ、マデュータ王国に行くんですってね」

「うん、パメラは？」

「私はマフレード朝ペリジャムの内部工作のお手伝い。なんでも大量の女の子が必要なんですって。イヤになるわ」

「意外だね、そういうの好きだと思っていたけど」

リヒトは訪ねてきたのがパメラだとわかったので、荷造りを再開する。パメラも勝手知ったるリヒトの部屋だ。椅子に陣取りワインを開ける。

「アタシは良いのよ。ただ、手塩にかけた娘たちにさせるのがちょっと、ね」

「ふーん、そんなもん?」

「そんなもんよ。アンタも手塩にかけた部下を持てばわかるようになるわ」

お互い頑張りましょ。そう言って去るパメラ。何をしに来たのだろう、邪魔しに来たのだろうかとリヒトは訝しむ。ただ、彼女の一言で彼の方針は決まっていた。

このお金で奴隷を買って育てよう。パメラの一言に興味が出てきたのだ。

「手塩にかけた部下、ね」

そう呟いてから用意されていた部屋を引き払う。リヒトは駄馬を一頭譲り受ける。

費用はもちろん男につけて。そして荷物を譲り受けた彼の上に乗せて歩き出した。向かうはもちろん東だ。

馬にまたがり号令一下。

「さあ、いくぞ。ロシナンテ!」

リヒトの長い長い挑戦が今、幕を開けようとしていた。

王国歴552年　6月　下旬

イグニスの認めた檄文は反帝国派、親帝国派かかわらず全ての領主の元に送られていた。

もちろんラムゼイの元にも来るだろう。彼も国が荒れる予感を感じ取っていた。

「嫌だね。戦は」

「しかし、降りかかる火の粉は払わねばなりませんな」

ぼやくラムゼイを諫言するグレン。ラムゼイも領民たちを危険な目に遭わせたくないと考えている。

そのためにも後顧の憂いを早めに断っておきたいとも。

「実際どっちが良いと思う？　血を流してでも国の独立を維持するのか。それとも無血開城して属国になり下がるのか」

誰も何も答えなかった。ラムゼイ自身も理解している。どちらも間違っていない、と。

帝国が侵略してこなければ丸く収まるのだが、もう無理だ。国の政にまで手を伸ばされてしまっては後戻りはできない。

「よし、情勢はわかった。ただ、ボクたちはボクたちで落ち着いてやることをやろう」

まず、考えないといけないことはコッツ男爵領の併呑である。

これを親帝国派と反帝国派が大々的にぶつかる前に行っておきたい。そうすればバートレット領は後顧の憂いを断つことができるからだ。

それにラムゼイは自身が第三勢力になることを仲間内で公言している。特に要請がなければこの争いには加わらない方向だ。

「コッツ領からの人の流れはどうなっている？」

「それはわかんないけど、村は着々と出来てるみたいだよ。ヴェロニカの村が一五〇人、ダニーの村が一二〇人になってるって」

ロットンは手元の資料に目を通しながらラムゼイに報告する。村の移民に後でアンケートを取ったところ、およそ七割がコッツ領から来たのだとか。

「これから増えてくよね。流石に気が付くかな？」

「いや、まだだな。恐らく気付くのは九月くらいだろう。税収が大幅に減ってやっと気が付くのさ」

愉快に笑いながらロットンが言う。彼の見込みでは秋の刈り取り時期が過ぎてから移民が大量に押し寄せてくる計算のようだ。流石に育てている作物を捨ててまで移住してくることは精神的に惜しいのだろう。

ただ、作物の収穫が終われば別だ。その収穫した作物ごとバートレット領に移ってくれれば税を払わなくて済むのだから。

そういう事情もあり、冬前には両方の村が五〇〇名近くになるとの見込みを立てていた。とは言え向こうも男爵領。それなりに人口が多く、それでも二割削れるかどうかである。

いや、この場合は二割も削れたと喜ぶべきなのだろう。二割と言えば五人に一人はバートレット領に逃げ込んできているのだ。となると税収も二割減る計算だ。悪くない数字である。

あくまで想定だが。

ただ、そうなった場合は外交問題に発展するのは否めない。となると、拳での交渉となるだろう。

できれば穏便に済ませたかったのだが、それも仕方ない。

「今は集積所だけど冬前には砦に変わってそうだな」

「当然そうでしょうな。食糧は買い占め済み。税を納めてくれる予定だった領民が二割も逃亡。となると――」

ここまで聞いてグレンの言いたいことが理解できた。食糧がないのだ。攻めて奪い取るしかない。となるとやらなければならないことがもう一つ発生する。

「グレイン地方にも対コッツ用の砦を築かないと、だね。これはボクが築きに行こう」

この仕事に名乗りを上げたのはラムゼイだ。理由は明白。執務室に籠っての書類仕事がイヤになったのだ。それに便乗したのがグレンである。

転封、併呑、そして領内の人口爆発となれば書類の量は言わずもがな。ラムゼイの執務室にある机の上は羊皮紙や粗末な繊維紙で山のようになっているのだ。

「ほう。では私もご一緒しましょう。南のほうで少しやりたいことがありましたので」

グレンは暗に伝える。逃がさないぞ、と。

ただ、そうなると城に残るのはロットンだけとなってしまう。彼に書類仕事の全てが降り注いでしまうので、ロットンは泣きながらラムゼイを引き留めた。

結局、今回もグレンが砦の建築を担当することになった。本人も南でやりたいことがあると申し出ていたので渡りに船のはずだ。

また、事前の取り決めでグレイン領に築く砦は見るからに強固な砦にすることにした。攻め落とせそうにない砦を築けば抑止力になると考えたのだ。

そうすることでグレイン領からではなくコッツ領の北側、つまり集積所を築いたほうから攻めてくるだろう。そうなるよう仕向けるため、敢えて見るからに強固に築くのである。

「では、グレイン地方に行って参りますので書類仕事、頼みましたよ」

兵を引き連れて旅立つグレン。ラムゼイはその後ろ姿を眺めていた。そして掴まれる肩。振り返るとそこにはロットンが良い笑顔で立っていた。

「じゃ、書類仕事を始めようか」

ラムゼイは泣きながら書類の山を処理していったという。

彼を癒してくれるのは城で育てている山羊とヒヨコ、それから愛猫のコタだけであった。

そんな時である。ラムゼイの元をとある使者が訪ねてきていた。非常に偉そうな態度の男である。何を隠そう、イグニス大公の使者だ。

「こちら、イグニス閣下の勅書である。改められよ」

「拝見します」

念のため、封蝋を確認してから中を拝見する。そこには現在の宮廷の実情が如実に記載されていた。中でも宰相に帝国の王子が任命されたのは驚きだ。

ただ、これは渡りに船である。親帝国派のコッツ男爵領に攻め込む口実が出来たのだから。これで講和を破っても誰からも文句を言われない。

「拝見しました。私たちは親帝国派のヴォイド士爵を滅ぼし、さらにコッツ男爵と争う予定です。ですので、引き続き北のネヴィル子爵を抑えていただきたいと閣下にお伝えください」

「承知した」

ラムゼイはただ自身のこれからの展望を話し、要望を伝えたに過ぎない。だが、やることは反帝国派のそれと変わらないだろう。

使者はこれをラムゼイが反帝国派に加わると解釈して足早に来た道を戻る。

国王が崩御しようがなかろうがラムゼイはどちらにしてもコッツ男爵を潰す予定である。彼らのやることに変わりはなかった。

「さ、今のうちに地盤を固めておかないと」

ラムゼイは執務室に戻り、再び地味で苦痛な書類作業にとりかかることにしたのであった。

◇

「こちら、改めを」

「うむ」

グレイブ伯爵家の当主であるカルロスはイグニス大公の使者から勅書を受け取って中を読む。どうやら想像通りの内容だったのか。彼の表情に変化は見られない。

「なるほど、承知いたしました。私は閣下に大恩がある身。喜んで閣下のお力になりましょう」

「そのお言葉に感謝する。閣下も大層喜ばれるであろう。では」

その言葉を残して使者は去っていった。それを屋敷の窓から眺めるカルロス。全く見えなくなったところで椅子に深々と座って目頭を揉む。

「手紙は老人の目に堪えるな」

そう言うカルロスの傍らでは息子のカルゴがイグニス大公から送られてきた勅書を読んでいた。それを熟読してから父親に話しかける。

「それで、どうするので？」

「どうするもこうするもこれまで通りネヴィル子爵の抑えに当たっておけば良かろう。あとはバートレット卿に頑張ってもらえば良いのだ。せいぜい役に立ってもらおうではないか」

生意気な態度をとってきたバートレット家は癪に障るが、今はそんなことを気にしている場合ではない。自領の安全を確保し、ここを乗り切らなければならないのだ。

北は中立を保っているドミニク子爵領。南は同じ派閥のバートレット男爵領。

東が今、敵対しているネヴィル子爵領。西も同派閥のアーシュ子爵家とホスキン男爵家である。

ここは王国内でも上位に位置するほど安全な地帯となっている。今は。ネヴィル子爵も格上のグレイブ伯爵と事を構える様子はない。つまり、これまで通りである。

「それでは、大公閣下のお力にはなれませんぞ！　父上！」

「なっておるではないか。バートレット男爵のためにネヴィル子爵を抑えておる。あとは彼奴等がコッツ男爵を潰せば我らも貢献したことになろう」

「父上、何を尻込みしておられるのです。今こそネヴィル子爵領を奪う好機ではありませんか⁉」

鼻息荒く父親に詰め寄るカルゴとは対照的に溜息を吐いて頭を抱えるカルロス。このバカ息子にもわかりやすく説明するために地図を一枚広げた。

「みろ。我らとネヴィル子爵はこれだけしか領土を接しておらん。防備を固められてしまえば容易に手出しはできぬぞ」

「このショーム湖を突っ切って行けば良いではありませんか。急ぎ、船の用意を」

「馬鹿を言うでない。そんなことをバートレット卿に申し出た日には、どれだけ吹っ掛けられることやら」

自身の行いを棚に上げるわけにはいかない。通行料を貰うが通行料は払わない、という我が儘がいくら伯爵と言えども通用するわけがないのは容易に想像できる。

「そんなもの、払ってしまえば良いのです。一時的な支出などネヴィル子爵領を奪ってしまえば簡単にお釣りが来ます」

「船はどうする。買うのか、それとも作るのか。どちらにしても金が掛かるな。さらに船の調練もせんといかん。さらに、戦ともなれば兵を動かすことになる。領民から徴兵もしないといかんだろう。となると税収が減る恐れがある。それでもやるべきだと。その計算をお前はしたのか？」

父親に捲くし立てられてしまったカルゴ。思わず閉口してしまう。

流石にそこまで細かくは計算してはいない。ただ、領地を広げたいという思いに突き動かされたまでである。

もちろん、伯爵家には水軍の用意もある。しかし、それはあくまで湖の上で戦う軍だ。輸送となると、また更に船を増やさねばならない。

「果たして、これでイグニス大公閣下は納得いただけるでしょうか。ネヴィル子爵を抑えたという実績だけで」

「別に戦働きだけが誉れというわけではない。できない部分は他で解決するのみよ。付いてこい」

そう言うとカルロスはカルゴを伴って屋敷の地下へと赴く。

そこにはカルロスがこれまで貯めに貯め込んだ金銀財宝が眠っていた。全て売り払えば自領の税収一年分の総額に相当するだろう。

カルロスはその中に踏み入ると無造作に小石ほどの砂金を掴み上げる。そしてカルゴのほうに振り返って力強くこう伝えた。

「こういう時のためのこれなのだ。覚えておけ」

掴んでいた砂金をそのまま革袋に投げ込む。何度も。何度も。

砂金を食らい続けた革袋が人間の頭ほどに大きく膨らんでいた。それを息子のカルロスに手渡す。ルーベラに換算すると10000は下らないだろう。

「これをイグニス大公閣下に献上してこい」

そう。カルロスは資金でイグニス大公に貢献するつもりなのだ。これは貴族というよりも商人がよく使う手段である。隣のドミニク子爵家なんかが好例だろう。

ただ、グレイブ伯爵家とドミニク子爵家では根本が違う。前者は貯め込むのが上手で後者は稼ぐのが上手なのだ。大きな違いと言えるだろう。

先のカルゴの提案もドミニク子爵家であれば投資として支援されていたかもしれない。しかし、ここは貯め込むのが上手いグレイブ伯爵家だ。

「わかりました」

不承不承という形ではあったがカルゴはそれを受け取りイグニスの元へ向かう準備をする。

しかしその最中、彼は考えていた。どうすればイグニス大公の覚えがめでたくなるのかを。

父であるカルロスはもうすぐ領主を引退する。となれば後を継ぐのは長男である自身なのだ。ここでしっかりとイグニス大公と太いパイプで繋がっておく必要がある。

そこで、カルゴは兵を五〇〇も引き連れてイグニス大公の元へと向かった。

明らかに多いのだが、額が額なのでカルロスも渋々承諾した。

しかしこれこそが、この兵こそがカルゴの狙いだったのだ。この判断が後のグレイブ家のあり方を大きく変えることになるのであった。

王国歴552年　7月　上旬

夏だ。夏がやってきた。燦燦《さんさん》と照り付ける太陽。身体から噴き出る汗。こんな日はショーム湖に飛び込みたいものである。

何が楽しくて気温も湿度も高い執務室に籠って書類と睨めっこをしなければならないのだろうか。

ラムゼイは疑問に思いつつも領民のためを思い、手を止めない。

兵士たちも汗だくになりながらバルティ城の周りを走っている。ご丁寧にフル装備でだ。念のため、水分と塩分をしっかりと摂るようグリフィスに伝えた。それだけでも大分違うはずだ。

「ラムゼイくん。これもね」

ロットンがおかわりの書類をラムゼイの机の上にばら撒く。ラムゼイは兵士たちの掛け声をＢＧＭに嫌々ながらも書類仕事に取り掛かった。

「それにしても暑いね」

「ホントに。あ、ねえロットン。村や町のほうって水足りてる？」

この暑さで水不足は致命的だ。

バルティの街にはショーム湖が裏手に控えているので水不足とは無縁の生活を送ることができているが、他の地域だとそうもいかない。

「チェダー村方面は大丈夫だと思うよ。サレール山から流れるサレール川が流れているから」

チェダー村と集積所、それからヴェロニカの作っている村――フロマ村と名付けた――は問題ないだろう。それとグレイン地方にあるダニーの村――こちらはブラン村――と砦も大丈夫だ。

こちらはセオドアが管理しているグレイン村（ヴォイド領の領都）が近く、国境沿いに聳えるデフラン山脈から流れるデフラン川があるからだ。

問題はラムゼイが作ったクロミエ村だ。あの村は井戸で成り立っている。涸れてしまったら一大事だ。そうなる前に何か手を打っておきたい。

「このショーム湖の水をクロミエ村まで通せないかな」

これは治水工事も兼ねた解決案である。もし、大雨が降ってショーム湖が氾濫する前に水を他に流して水位を下げておこうというラムゼイの考えである。

「それって土を掘って水を通す道を作るんだよね。川みたいに。誰が掘るの？」

「新兵」

これはバートレット領の伝統である。

力仕事や土木工事は体力づくりの一環として新兵が行うのだ。今回も深さ五十センチ、幅五十センチの溝をショーム湖とクロミエ村まで繋ぐだけの簡単作業である。

「あとでグリフィスに伝えておかないとな」

やることだけがどんどんと溜まっていく。そして扉を叩く音。

どうやらやることというのは向こうからもやってくるらしい。ラムゼイは返事をする。入ってきたのは一人の兵士だ。

「ラムゼイさま。グレンさまがお呼びです。早急に事務仕事を終えてこちらにご足労願いたいとのことです」

「さらっと無茶なことを言ってくれるね」

書類仕事に切りがあるわけがない。終わったと思ったら新しい書類が机の上に載せられるのだから。

ロットンと話し合い、領主の裁可が必要な書類を取り敢えず終わらせることにした。残りはグレンにでも押し付けてやろう。

それからグリフィスに一言、先ほどの土木作業のことを伝えてグレイン地方へと向かう。

いくら道が整備されているとはいえ、徒歩だと距離がある。流石に一日では到着することができなかった。

そうしてやっとの思いでグレンが絶賛建築中の砦に到着したラムゼイに掛けられた一言がこちら。

「やっと到着ですか。遅かったですね」

この一言を聞いた時、さすがのラムゼイも怒りを覚えたという。

もちろんグレンはラムゼイのことを馬鹿にしているわけではない。兵は神速を貴ぶ。何においても速度は重要なのだ。

「ということで馬を手に入れましょう」

「馬？　いや、それは欲しいけど当てはあるの？」

「私はありません」

その言葉を聞いてガクッと肩を落とすラムゼイ。

しかしすぐに気持ちを切り替える。グレンはどうやって手に入れるつもりなのだろうか。彼が見込みなしに提案をするとは思えない。

「おや、それほど落胆しておりませんね」

「そう提案するからには何か考えがあるんでしょ？」

「おや、そこまで見抜かれていましたか。主にはこのまま南に下っていただこうかと」

南。このグレイン地方は国境沿いの地方だ。そのさらに南となると国外に出てしまう。そう、グレンはラムゼイに国外に出ろと言っているのだ。

「なるほど。ゴン族か」

「左様」

ゴン族というのはマデューク王国では南方の蛮族ということになっている。ラムゼイもその実情を詳しくは知らない。

ただ、なるほど確かに国境を接しているのに詳しく知らないというのはおかしな話だ。俄然、興味が出てきた
「どうするつもり?」

「回りくどいことはせずにストレートに話を持っていきましょう。主が会いたがっている、と」

当てがないのなら作るしかない。このままあやふやにして攻め込まれるよりも態度を露わにしてもらったほうが対処のしようがあるというものだ。

「わかった。それでいこう」

「そう言うと思っておりました。僭越ながら既に使者を派遣しております。返書はこちらに」

ラムゼイの返答を見越して既に約束を取り付けていた。書状の中身を確認する。それによると二日後の正午に国境で話し合う約束になっている。

「時間がないじゃん」

「そうです。なにぶん、我が主が予定よりも遅いお着きでしたので」

ラムゼイはグレンに苦言を呈す。確かに内政は予断を許さない状況だ。

しかし、外交に関しては慎重に進めたい。今回はラムゼイとグレンの意見が合ったため、事なきを

得たが、これがずれていたら一大事である。

「ねえ、グレン。裁量を与えたのはボクだけど外交なんかの大事に関しては進める前に相談してくれないかな？」

「恐れながら申し上げます。今は火急の時、一日二日のロスが後の致命傷になりかねませんぞ」

「それは仕方ない。外交上で大きなミスに繋がるよりはマシだ」

「しかし、それでは――」

「生きる上では正論や正解よりも大事なものがあると思うんだ。その辺り、どう思う？」

そう言うとグレンは黙してしまった。

これで彼の意識も変わってくれると良いのだが。ラムゼイも転生前は色々と先走り過ぎて痛い目を見たのだ。そして彼もこれが原因でダーエ家を袖にされてしまったのだろう。

ただ、グレンを糾弾したところで残りの日数が延びるわけでもない。状況も理解できた。ここから何とかしなければ。

「グレン。ウイスキーは持ってる？」

「は？　ええ、まあ。少量であれば」

「じゃあそれを手土産に持っていこう。服は着飾らないほうが良いよね。このままで良いや。あ、護衛も必要か。……じゃあダニーを連れていくから、その間は砦だけじゃなくて村も見ておいてね！」

ラムゼイは時間がないということでパパっとやること、持ち物を決めていく。

兵は神速を貴ぶ。決断の速さも重要だ。すぐにダニーに声を掛け、さらに南下するラムゼイ。

「久しぶりの二人旅だね。こうして荷車を牽くと思いだすな。ヘンドスの街に薪を売りに行ったよね」

「おい」

「いやー、暑いね。もう夏だなぁ。作物も順調に育ってるし安泰だ。あとはもう少し人口が伸びてくれれば言うことないんだけど」

「おいって」

「ただ、懸念はコッツ男爵だよねぇ。準備は入念にしているけど戦わずに勝ちたいな」

「おいってば！」

「何、ダニー？」

「これはどこに向かってんだ!?　ってか、何しに向かってんの!?」

ラムゼイはダニーと二人で荷車を牽きながら国境目指して南下する旅の途中である。どこに向かっているのか、そして旅の目的もダニーには一切伝えていない。

呼ばれたので来たら有無を言わせず連れ出された。というのがダニーである。仕方がないのでラムゼイはダニーにこの旅の目的を伝えることにした。

「これは国境に向かってます。目的はゴン族との通商ルートを開くこと。まあ、端的に言うと馬が欲しい。最悪、盗ってきてよ。得意でしょ？」

「馬鹿言え。逆にゴン族の美人なお姉さま方のハートを奪ってきてやるよ」

「……ダニー。ゴン族のこと、知ってるの？」

「いや、全く」

「ボクも詳しくは知らないんだけど、馬を巧みに操る屈強な民族ってイメージなんだけど……」

ラムゼイの発言を皮切りに二人のイメージが重なる。馬を巧みに操る屈強な男性の姿が。そしてその傍らには可憐な少女ではなく、これまた屈強な女性がそこに。

「頼りにしてるよ。ダニー」

ラムゼイは荷車を牽く手を止め、ダニーの肩をぽんぽんと叩く。俺を見つめる目が生暖かかったとダニーは後に語ったとか。

◇

ラムゼイは国境の砦に到着すると会談の準備を手早く進めることにした。会談の日は明日にまで迫ってきている。大きなテーブルの用意と食事の用意も忘れてはいけない。

「ゴン族に詳しい人とかいない？」

国境の警備に就いている兵士であれば、もしくはと一縷の望みを持って声を掛けてみたのだが手は上がらず。やはり手探りの状態で準備をするしかない。

「んー。どうすれば良いと思う？」

「取り敢えず肉と酒を与えとけば良いんじゃね？」

「もう、真面目に答えてよ！」

ダニーは半ば不貞腐れている。この状態では彼を当てにすることはできない。

ラムゼイはうんうんと頭を捻りながら大枚をはたいて買った上物のワインとヤギ一頭を潰してお肉にし、パンやサラダなどできる限りの贅を尽くすことにした。

そして翌日。それらをテーブルに並べてゴン族の代表が到着するのを今や遅しと待っている。

すると遠くから地が響くような馬脚の音が聞こえてきた。一騎や二騎ではない。数十、数百といった数の音だ。

「き、きたっ！」

国境にそびえる砦の屋上から兵士の一人が叫ぶ。そしてバートレット軍全体に走る緊張。兵士たちはいくら会合だと聞かされていても迫ってくる騎馬兵たちが怖くないと言ったら嘘になる。

彼らはその数、実に五十騎近く。他に替えの馬だろうか。それを百頭以上連れていた。リーダーと思わしき男が彼らより一歩前に進み出る。

そんなに老いていない。若々しい男だ。上半身は何故か裸で、しなやかな筋肉が付いている。綺麗な金色の髪を短く切り揃えて両サイドを剃り上げているのが印象的だ。

「お前さんがバートレット男爵かい？」

男が馬上から話しかける。ダニーに。その場の兵士たちは全員が思っていた。違う、そっちじゃないと。

しかし、間違えてしまうのも無理はない。ラムゼイの横に堂々と並ぶダニー。そして何より彼は容姿が整っている。

そして男の一歩後ろには彼を立てるように女性が一人。妻だろうか。彼女も綺麗な金色の髪をしており、こちらは彼とは対照的に長い髪をサイドで緩く縛っている。

そして何より美人だ。少しキツイ印象を与える系の美人。

「こほん。私がラムゼイ＝アレク＝バートレットです。お呼び立てして申し訳ない。まずはこちらに」

「おお、これは失礼した。私はゴン族の族長が子、ザッパだ。これは妹のラズリー」

どうやら、控えていたのは妹だったようだ。ラムゼイは変に騒ぎ立てることもなくザッパとラズリーをテーブルに案内する。

二人は馬上から降りて席に座る。後ろにザッパよりも屈強な男を控えさせて。

「では、用件を聞こうか。我々をここに呼んだ用件をね」

席に着くや否やズバッと本題に入るザッパ。ラムゼイも覚悟はしていた。単刀直入に自身の要求をザッパに伝える。こういうタイプは変に策を弄さないほうが良いと見たのだ。

「馬を譲ってほしい。もちろんタダでとは言わない。言わないけど……何が欲しい？」

彼らがマデューク王国の通貨を欲しがるとは思わない。かと言って何を欲しがるかは想像がつかない。であればストレートに尋ねてしまおうというのがラムゼイの心積もりだ。駆け引き？　そんなものはない。

「なるほどな。そういうのは嫌いじゃねぇよ。じゃあこっちもぶっちゃけよう。力を貸せ。そしたら五十頭譲ってやる。どうだ？」

「詳しく聞かせてもらいましょう」

テーブルにワインが運ばれてくる。これを後ろの屈強な男が毒見をしてからザッパに手渡された。隣の席に着いているラズリーにも同様に毒見をしたものが渡される。

彼らに敵意を持っていないことを伝えるために食器は全て銀で揃えた。それでも警戒されるあたり、まだ心を許してもらえていないのだろう。ラムゼイは少し悲しくなる。

「何。俺の敵を蹴散らすために兵を貸せってことさ」

「申し訳ないがゴン族について詳しくなくてね。背景も含めて説明いただけるかな？」

「あー、ラズリー」

ザッパは説明が面倒になったのか妹のラズリーに全てを丸投げする。どうやらいつものことのようで役割を交代してスラスラと説明を始めた。

「まず、私たちはゴン族と言われてますが、ゴン族の中でも一派があります。我々はトニノ一派です。この辺り一帯を抑えております。ただ、他の一派も我々の土地を狙っておりまして」

どうやらラズリーの話によるとこの辺りは馬や羊の餌となる牧草が豊富に生えているのだとか。それで他の一派もその土地を狙ってちょっかいをかけてきているということらしい。

「ま、俺らは遊牧民だからな。草を求めてあっちこっち行くわけさ。となると沢山を養うには広い土地が必要になる。必然的にぶつかるってわけよ」

合点のいく内容ではある。ただ、相手がどれほど強大なのか見極めずに手を結ぶことは危うい。もし、手に負えない場合は仕方ないが馬を諦めることにしよう。

「で、直近の相手は誰になるの？」

「俺の兄貴だ。それより食いもんはないのか？」

ザッパから意外な言葉が返ってきた。なんとか一派だなんだと縄張り争いの話をしていたというのに、目下の敵は兄だと言うのだから。

「俺とラズリーは第三夫人の子だ。上に三人の兄がいる。いや、四人だったかな。まあいいや。俺が一派の長になるにはそいつらをぶちのめさないといけないってわけだ」

「ちなみに君たちのトニノ一派の規模は大きいの？」

「ゴン族の中でも真ん中くらいだな。戦力は合計で二〇〇〇人くらいか。馬も四〇〇〇はいるだろうな。んで、俺の派閥は六〇〇くらいだな」

うん。悪くはない。これなら充分に勝負ができる数だ。彼らに南側を守ってもらえれば後顧の憂いなく国内の混乱に対応することができる。

「わかった。手を結ぼう。ちなみに具体的にどうするか決まってるの？」

「よし、交渉成立だな。いんや、まだ。ただ全員ぶっ潰して俺が一派を牛耳る。そんだけだ」

二人はガッチリと握手を交わす。ラムゼイはザッパの一派統一に協力し、その見返りに馬を渡す。

ここでふとラムゼイが気になったことをザッパに質問してみる。

「一派の中でザッパの味方か敵かって、パッと見て判断つくの？」

「俺らはつくが、お前たちはつかんだろうな」

であれば何かしらの対策を考えなければならない。それから彼らの縄張りの広さも確認しなければならないし、兄たちの強さも調べないといけない。やることは山積みだ。

「まだ直ぐにぶつかるってわけじゃないんだろ？」

「ああ、まだまだ余裕はあるぞ。そんなことより飯にしようぜ」

ラムゼイは用意していた料理を振る舞う。

もちろん、このためにコックをグレンにわざわざ派遣してもらったんだ。自信はあった。しかし、その自信は脆くもくずれさることになる。

彼らが美味い美味いと言って食べていたのは羊の丸焼きだ。それからワインをがぶ飲みしている。本当にダニーの言った通り肉と酒を与えておくだけとなってしまった。

「ぶほっ！　なんだこれ!?」

そう叫んだのはザッパだ。すると彼の周りにわらわらと男たちが集まってきた。その男たちに彼が飲んでいた酒を飲み回させる。

「うおっ！　すげー！」

「中々美味いじゃん」

「これは……くるな」

その彼ら一人一人が愉快なリアクションを取っていた。ザッパはラムゼイを呼び出し、この水の正体は何かと執拗に尋ねてきた。

「これはウイスキーっていう酒だ」

「ウイスキー！　美味いな。譲ってくれ！」

「そうだなぁ。じゃあ、馬と交換してくれるならいいよ」

今度はラムゼイが強気に出る番である。馬は既に確保した。ここからは上乗せのボーナスタイムだ。

この提案に言葉が詰まるザッパ。

「うーん、このウイスキーがあれば味方を増やせると思うんだよなぁ。寝返らせることができると思うんだ。だから分けてくれるとラムゼイの負担も減ると思うんだがなぁ」

あからさまにラムゼイをチラチラ見ながらそう言うザッパ。流石に露骨すぎる。この誘惑に全く動じないラムゼイはザッパにこう返した。

「であればウイスキー買い込んだほうが良いよ。馬一頭とウイスキー一樽を交換してあげるからさ」

「……わかった！　十樽貰おうか。その代わり馬を十頭譲ってやるよ」

「若い牝馬が九頭と若い牡馬が一頭ね。毎度」

「えげつねぇな」

これで領内で繁殖させることが可能だろう。ただ、早急に餌を用意しなければならない。飼い葉を作らなければ。直ぐに用意できる飼い葉となれば麦と豆を混ぜたものだろうか。

急いで牧草を買い付けなければ。他の領には知られたくないが、秘匿するのは無理だろう。バルティは商人の出入りが激しく取り締まるのが難しい。

それにこれから騎馬隊を編成するとなれば調練に時間が掛かり過ぎるのだ。皆、馬に乗るのは初めてだろう。かくいうラムゼイも馬に乗ったことはない。貴族なのに。

これはギルベルト辺りに期待するしかないだろう。

もし、彼にも無理なようであれば手配してもらうしかない。これは早急に確認しなければ。砦に詰めていた兵士の一人を伝令としてバルティに走らせた。

そうこうしているうちに宴もたけなわ、解散の流れとなってきた。最後に馬とウイスキーの引き渡し日時について確認をする。

「じゃあ、馬の引き渡しは十日後で良いか？」

「うん。それまでにウイスキーを準備しておく。ダニーお開きにするよ」

そう言ってダニーのほうを振り返る。彼はラムゼイの言葉など耳にも入っていないかの如く、一心不乱にラズリーに話しかけていた。

ここに来てラムゼイは思う。会談中も宴会中もそういえばアイツ大人しかったな、と。

「ダニー？」

ダニーはずっとラズリーを目で追っていた。ラムゼイの声も彼には届いていないようだ。ラムゼイはもう一度呼びかける。

「あ、おう」

ラムゼイの元に駆け寄るダニー。ラズリーもザッパの元へ戻る。彼らは馬に騎乗するとラムゼイに一言、十日後にとだけ言い残して去っていった。その後ろ姿を見て呟くダニー。

「美人だったなぁ」

「ダニー？　宣言通りハートは奪ってこれたかい？」

「と、十日後に落ち合うときには必ず」

逆にダニーのハートが奪われてしまったようであった。

◇

「いいんですかい？　あんな約束をして」

「ん？　あんな約束っていうのは何のことだ？」

「馬をあげちまう約束のことですよ」

ラムゼイとの会談を終え、帰路についていたザッパは並走していたラングに声を掛けられる。

どうやら彼は馬を手放してしまうことを恐れていたようだ。それもそうだ。馬は彼らにとって貴重な財産なのだから。

「何。五十頭は老いた馬を渡しておけ。何なら部族の中で若い馬と老いた馬を交換してな。その時に弓や防具などもセットで交換してもらえば良いだけのことさ。バートレットの奴らに老馬の見分けなんてつかんさ」

ザッパは一派中から老馬を集めるつもりだ。その際、若い馬と老馬の交換では割に合わないから弓矢や防具を付けて交換をしてもらう。

そうして集めた老馬を五十頭ラムゼイに渡す。こうすればラムゼイの援軍だけではなく一派から武器や防具も手に入れることができるのだ。強かな計算といっても過言ではないだろう。

「じゃあ、最後の酒と交換した馬もそれで？」

「いや、あれは要求通り若い馬を渡す。約束を反故にしたことがバレてしまったら援軍に来てもらえんからな」

そう。えげつないと思ったのはこちらの考えを読まれたからだ。

これで繁殖用の馬は確保されてしまった。もし、もう一度援軍を頼まざるを得ない状況になったら交渉が難航するだろう。

そして駄馬を掴まされるとわかっていても交渉に応じたラムゼイの懐の深さをザッパは感じていた。同盟相手に不足はない。これで心置きなく殺れる。兄たちを。

「楽しくなってきたなぁ！」

ザッパは愛馬に鞭を打ち、加速しながらそう叫んだという。

王国歴552年　7月　中旬

ラムゼイは再び国境付近に来ていた。何故ならばウイスキーの引き渡しの日だからである。傍らにはグレンとギルベルトが控えていた。

それからダニー。来るなと言っても引っ付いてきたもんだから仕方なく同席させている。どうせ目当てはラズリーだろう。

「ウイスキー樽は用意できてる？」

「ああ。……けど中樽で良かったのか？」

「うん。ボクは十樽と交換しか言ってないからね。それに何か言われたら『これがマデューク王国で大きな樽です』って開き直れば良いよ」

中樽と言うと二五〇リットルの樽だ。大樽の半分の容量しかない。

ただ、ラムゼイの言う通り『樽と交換』しか決めていなかったので中樽でも問題ないだろう。小樽じゃないのはラムゼイの優しさだ。

ザッパもザッパならラムゼイもラムゼイである。これは卑怯なのではない。互いに守るべきもののため精一杯努力しているだけなのだ。

「それにしてもギルベルトとグレンが乗馬できて良かったよ」

「私としては主ができなかったことに驚きですがね」

グレンに嫌味を言われてもめげないラムゼイ。聞かなかったことにしてザッパの到着を今や遅しと待つ。後の懸念は出陣のタイミングだ。

ザッパには援軍に駆けつけると約束してしまった以上、これを反故にするわけにはいかない。とはいえ、ネヴィル子爵やコッツ男爵が総攻撃を仕掛けてきたら、それどころではなくなる。

となるとある程度こちらで時期をコントロールする必要があるのだ。できるのであれば二か月中に決めてしまいたい。麦の収穫前までに。

「ラムゼイさま、あちらを」

兵士が指差す方向に目をやると砂塵が上がっている。どうやらザッパがこちらに向かっているようだ。ラムゼイたちも出迎えるため、砦の前に陣取る。

「久しぶりだなぁ、ラムゼイ！　十日ぶりか？」

「そりゃ十日後にって約束だからね。ほら、ウイスキー持ってきたよ。帰り道、スピード出し過ぎて壊さないようにね」

そう言って荷車ごとザッパに渡す。ザッパは部下に命じて樽の中身を一つずつ確認していく。ラムゼイを信じていないわけじゃないが念のためだ。

「おし、全部ウイスキーのようだな。じゃあ約束の馬だ」

「ああ、待って。先にウイスキー分の十頭をこっちに」

ザッパは言われた通りウイスキー分の牝馬九頭、牡馬一頭をラムゼイに渡す。どれも張りがあって若々しい馬だ。

それから残りの五十頭をラムゼイに引き渡した。ウイスキーと交換した馬と見比べると型違い感が否めない。

「随分と年老いた馬ばかりだね」

「このウイスキー樽、小さいんじゃねぇか？」

そう言って睨み合う二人。周りも固唾を呑んで見守る。

しかし、二人はどちらからでもなく噴き出して笑い始めた。どちらも考えていることは一緒だったようだ。そしてザッパが口を開く。

「じゃ、これで取引成立だな。ちゃんと手伝えよ」

「あ、そのことなんだけど、いつ攻めるかまだ決めてないんだよね？」

「ん？　ああ、全然決めてない」

その言葉を聞いたラムゼイはグレンに視線を送る。その視線を感じたグレンは静かにゆっくりと一度だけ頷く。それを見たラムゼイは話を切り出し始めた。

「じゃあさ、こんなのはどう？」

そう言ってザッパの耳元で囁くラムゼイ。ザッパの口からは「ほうほう」や「なるほど」という言葉しか漏れ聞こえてこない。

「悪くはないな。だが、おそらく手を組んだことはバレているぞ。俺の陣営にも兄貴たちの間諜がいるはずだからな」

「そっか。でも大枠は悪くないと思うんだ」

「そうだな。今のまま手をこまねいていてもジリ貧だし、やってみるか。準備が整ったら連絡する。もう少し手勢を増やせそうだ。こいつもあるしな」

ザッパはウイスキー樽を叩く。どうやらウイスキーを振る舞って仲間を増やす目論見なのだろう。果たして酒の力だけでそう上手くいくのか。おそらくいくから自信があるのだろう。

「わかった。じゃあ連絡を待ってる」

「おう、お前ら。撤収だ！」

ザッパは荷車を馬に牽かせ、足早にここを去っていく。彼らが見えなくなるまで見送った後、ダニーが悲しい一言をぽつりと呟いた。

「ラズリーは？」

「……来ていなかったね」

残念ながらダニーにとっては無駄骨となってしまった。

職務を放っぽり出してきてしまってる以上、その皺寄せは彼のところに行くわけで。踏んだり蹴ったりな結末になったのであった。

王国歴552年　7月　中旬

「さ、乗ってください」

ラムゼイは温厚そうな老馬に乗っている。いや、乗らされたというのが正しいだろう。グレンに乗馬を習っている最中である。

もちろん、ダニーも馬に乗れないと話にならない。彼らはギルベルトにみっちりと指導されているだろう。

残るはヴェロニカとグリフィスだが、どうやら彼らは乗馬できるようだ。精鋭部隊を作りたいと言っていたからか、見込みのある者に乗馬の訓練をしているようである。

「鞍と鐙があればそう恐れることはありません。足で馬の腹を軽く叩いてください」

グレンの猛特訓はラムゼイが馬に乗れるまで続いた。

朝に乗馬の訓練、昼には執務、そして夜も乗馬の訓練である。馬はまだ良い。一日ごとに乗る馬を変えているから。困るのはラムゼイだけだ。

そんなスパルタ指導のお陰かラムゼイは一週間もすれば馬に乗れるようになっていた。

そう、乗れるだけであるが。自由自在、人馬一体の動きを見せるにはまだまだ先が遠い。

問題はダニーである。すぐに楽な方法を模索しようとするダニー。それが功を奏す場合とそうでない場合がある。今回は後者だ。

しかし、彼も『魔法の言葉』ですぐに馬を扱えるようになっていた。たった一晩でだ。ただ、ラムゼイがダニーの耳元でこう囁いただけである。

「馬に乗れないとラズリーとは釣り合いが取れないよねぇ」

ラムゼイも我ながら下衆な考えだとは思っているが、彼には馬に乗ってもらわないと話にならない。これも領のためだと自分を正当化するラムゼイ。

「厩舎と餌、それから世話係は見つかった?」

「馬丁であればギルベルトが連れて来た中に一人おりますので、彼に任せておけば問題ないでしょう。厩舎は今、エリックにお願いして建築中です。問題は餌ですね」

グレンの話によると今は麦と豆を混ぜた穀物を中心とした餌をあげているようだ。

しかし、それでは領民が食べる分が減ってしまう。

買い入れるにも今の時期はどこも収穫前で値が張ってしまう。しかし、馬に餌をあげないという選択肢はない。困ったものである。

「これも軍備を急速に発展させ過ぎた弊害ですね。止むを得ません。今年は買い入れて凌ぎましょう。そして来年のために土地を切り開かねば」

「買い入れるって……お金はあった？」

ラムゼイの問いに目を背けるグレン。つまりはそういうことなのだろう。

また借銭かとラムゼイは肩を落とす。いつになれば安定した領政をすることができるのだろうか。

「ですので、ここはコッツ男爵から奪いましょう。なんとしてでも冬前に攻めてもらうように仕向けるのです」

「そんなことできるの？」

「確実とは言えませんが、試す価値はあるでしょう。最悪、こちらから攻め込めば良いのです」

「ええ……」

グレンの発想に驚きつつも、何か行動しなければ事態は好転しないのはラムゼイも理解している。人口が徐々に増えてきているが税収が増えるのは早くても来年の秋だろう。やはり、今年をどう凌ぐかが問題だ。

ラムゼイはバルティ城に戻り、領内の資料に目を落とす。すると人口は六八〇〇人に達していた。そのうち、兵士が一〇〇〇人である。それと行商人はここにカウントされない。

つまり、まだまだ人口に対して兵士の数が多過ぎるのだ。それなのに馬も手に入れてしまった。あきらかに需要過多で餓死する未来しか見えない。

もちろん、ラムゼイが国境を預かることになったので、今までヴォイドに流れていた国防費がラムゼイの元へやってくる計算だ。

しかし、それも来年の春のことである。今年の分は既にヴォイドが受け取ったはずだ。

一〇〇〇、いや国防費もあるので実質は八〇〇〇だろう。これを養うにはあと四〇〇〇人の人口が欲しい。ただ、今すぐに伸ばせるわけではない。

やはり当面はウイスキーや水飴を売って糊口を凌ぐしかない。ウイスキーにも麦、水飴にも麦、人間にも麦、馬にも麦である。やはり麦は偉大だ。

「うん、決めた。ザッパにウイスキーを渡す代わりに牧草を送ってもらおう。そうすれば馬の餌に麦を使わなくて済むしね」

ウイスキーを売って現金化しても良かったのだが、ここはザッパに恩を売るほうを選んだラムゼイ。ザッパの味方が少しでも増えてくれたらバートレット軍の被害も減る。

「それで、グレンはどうやってコッツ男爵を挑発するつもり？」

「そうですな。彼らにひと肌脱いでもらうのが良いでしょう」

そう言ってにやりと笑うグレン。相変わらず恐ろしいことを考える男だ。以前、彼は自分で宣言していたのをラムゼイは思い出していた。

彼の背中を一筋の汗が流れる。そんなラムゼイの気持ちを知ってか知らずか、グレンがぶっきらぼうにこう言い放った。

「私は損得勘定でしか動いておりませんので」

ラムゼイは彼に『常にバートレット陣営にいることが得である』と実感してもらえるよう、頑張ろうと改めて思うのであった。

王国歴552年　7月　下旬

暑さもピークを迎えようとどんどんと気温が高くなる中、一騎の伝令がこちらに向かってきていた。一人ではない。一騎である。

「ラムゼイさま。トニノ一派のザッパ殿が『準備が整ったので参られたし』とのことです」

「わかった。すぐに向かおう。グリフィスを呼んできてくれ」

「はっ」

伝令がそのままグリフィスを呼びに行く。そしてやってきたのはグリフィスとグレンとダニーであった。何故だ。ラムゼイが口を開く前にグレンが言葉を発する。

「援軍要請が来たようですな。主はグリフィス殿のみを派遣されるおつもりか？」

「いや、グリフィスとボクが行く予定だったんだけど」

「はい！　はーい！　俺も！　俺も行きたい！」

五月蝿いのが一人いるがそんなのは無視だ、無視。

今はダニーの相手をしている場合ではないのだ。それにどうせラズリー目当てだろう。

「ふむ、感心しませんな。領主が軽々しく遠征に出るのは」

「しかし、大事な同盟国だ。領主が出て当然じゃないのか？」

「ここは層の厚さを見せつけるべきかと。というわけで私とギルベルトで行きましょう。そのほうが騎馬の扱いに慣れております」

正直、グレンの意見はどうかと思ったのだが、そこまで言うのであればとグレンに一任することにした。もともと作戦自体はグレンが骨子を考えたので問題はないだろう。

「わかったよ。この件はグレンに一任する。人選も含めてね」

「確かに」

ラムゼイは剣を渡した。煌びやかな装飾がされている剣だ。この剣が領主の代行である証である。

そしてこの剣の前の持ち主はボーデン男爵だ。彼はちゃっかり領主の剣として有り難く使わせてもらっていたのだ。

「それではギルベルトと二人で援軍に駆けつけて参ります。兵はグレイン地方と国境にいる二〇〇で充分ですので」

その言葉を聞いた途端、ダニーの表情が変わる。この世の終わりかというほどに。流石のラムゼイもこれにはいたたまれなくなり、助け舟を出す。

「ねえ、グレン。ダニーを連れていったりは……」

「領主たるもの、私情を挟むことはまかり通らぬことだと自覚ください」

取り付く島もなくぴしゃりと両断される。

ああ、ダニーの首が今にも取れそうだ。それほどまでに項垂れている。流石のグレンも疎ましく思ったのか、ダニーにこう告げた。

「はぁ。貴殿の出番も用意してある。それまでに乗馬の技術をあげておかれよ。恥をかかないようにな」

「う、うっす！」

ダニーはそう返事をすると厩舎へと駆けていく。グレンの言葉を信じて馬に乗りに行ったのだろう。なんというか、愛の力はすごい。

「では失礼」

グレンはラムゼイの前を辞した後、サンドラの脇に控えていたギルベルトへと会いに行った。ちなみにギルベルトにこの話はまだしていない。

「あらグレン。貴方がここに来るなんて珍しいわね」

「別に奥方に用があってきたわけではない」

「こら！　お嬢になんて口の利き方を！　この馬鹿者めっ！」

三者三様のリアクションである。そしてその誰もが意に介していない。

自由気ままとはまさにこのことだろう。それもこれも、十年来の付き合いだからできる言葉遣いだろうか。

「俺が仕えているのは我が主であって奥方のお前ではない」

「あら。主の妻である私にも仕えるのが普通じゃなくて？」

「そんな前時代的な家思想に付き合ってる暇はない。あくまでラムゼイさまという個に仕えているだけだ」

先進的な考え方をするグレン。しかし、それが受け入れられるのは数百年後のことだろう。話が横道にそれ過ぎたので、会話を打ち切って話を戻す。

「ギルベルト、出番だ。俺と一緒に南に行くぞ」

「なぜ私なのだ？　それはラムゼイ殿の命か？」

「いや、俺の指名だ。主からも許可は取っている」

そう言って預かった剣を見せるグレン。これは領主の代行である証だ。であればギルベルトも逆らうことはできない。できないが、行きたくはないという気持ちで胸の中は一杯であった。

「その間、お嬢を守るのは誰だ？」

「誰だも何も主も城におわすのだぞ？　グリフィス殿やヴェロニカ殿など総出で守るに決まってるだろう」

グレンは止めの一言を放つ。断るのか？　と。

これを言われてしまったら流石のギルベルトも逆らうことはできない。何せ逆らう理由がないのだから。

ギルベルトは不安に駆られる。自身が目を離した隙にサンドラの身に何かあるのでは、と。それだけサンドラを守れなかったことが後悔として残っているのだ。

しかし、そんなおセンチな気持ちも意に介さないグレンはギルベルトを引っ張りながらサンドラの前を後にした。これでは役割がいつもと逆だ。

準備を整え厩舎に行き馬に乗る。馬であれば国境まで一日で行けるだろう。それだけでも馬のありがたみをひしひしと感じることができる。

その国境に向かう途中、グレンは馬上でギルベルトに今回の目的を話した。兵を二〇〇ほど集めてゴン族の援護に向かうことを。

「得意だろ？　『騎士狩りのギルベルト』さんなら」

「相手は騎士ではなく蛮族だろう」

「馬に乗ってる点は一緒さ。あと間違っても蛮族って言うなよ」

そんなやり取りをしながら南へ下る。もちろん、作戦もこの間に共有済みだ。そして二手に分かれた彼ら。

グレンはグレイン村やその周辺から兵を集め、ギルベルトは真っ直ぐ砦に向かって準備を進める。

翌昼に合流し兵の指示系統を統一する。今回はグレンが将でギルベルトが副将である。そしてグレンが兵を一〇〇、ギルベルトも兵を一〇〇ずつ指揮する。

「じゃあ私は行くぞ」

ギルベルトはそう宣言して砦を後にする。グレンの指示通り、兵を動かすようだ。後はザッパからの連絡を待つだけである。

砦に残ったグレンは兵士たちを屋上に集め弓を装備させる。矢はヴォイド士爵が先の戦で恵んでくれたものがあるので、今回はありがたくそれを使うつもりだ。

「各自、弓の手入れを怠らないように。訓練していても構わん」

どうやらグレンの策では弓を使うのだろう。兵士たちに頻りに弓の手入れ、訓練を促している。

すると、一人の男が砦目指して駆けてきた。バートレット軍の兵だ。ギルベルトの隊に所属していた兵士だろう。

「ギルベルトさまがザッパさまと接触しました。このまま直ぐに作戦に移るとのことです」

「了解した。弓兵は屋上へ。其の方は砦門へ向かわれよ。味方を入れたら堅く砦を塞ぐのだ」

「はっ」

それからグレン隊は待機となった。彼の算段では敵味方共にここへと向かってきているはずである。味方を素早く砦の中に収納し、敵に矢を射かけるのだ。後は敵が来るのを待つだけである。

一方そのころ、ザッパは次兄に追われていた。

その数は八〇〇。自身が率いている数は五〇〇なのだが、ここでまともにぶつかるのは避けたいと考え、逃げていた。

というのも、次兄を倒したとしても消耗してしまっては喜ぶのは他の兄たちだけである。

できる限り自身の被害は最小限に抑えたい。癪に障るがラムゼイの持ち掛けた話に乗るのが有用なのだ。

「引くぞ！　引けぇーっ!!」

ザッパは予定通りに撤退の号令をかける。

これに気を良くしたのは次兄であるマンダだ。彼はザッパとは対照的に策を弄することをせず、力とは正義と言わんばかりに突撃してきていた。

長兄ではなく次兄を相手に選んだのは与し易いからであると考えるのは想像に難くないだろう。

そうとも知らず、力でねじ伏せたと思い込んでいるマンダは追撃と言わんばかりにザッパを追い駆けていく。

「おいおい！　お前から吹っ掛けておきながら尻尾を巻いて逃げるのか!?　この腰抜けめ!!」

「何が部族を統一するだ！　自分の派閥も統制できてないくせによ！」

部隊総出でザッパを嘲笑するマンダ。しかし、彼にとってはどこ吹く風といったところ。全く意に介していない。淡々とマンダを殺すことだけを考えている。

マンダを引き連れてどんどん北上していくザッパ。国境はもうすぐそこだ。これには流石のマンダも怪しいにおいを嗅ぎ取っていた。追撃の速度を緩める。

「若ぁ！　連中、追う速度を緩めてやすぜ！」

そう叫ぶのはラングだ。それを聞いたザッパも速度を落とす。つかず離れずの距離を維持しているのだ。

しかし、これは致命的な誤りであった。あからさまに不自然過ぎるのだ。

もし、逃げるのであれば振り切るために速度を出すのが当たり前なのだが、敢えて速度を落として離れないようにする。これは何かありますよと語っているようなものである。

「全軍停止！」

マンダは停止命令をくだす。それを聞いたザッパも止まる。それから反転しマンダと向かい合った。

場所は見晴らしの良い平原。夏真っ盛りであり草が生い茂っている。人間が立てば膝上までは隠れるだろう。

「マンダさま、どうされますか？」

「ここから動くな。奴らの狙いがわかった。あそこだ」

ある地点を指差す。そこは国境へと続く道だ。両脇に木が生い茂っており、伏兵を隠すのに持ってこいな地形となっている。マンダはそこに伏兵が潜んでいると考えたのだ。

そして実際、その生い茂っている木の横に旗が見えているではないか。

あれはバートレット軍の旗である。マンダもザッパが異民族と手を組んだという噂は耳にしていた。

「なるほど。流石はマンダさま！」

「だから、この草原で相手取っておけば問題ない。弓を構えよ」

号令通りに弓を構えるマンダ軍。対するザッパ軍は突撃の姿勢だ。このまま突っ込めば甚大な被害は避けられそうにない。それでもその構えを崩さないザッパ。

「おいおい、どうした⁉　威勢が良いのは口だけか？」

「ふん、貴様の遺言はそれになるぞ？」

今度はザッパがマンダを挑発する。しかし、マンダも挑発には乗らなかった。

普段の彼であれば乗っていただろう。だが、ザッパの考えが見え見えなのだ。それにわざわざ乗ってやる必要はない。

「狙えぃ！　……はな――」

マンダがそう言った時である。足元から槍が突如として伸びてきたのは。混乱するマンダ軍。その槍の正体は何を隠そうギルベルトたちであった。

「はっはっはぁ！　足元がお留守だぞ！　突いて突いて突きまくれぇぃ！　人じゃない。馬を突くのだ！」

馬には槍。これは定跡だろう。ギルベルトたちはマンダ軍を混乱させた後、速やかに後ろに回る。何故ならばザッパたちが突撃してきているからだ。

馬に乗るとわかるのだが、意外と目線が高くなる。そして砦が目の前になるのだ。目線は自然と上に向いてしまう。

「悪ぃな兄貴ぃ！　その首貰うぜぇ！」

部隊が混乱しているうえに挟撃されているマンダ。

さらに数でも劣っているとなれば敗勢となるのは必至だろう。生い茂っている木の横に見えている旗はミスリードを誘うための罠である。

「お前なんぞに負ける俺ではないわぁ！　これで勝ったと思うなよ！」

マンダとて一廉《ひとかど》の武人。その実力だけならザッパよりも上だろう。彼の中では力こそが正義なのだ。

ここでザッパを討てれば逆転できる。

「悪ぃな兄貴。俺はそこまで脳筋じゃねーんだわ」

ザッパが手を挙げる。すると、彼の左右を並走していた騎馬兵たちが弓を構えた。彼が挙げていた手を静かに振り下ろすと一斉に矢が放たれた。そう。弓騎兵である。

「ザッパ、きさまぁぁ!!」

「じゃあな、兄貴」

反射的に腕で頭を覆う。それでも飛んでくる矢は防げない。何本も腕や足に矢が刺さってしまった。

その横を剣を振り翳したザッパが通る。そして一振り。マンダの頭だけが馬上から転がり落ちた。

「お前ら！　マンダは死んだ！　俺に従うなら命は助けてやるっ！　早く降伏しろ！」

その一言でマンダ軍の兵士たちは次々と降伏していった。それを手早く捕縛していくザッパ軍。彼らを取り込むことができれば兵数が四桁になるのも夢ではない。

「やるなぁ。助かったぜ」

「貴殿たちも覚えておけ。槍兵に懐に潜られたらああなるということを。馬は決して止めてはならないぞ」

「肝に銘じておくよ。で、なんだっけ？　ラムゼイか誰かが呼んでるんだったか？」

「正確には違うが……まあ、そんなところだ」

ザッパはマンダ軍の捕縛を部下に任せてギルベルトへ労いの言葉をかけながら近づいてくる。ギルベルトも返答するがその声色は固い。

「じゃあ、行くか。おーい、何人か付いてきてくれー」

ザッパはギルベルトと共に国境にある砦へと足を進める。グレンたちはずっと敵兵が来るのを待っていた。ギルベルトが声を掛け、厳戒態勢を解除させる。そして彼らと合流した。

「首尾はどうだった？」

「上手く行ったぞ。まあ第二プランのほうだったがな」

第一プランはマンダが馬鹿みたいに追い駆けてきた場合、ザッパたちを砦の中に収容しグレンたちが屋上から矢を射かける。そしてマンダが退却したところをギルベルトが後ろから襲いザッパと挟撃する予定であった。

第二プランは今回の作戦の通り、ザッパが時間を稼いでいる間にギルベルトたちが茂みに隠れながら近づき急襲する作戦である。第三プランはマンダが追い駆けてこなかった場合だが、その時は仕切り直しだ。

「んで、ラムゼイは？　俺を呼んでたんじゃないの？」

「残念だが此処にはおられない。まずは完勝、誠におめでとうございます。これで我々は約束を果たしたということでよろしいですな」

グレンは言質を求める。ザッパとしてはまだ手伝って欲しいところだったのだが、こうも完勝させられてしまうと認めざるを得ない。

それに投降した彼らが加われば武力はトニノ一派で筆頭となる。これだけお膳立てされれば充分に戦えるはずだ。

「仕方ないが認めよう。それだけの働きをギルベルト殿はしてくれたからな」

「これでひとまずの契約は成立ですな。そうそう、我が主が牧草を分けて欲しいと仰っておられた。分けてくれたらウイスキーをあげるとも」

「マジで!?　それは全然構わないぜ。ただ、今回はしっかりとレートを決めてな」

二人はにやにやと笑い合う。この笑いが何を意味するのかは当人たちしか知らない。ただ、彼らは友好関係を築けるだろう。味方にしておくメリットが双方にあるからだ。

「ただ、今回は他にも用があるのです。兵は何人ほどお連れで？」

「十騎くらいだな。他はマンダ軍の捕縛をさせている」

「なるほど。それだけいれば十分でしょう」

「何をさせようってんだ？」

グレンはこれには答えず、ギルベルトにダニーを呼ぶよう伝えるだけであった。

◇

ボブの朝は早い。コッツ領の北東部にあるゴルダ村に住んでいる彼は、今日も今日とて畑仕事に精を出していた。天気が良いので今年は収穫が見込めそうだ。

「おはようさん、今日も暑いねぇ」

お隣のマイクに挨拶をし、畑に向かう。残念ながらボブに妻子はいない。ただ、根は良い奴なのだ。良過ぎていつも良い人止まりなのが玉に瑕だが。

畑に水を撒き、育ちの良くない作物を間引く。それから虫に食われていないかの確認だ。もちろん病気にかかっていないかもチェックする。

そうこうしているうちに日は天高くに昇り、お腹もきゅるると要求を伝える。一度家に帰ろうと村へ戻る道の途中、異変に気が付いた。

村から煙が立ち上っているのだ。それも一つじゃない。複数の黒煙が。

「今日も暑いなぁ」

これは何かあったに違いないと急いで村に戻る。そしてボブは気が付いたのだ。村が襲われていることに。

どうする？　村に戻るか。襲われている村に。いや、それは現実的ではない。それをすると自身まで殺されてしまう。そう考えたボブは走って森の中に駆け込んだ。

そしてそれは正解であった。畑に戻っていたら青田刈りという名の放火をする騎馬兵たちに刺殺されていただろう。想像するだけで身の毛もよだつ。

何故こんなことに。

ボブの率直な思いがこれだ。確かにバートレット領都の領境に近い。ただ、彼らとは講和を結んだと聞いていたし、そもそも攻め込んできた奴らがバートレット軍に見えない。賊だろうか。

ボブが震えて嵐が過ぎ去るのを待っていると、またしても男たちの怒声が聞こえてきた。どうやらそれを指揮しているのは凛とした声の女性のようだ。

「村人たちを助けることを優先なさい！　賊はその次よ！」

援軍が来たのだ。コッツ男爵の兵隊だろうか。ともあれボブは胸を撫で下ろす。

安全のため、十数分ほどその場で待機してから恐る恐る村へ、いや村だったものへと戻った。

そこでは兵士たちが村人の手当てに励んでいた。コッツ男爵の兵……ではない。お隣のバートレット男爵の兵だ。馬上から厳格そうな女性が兵に指示を飛ばしている。

ボブは不意にその女性と目が合った。

「大丈夫でしたか？」

「へ？　あ、ああ。大丈夫ですだ」

「申し遅れました。バートレット軍のヴェロニカと申します。賊に襲われるなんて……。この度は災難でしたね」

やはりアレは賊だったのか。そう思い込むボブ。

周りを見渡すと村の教会も彼の家も何もかも焼け落ちてしまっている。これからどうしようか。

「村の安全も確認できたので、私たちはこれで撤退します」

「あの……我々はどうすれば」

村人の一人がヴェロニカに尋ねる。ボブも同じ思いだ。彼女は困った顔を見せてその村人を宥めると馬から降りてこう伝えた。

「ここは……バートレット領ではないので私たちは何もすることができません。ただ、今回は講和中で友好関係のコッツ領が襲われていたため援護させていただきました。ここからはコッツ男爵の兵をお待ちいただくしか……」

そこで言葉を一度区切る。そして村人たちの顔色を窺う。

どうやら、みな不安に感じているようだ。幸いにも死者は出ていないようだが村は壊滅状態と言っても過言ではないだろう。明日食べるご飯にも困ってしまう。

「ただ、バートレット領では広く領民を募っておりますので、お困りになりましたらいつでもお越しください」

ヴェロニカがそう言い終わるのと同時に一団がこちらに向かってくる。コッツ男爵の兵だ。

それを確認してからヴェロニカは兵を退く。鉢合わせたら面倒なことになると思ってだ。

コッツ男爵が何か言ってきたらラムゼイとグレンに対応してもらおうという下心もある。ヴェロニカに命じられているのはここまでだからだ。

入れ違いにやってきたコッツ男爵の兵。あまりにも遅い対応だとボブは感じた。

実際には全く遅くはない。バートレット軍が異様に早かったのだ。しかし、それに気が付くことは永遠にないだろう。

「おい、お前。何があった？」

ボブはバートレット軍をずっと眺めていると、突然後ろから兵士の一人に話しかけられる。別に嘘を吐く必要もないのでありのままを報告した。

「なるほどな。賊の特徴は覚えているか？」

「へぇ。上半身裸の者が多かったと思いますだ。それから一様に馬に乗ってたと思います」

「馬……馬か」

そう言って考え込む兵士。どうやら他の兵士も村人に聞き込み調査をしているようだ。

大体の情報が出そろったころ、コッツ軍の隊長が撤収命令を掛けた。そのときだった。一人の村人が声を掛けたのは。

「あの、兵隊さま！」

「ん？　なんだ？」

「儂ら、食いもんも何もかも焼けちまって。これからどうなるんでしょうか？」

「そうだな。コッツさまに確認するゆえ、しばし待たれよ」

「しばしとは、どれくらい……」

「わからぬが、そう時間はかからんはずだ」

隊長はその村人を励ますように肩を何度か叩くと兵を引き連れて戻って行ってしまった。

彼らの頭の中は襲撃の犯人の究明とバートレット領との関係で頭がいっぱいであった。

残された村人たちの心の中は不安だらけであった。明日食べるものもないというのに待てと言われて待てるものだろうか。いや、難しいだろう。

彼らは励ましの言葉なんて欲していない。食べ物が欲しいのだ。

「なあ、税はどうなるんだべ」

一人の村人がそう呟いた。家も畑もなくなったというのに税を払えと言われて払えるわけがない。

その一言が村人中の心に暗い影を落とす。その影がある種を芽吹かせた。

村人の一人が呟いた。先ほどのヴェロニカたちの言葉を信じたというのもあるが、ここ数か月、

「俺、バートレット領に行こうかな」

コッツ領からバートレット領に移住するものが増えているのだ。

税も安くて住みやすい。何も守るべきものがなくなった彼らがこの土地に残る必要性はない。あるとすれば父祖伝来の土地という矜持だけだ。しかし、矜持では腹は膨れない。

別にあの隊長の対応が間違っていたとは思わない。むしろ正しいだろう。平時ならばであるが。軽々しくできるとは言わず、自身で判断できないものは上長の指示を仰ぐ。そして嘘は言わない。正しい選択だ。

ただこの時ばかりは嘘でも『直ぐに食糧が運ばれてくる』と答えて領民を安堵させてほしかった。そしてそれを実現するために奔走して欲しかったのだ。

「お前らは他の村に親族がいるかもしれんが、俺は独り身だ。助けてくれる人もいない。それであれば行くしかないだろう。前に行ったデビットも戻ってこないってことは、不満のない生活ができてるんだろ」

この言葉はボブの心にも深く突き刺さった。彼も独身で独り身だ。親族もいない。

となれば救いの手を差し伸べてくれるのは誰か、という話になる。誰も当てにできない。自分で何とかするしかないのだ。

ボブは決意した。バートレット領へ行くことを。彼女たちの気が変わって受け入れてもらえなくなる可能性だって十分にあるのだ。急がなければ。

特段荷物もないので、着の身着のままバートレット領を目指すボブ。関はどうとでもなる。それこそデビットを訪ねにという理由で充分のはずだ。

こうして、コッツ領から一つの村が消えた。そしてその村に住んでいた者は近隣の身寄りの元に身を寄せたり、はたまたバートレット領へと逃げ出したのであった。

◇

「全く。なんで俺がまた盗賊役なんだよ」

ダニーがぼやく。彼は馬に跨り上半身裸のゴン族スタイルで彼らに紛れていた。今回の襲撃はゴン族とダニーが行ったものである。

ゴン族は暴れまわっていたがダニーはせっせと小銭や食糧。それから家畜なんかを奪っていた。まあ、家畜の扱いはゴン族のほうが上手であったが。

「じゃあ、約束通り家畜は貰ってくぜ。じゃあな」

「もちろん。それから、そのラ、ラズリーによろしく……っていねぇし!」

ダニーは一人叫ぶ。そして「ラムゼイ、こういうことじゃねえんだよぉ。ラズリーと一緒になれる仕事をくれよぉ」と天に向かって呟きながら帰路に着いていた。

◇

ヴェロニカも兵を連れて砦に戻る。首尾は上々だ。

ここから先はラムゼイとグレンの仕事ということになる。そして案の定、ラムゼイの元にハンメル＝コッツの使者を名乗る者が現れた。応接間で向かい合う二人。

「私がラムゼイ＝アレク＝バートレットです。本日は如何されました?」

「某はウルダと申す。ハンメル＝コッツ閣下の将である」

「ほう、貴方が噂の。セオドアから話は聞いてますよ」

ラムゼイはテーブルの上で指を組む。こちらは知ってますよと言わんばかりだ。対するウルダは顔色一つ変えることはしない。そしてこの話には触れず、用件を切り出す。

「まずは先日の賊襲撃の件、ご助力感謝いたす」

「何。目の前で乱暴狼藉が行われているのです。それも和解した相手の村がね。疑われるのも癪ですし、差し出がましいようですが兵を向けさせていただきました」

「ところで、その賊について何か知っていることは？」

「私は何も。直接見たわけではないので。詳細までは報告をいただいておらず」

「賊は全員が騎馬で上半身が裸だったとか。ゴン族だと思われる」

「ゴン族ですか。最近、ゴン族の方とお会いしました。なんでも部族間での争いが絶えず困っているようでした」

二人の腹の探り合いは続く。ラムゼイは笑みを崩さない。対するウルダは依然として厳しい表情だ。

「そのゴン族が東に逃げていったとの情報が入っておる。東と言えば、バートレット領ですな」

「まんまと騙されておられるのでは？」

「というと？」

「こちらにゴン族は逃げてきてません。おそらく惑わせるために東に進路を取り南から抜け出したのでしょう。ヌガール聖国に確認は？」

「……それは、ほ、他の者が」

「では、その報告を待ってからのほうが良さそうですね。それとも我らを疑っておいでで？」

「……いえ」

ラムゼイはこの話はこれで終わりだと言わんばかりに勝手に結論づける。

この状態になってしまってはウルダは何も言い返せない。なので代わりに全く違う質問をすることにした。

「最近、何やら領民が増えているようですな？」

「ええ、お陰様で。どうやら他よりも安く税を設定しているからでしょう」

「我が領からも民がそちらに流れていると聞く」

「それは存じ上げませなんだ。来る者は拒まないゆえ、何か居続けることができない理由があるのでは？　税が不当に高いとか」

そう言ってウルダに視線を送るラムゼイ。目が笑っていない。対するウルダはこの言葉に対し閉口してしまった。なぜなら内政のことは何もわからないからだ。

自身で把握していないゆえに猜疑心が生じる。ラムゼイの言う通り、領主であるハンメルが不当に高い税を設けて領民の暮らしが立ち行かなくなってるのでは、と。

実際はバートレット領の税が不当に安過ぎるだけである。ラムゼイもそれを自覚している。知らぬは話を切り出した本人ばかりなり。

「もうよろしいかな。私も暇ではありませんので」

ラムゼイは話を切り上げてウルダにお帰り願う。まだまだ追及の目を向けられてはいるものの、急場は凌ぎ切ったと言って良いだろう。

ただ、それで良いのだ。なにせ冬前には攻め込んでもらわないといけないのだから。舞台は整いつつあると感じるラムゼイ。これで自身の手を汚さずに講和を破棄することができそうだ。

村の麦を燃やしてしまうのはラムゼイとしても勿体ないと感じてはいた。

しかし、ハンメルに危機感を植え付けるにはそれくらいしないといけないと厳しい指摘をグレンにされてしまった。

やるからには徹底的に、である。戦が近いことを悟ったラムゼイは前線となる『集積所』に多くの兵を派遣するのであった。

王国歴552年　8月　上旬

麦が実る時期になってきた。一面が金色に輝き始める。それと同時にイモの秋植えが始まってくる時期でもある。急ぎ畑を耕す。

「どう？　今年の収穫は？」

「ま、机上の資料によると例年並みってところだね。この地方の例年を実際には知らないけど」

ラムゼイの問いに答えたのはロットンだ。彼はラムゼイのほうを見向きもせずに冗談を交えて答える。

目の下には少しクマが出来ているようだ。それを申し訳なく思う。

「じゃあ、期待ができそうだね。余剰分はお金を出して買い取らせてもらおう」

ダニーとヴェロニカが新しく作っている村の税は出来高の一割。それ以外の村の税は出来高の三割だ。

このままだと不公平の声が上がりそうなのでコッツ男爵の件が片付いたら税は均す予定である。

ただ、三割でも税としては安いほうだ。各家に充分な麦の蓄えができるだろう。

ラムゼイはそれを吐き出させようと言うのだ。お金を出して買っても酒や甘味に加工すれば、払った以上の利益が入る。ラムゼイとしては悪くない。

しかし、この食糧問題に悲鳴を上げている領があった。ハンメル＝コッツ男爵領だ。人口と比較して麦が少ないのである。

麦を栽培する領民は減っているのに兵の数は据え置き。すると需要と供給のバランスが崩れてしまうのだ。

何せコッツ領はここ数か月で人口の三割にあたる一五〇〇人が他領に流出していた。この事実にハンメルが呟く。

「不味いな。非常に不味い」

特に村を一つ、賊に潰されたのが痛かった。

麦畑も全て燃やされてしまったため、村から入る税収が丸々一つなくなった計算になる。そこに住んでいた村人たちも逃散してしまった。これは手痛い。

「何か手を打たなければなりません。領民を攫われたとしてバートレット領に攻め込みますか？」

そう言ったのは家令であるペトルだ。ただ、それに静かに首を振るハンメル。どうやらこのまま正面衝突するとオドン＝ヴォイドの二の舞になってしまうと考えたのだろう。堅実だ。

ちなみにハンメルはあれ以来、オドンと会っていない。

「では、どうなさるおつもりで？」

「断腸の思いだがノーマン侯爵閣下を頼ろう」

ハンメルはノーマンに縋るという決断を下した。それから領民の逃散の原因も早急に突き止めなければ。急ぎ出立の用意をする。行き先は王都だ。

先に使者を立ててノーマン侯爵にお時間を貰う。それからペトルにはバートレット男爵と交渉に当たる任務を依頼した。交渉の内容はバートレット領にある麦を購入できるかどうかである。

バートレット領とは表面上は講和してある。交渉の余地は大いにあると見て良いだろう。

ただ、食糧が手に入っても領民が戻らなければ来年も同じく食糧不足に陥ってしまう。


兵を減らすべきか。


できればそれは考えたくない。南の国境を薄くするわけにもいかないし、バートレット軍が攻め込んでくる可能性だって全くないとは言い切れないのだ。

かといって王国の直轄地に攻め込むわけにもいかない。ハンメルも取れる手は限られているのだ。

パッと思いつく解決案はノーマンからお金を借り、食糧と奴隷を買い込む方法だ。

買い込んだ食糧で今年は凌ぎ、これまた買い込んだ奴隷で来年以降は食糧を賄うという考えだ。この考えは現実的な線だ。ハンメルの屋敷に眠っている美術品や宝石類を売り払えばいくらかの金にもなるはずだ。

「しかし、なぜバートレット領はあんなにも金があるんだ」

「それはやはり、『ウイスキー』と『水飴』、それから『バートレット茶』のお陰でしょうな」

「ふむぅ。なんとかそのどれか一つでも我が領で作れんもんか……」

うんうんと唸っているハンメル。そこに何かを思いついた表情のペトルが膝を叩いてから叫ぶ。それにハンメルが驚いたくらいだ。

「良いことを思いつきました！　ハンメルさま、お耳を」

「……ほうほう。それは良い考えだな。試してみる価値はありそうだ」

執務室でほくそ笑む二人。果たして彼らの謀は功を奏すのだろうか。いや、やるからには成功させないと待ち受けるのは破滅のみである。

◇

ラムゼイが今期の収穫見込みを立てていると、またしてもコッツ男爵の使者がラムゼイの元を訪れた。訪ねて来たのはコッツ男爵家の家令を務めているペトルという男である。

「お忙しい中、お時間を取っていただき感謝の念に堪えません」

「いえいえ、コッツ男爵の使者となれば話は別ですよ。さて、ご用件はなんでしょう」

「非常に恥ずかしいお願いなのですが……食糧を分けていただきたく。もちろんタダでとは申し上げません。大樽一樽につき500ルーベラでどうでしょう」

この提案をしてくるあたり、まだバートレット領に攻め込む気がないのだろうと落胆するラムゼイ。しかし、そんな素振りは一切見せない。やんわりとこの提案を断る。

「申し訳ございません。我が領でも物資が不足しておりまして……。お譲りしたい気持ちは山々なのですがね」

申し訳なさそうな素振りを見せるラムゼイ。しかし、ペトルもそう言われても此処で折れるわけにはいかない。領民の命が掛かっているのだ。

「では一樽当たり600ルーベラ出しましょう！　それで如何か？」

「非常に悩ましいのですが、価格の問題ではないのです。申し訳ございません。お隣の王国直轄地から買われては？」

「それは既に試みております。ですが、直轄地ゆえ王国に麦を送らねばならんのは貴公も承知の上でしょう。多くは買えぬのです」

「では南のヌガール聖国から買い付けてみては？」

「宗派が違うゆえ、取り付く島もございません」

そう。ヌガール聖国は大教の過激派。それに対しコッツ領は親帝国派なので小教を信奉しているということになっている。宗教国家相手に宗派の違いはよろしくない。

「なるほどですね。ただ、こればっかりは……」

顔をあげないラムゼイ。それを見てペトルは「わかりました」と寂しそうに呟く。それから違う話を切り出し始めたペトル。これはラムゼイも意外な提案だった。

「では、バートレット卿が扱っているという『ウイスキー』を売っていただけないか？」

「は？」

思わず素を出してしまうラムゼイ。この申し出には手で顎を支え熟考する。

明らかに怪しい。食糧を欲していると言ってるのに二言目には嗜好品である酒を売ってくれだと。

「申し訳ありませんが、在庫のほうを確認してきても？」

「もちろんです」

ラムゼイは席を外す。そしてロットンとアシュレイを呼び出した。今、バルティ城にいるのは彼ら二人だけである。そこで二人にペトルの提案を噛み砕いて説明した。

「食糧が不足していると言ってるのに酒を買うのはおかしくない？」

「それは……確かにおかしいな」

ラムゼイの意見に同意するアシュレイ。これを別角度から解釈したのがロットンだ。彼はラムゼイに一つの仮説を提案する。

「これを手土産にお偉方にお願いに行くとか？」

「その可能性はあるね」

これを手土産に上級貴族から援助を取り付ける。これは普通にありそうな線だ。

ただ、これをされるとコッツ男爵領の食糧問題が一時的にではあるが解決してしまう。ラムゼイとしては嬉しくない。

「もういっそ断っちまえば？」

「んー、断ったとしても別の店から買われるだけじゃない？　それならお金落としてもらったほうが良いでしょ」

「なら吹っ掛けるか？」

「うーん。なんかにおうんだよなぁ」

しっくりこないラムゼイ。ただ、ずっと悩んでいるわけにもいかない。ペトルは待っているのだ。早く結論を出さないと。

「決めた！　売らない。リスクを取るのは止めよう」

「うーん、なんか勿体ない感じもするけどなぁ」

「じゃあ、アシュレイ。君があの人に売ってあげれば良いんじゃない？」

「そうか。それもアリか」

ラムゼイは応接間に戻る。そしてペトルに言うのだ。「残念ですが在庫がなく……ご足労いただいたにもかかわらず申し訳ない」と。

「いえ、こちらも急に訪ねて無理なお願いをしてしまいました。ご容赦ください」

「このバルティの街には商人がたくさんおります。もしかすればウイスキーを扱っている商人がいるやもしれません」

「ありがとうございます。帰り際に拝見していくとしましょう」

そう言って席を立ったペトル。結局、どちらも空振りに終わってしまった。城を出た後、ラムゼイに言われた通りバルティの街を見物に行く。

ラムゼイも迂闊だった。いくら社交辞令と言えど物資不足に悩んでいる相手に対し、街の見物を進めるなど。

それも商人がひしめき合っている街の。そんなの、思わぬ出会いがあるに決まっている。

「旦那、暗い顔をしてどうしたんで？」

ペトルに話しかける一人の男。物陰からずっとペトルの様子を窺っていたようだ。フードを深く被っており顔は良く見えない。怪しさ満載の男である。

「何。金はあるのに品がなくてな。途方に暮れていたところだ」

「ほう！　それはそれは。何をお探しで？　私どもがお力になれるやも」

男の顔はフードで見えないが笑っているのが声でわかる。このままここに佇んでいても仕方がない。駄目で元々だと思い、ペトルはこの怪しい男に全てを話すことにした。

「——というわけでな。麦とウイスキーを求めているのだ」

「なるほどなるほど。いや、旦那。タイミングが良いね。麦もウイスキーもあるよ」

「何!?　それは本当か？」

「もちろんだとも。付いておいでさ」

ついて行くべきか。それとも止めるべきか。これは非常に悩ましい。

もし、この男が嘘を吐いており、付いていって先に屈強な男どもが待ち受けていたらペトルでは太刀打ちできない。

いや、それも一興か。赴いた使者がバートレット領の領都であるバルティでいなくなったとあらば、ラムゼイも責任を問われるだろう。

それならば、この命も惜しくはない。そう判断しペトルはこの怪しい男に付いていくことにした。

商人たちの店を縫うように細い小道を進む男。付いていくペトル。

そこに掘立小屋のような今にも壊れそうな家が建っている。男はその中に入った。ここまで来てペトルは足が竦んでしまう。

「旦那、早く！」

男の声に誘われるがままボロ小屋の中に入る。しかし、男の姿はそこにはない。辺りを見回すペトル。すると下のほうから男の声が聞こえてきた。

「旦那、こっちですって！」

よくよく見ると足元に薄っすらと線が見える。隠し扉だ。持ち上げてするりと身を滑らせる。そこにはフードの男が手に松明を持って待っていた。

「旦那、大丈夫で？」

「ああ、大丈夫だ」

腰を擦りながら立ち上がるペトル。そして目の前の光景に一瞬で心を奪われてしまった。そこには大樽が重なるように積まれていた。

「中身は麦ですぜ。ま、小麦じゃなくてライ麦なんですが」

「何の麦でも構わん。食えれば良いのだ。して、これを売ってもらえると思って良いのか？」

「ええ、もちろんです。一樽当たり700ルーベラでお譲りしましょう」

価格としては相場よりも高い。相場としては一樽当たり500ルーベラが基準だ。それ以上ならば高く、それ以下ならば安い。

ここはどうだ。相場よりも200ルーベラも高いじゃないか。かなり足元を見てきていると思われる。

つまり、この男はバートレットに売るよりもコッツに売ったほうが金になると判断したのだろう。

「まあ、旦那とは長い付き合いができそうですからね。一樽600ルーベラにまけましょう。如何で？」

「今は手持ちがこれしかない」

そう言って財布を投げ渡すペトル。まさか今日この場で買い付けることになるとは思ってもいなかったのだ。男はその財布の中身を確認する。そこには1727ルーベラ入っていた。

「まあ、これ全額と三樽の交換で手を打ちましょう。初回のサービスってことで」

「すまん、助かる。それと5000ルーベラ分の麦とも交換して欲しい。そして、できればコッツ領まで運んで欲しいのだが」

「いや、それがね」

運んでほしいと要望された途端、歯切れが悪くなる男。

どうやら男が言うにはバートレット領からコッツ領への食べ物の輸送が関にて制限されているとのこと。

それを聞いて悟るペトル。このコッツ領の飢饉が意図的に起こされようとしていると。

「この三樽くらいならお目こぼしいただけると思うが、十や二十となると、ね」

どうすることもできないと。ここから他のルート。例えばグレイブ領や王国の直轄地を通ってコッツ領に運ぶことも考えたが現実的ではないだろう。

まず、大量の麦を運んでいる時点でグレイブ伯爵に目を付けられる。そして通行料をせびられるのだ。それに盗賊や山賊に襲われるリスクも高くなる。無理だ。

「何か良い案はないのか？」

ペトルにそう尋ねられた男が、頭を掻きながら心苦しそうにこう答える。どうやら案を一つ、腹に抱えているようである。

「なくはないんですけどね。ちょいとお高くつきますが宜しいですかい？」

「まずは話を聞かせてもらおうか」

「麦と一緒に羊毛を買っていただいてですね――」

こうしてペトルは得体の知れない男と共に領内の食糧危機を解消するため奔走する。

しかし、彼らにも一つの落とし穴が目の前に隠されていたのであった。

王国歴552年　8月　中旬

「ふあぁ。暇だなぁ」

大きな欠伸をしたのはバートレット軍の中でも古参の兵士となりつつあるジョニーだ。

彼はこのたび十人長となり出世をしていた。隊長として初めての任務がコッツ領へと続く関の警備である。

「暇ですね！」

それに追従したペッピー。彼もまたジョニー隊の一員として関の警備に当たっていた。コッツ領からバートレット領に来る人は多いが、その逆は少ない。交代まで暇になりそうだ。

「はー。これならまだヴェロニカ隊長の調練のほうがマシだったなー」

「グリフィス隊長の調練とだったら？」

「んー。それなら関所の守備のほうが良いや」

部下と他愛もない会話をするジョニー。すると向こうから荷車が三台ほどこちらに向かって来るのが確認できる。どの荷台にも樽が乗せられている。

「はい、ちょっと止まってー。責任者の方は？」

ジョニーが制止をかけて部下たちと荷車を囲む。久しぶりの仕事なので皆が張り切っているのがわかる。

後ろのほうから一人の男がジョニーのほうに歩み寄ってきた。ザ・商人という男だ。

「はい、私です」

「この樽の中は何を？　改めても？」

「もちろんです。荷は麦に羊毛、それから綿花です」

「あちゃー。悪いんだけど麦はここから先には通せないな。上からのお達しでね。この場で買い取ることもできるけど、どうする？」

そう言うと商人は頭を抱え始めた。それだけこの品をコッツ領に運びたかったのだろう。

今、コッツ領では麦の値段が高騰している。一儲けするなら持ってこいの場所だ。

「ちなみに、買い取ってもらうとしたらいくらになるのですか？」

「麦の種類は？」

「ライ麦です」

「それなら大樽で550ルーベラだね。平均よりは少しだけ色を付けてるよ」

「はぁ。じゃあそれで良いです。麦の樽は荷車の三台目から後ろ半分です」

半ば自棄になっている商人。ジョニーは断りを入れてからその樽を確認する。とは言え職務上、すべての樽の中身を確認しなければならない。兵士総出で樽の中を確認していく。

「おし！　じゃあペッピーたちは麦を確認して荷車から降ろしておいてくれ。他の者は俺と一緒に他の荷車の荷を確認するぞ」

「「「はいっ！」」」

威勢よく返事をしたは良いものの、作業はどこかぎこちない。それもそうだ。滅多に荷車がここを通らないのだから。数をこなせないのだ。つまるところ、慣れていないのである。

樽の蓋を開けて中を確認していく。宣言通り、樽の中には羊毛と綿花がぎっしりと敷き詰められていた。見たところ、何も異常はない。

「あのー、まだ掛かりますか？」

「もうすぐ！　もうすぐ終わりますので！」

ジョニーは部下と一緒に樽を開けていく。待たせているからか、確認が少し雑になりつつあるがそれもご愛敬だ。何せ蓋を開ければ中に何が入ってるか一目でわかるのだから。

「はい！　これでおわりです。代金は２２００ルーベラですね。どうぞ」

「どうも。では失礼」

商人はお礼を言うとそのまま関を抜けてコッツ領へと入っていった。それを見送るジョニー。彼は仕事ができて満足そうな表情であった。

◇

「お待たせしましたね。旦那」

フードを深く被った男は見晴らしの良い平原に立っていた。目の前にはペトルとその部下が数人。

そう、ここはコッツ領の北東部にある平原である。この場所にいるのは男とペトルたち。それから駄馬が数頭であった。

「まずは品から改めてくだせぇ」

そう言ってペトルを荷台に案内する。この荷台二つと半分に麦が入っていると言うのだ。

半信半疑になりながらも蓋を開けるペトル。となりも、そのとなりも樽の蓋を開ける。そして拍子抜けしてしまった。

「入ってないではないか。どれも羊毛や綿花ばかりだ」

「旦那。焦っちゃいけませんぜ。思いっきり手を奥に突っ込んでみてくだせぇ」

男に言われた通り手を奥に突っ込むペトル。すると羊毛の奥に細かな粒の感触が指先に伝わってきた。それを掴んで腕を引き抜く。その手に握っていたのは麦であった。

「ご覧の通り、羊毛や綿花で樽の上二割ほどを埋めてしまってるんでね。一樽500ルーベラで手を打ちましょう」

「わかった。二十樽だから10000ルーベラだな。荷車ごと買い取らせてもらう。三台併せて1000ルーベラでどうだ?」

「まあ良いでしょう。で、代金は?」

「おい」

「はい」

ペトルは後ろの部下に命じて11000ルーベラが入った革袋を持ってこさせる。そして中身を目の前で改めた後、商人に渡した。

「毎度。またご贔屓に」

「もちろんだ。ウイスキーは手配できるか？」

「もちろんです。ご用意いたしましょうか？」

「ああ、頼む」

こうしてコッツ領はなんとか食糧危機を脱する光明が見えてきたのであった。

王国歴552年　8月　下旬

「おかしい」

ハンメル＝コッツは部屋の中でそう呟いた。税収が思ったより少ないのだ。昨年と比較して四割ほど減少している。不作だという話は聞いていない。

「ペトル。今年は不作だったのか？」

「いえ、例年通りだと伺っております」

「では何故こんなにも税が減っているのだ」

ペトルに羊皮紙を突き付けるハンメル。それをよくよく確認するペトル。確かに税収が減っている。

この書類に間違いがないか確認するため、部下に指示を飛ばした。

その結果、この羊皮紙に書かれている数字に間違いがないことが確認できた。

つまり、昨年よりも税が減少したのは紛れもない事実なのである。

「原因は何だ？」

「やはりゴルダ村がなくなったのが大きいかと」

「ゴルダ村がなくなっただけで四割も減るのか？」

「そ、それは……」

確かにハンメルの言う通りだ。作物が例年と同じ出来なのであれば、他の街や村の税が横ばいでないとおかしい。やや不作だったのだろうか。

ハンメルの「急ぎ調査せよ」との号令のもと、減収の要因調査がコッツ領全体で行われた。その結果、驚くべきことが判明した。村がスカスカだったのだ。

酷い村では半分もの領民たちがいなくなっていた。聞いたところによるとバートレット領の新しい村に移住したのだとか。道理で税収が落ちているわけである。税収どころか人口も三割ほど減少していた。

「どうされます。追徴致しますか？」

追徴というのは不正を行っていた村人たちに追加で税を課すことだ。

ここでの不正と言うのは移住していなくなった領民の畑を譲り受け、多量の麦を栽培しているのにもかかわらず例年通りの申告しかしていなかった領民が多数見受けられたのだ。

「それをしたら、どうなる？」

「税収は増えるでしょうが、愛想をつかして領民が逃散する恐れはあります」

「リスクは大きいか？」

「大きいでしょう。追徴できたとしても税収が一割増えるに過ぎません。ただ、追徴した全員が逃散すると二割の税収減となります」

ハイリスクローリターンとはまさにこのことだろう。ただ、それでも台所は火の車。税収の一割が喉から手が出るほど欲しい。

「このままではジリ貧だ。どうする？」

「我々もこれを売りましょう」

そう言ってペトルが持ってきたのは透明の液体だ。飲むように促されたハンメルはその液体を恐る恐る口に運ぶ。そして一口、ごくりと嚥下する。喉と腹の底が熱い。

「なんだこれは？」

「これが巷で出回っているウイスキーなるものだそうです」

樽の中身を一掬いして口に運ぶハンメル。

「ほう、これが……しかし、なぜこれを？」

「知りたければこちらへ」

ペトルの後を付いていくハンメル。彼は倉にウイスキーの入った樽と空の樽、それから水を用意していた。

空の樽にウイスキーを半分ほど入れる。そしてもう半分を満たすのはウイスキーではなく水だ。

「なるほど、水増しというわけか」

「これをバートレット領で売っている価格で売り出せば儲けは二倍でございます」

悪い顔をするペトル。しかし、ハンメルはそれに釣られることはなかった。というのも懸念事項があるからだ。それをペトルに確認する。

「しかし、これを売ったのが我々だとバレる心配はないか？」

「何。商人と話は済んであります。バートレット領で仕入れたと言って売ってもらう予定であることも。その代わり、取り分は少し減りますがね」

「我々も儲けることができるし、彼奴等にも風評を被らせることができるということか。それにしても半分も水増しするのはやりすぎじゃないか？」

「何。ウイスキーを飲んだことのない輩に売り飛ばせばそうそうバレませんよ」

ここにきて、ようやくハンメルの顔にも笑顔が綻び始めた。どうやらこの線でいくらしい。

「では、私はこれを量産し商人に引き渡してまいります」

「うむ。それの収入次第では領民の追徴を取りやめるとしよう」

こうして、コッツから放たれた毒がバートレット領に静かに回ろうとしていた。

◇

「おかしい」

ラムゼイ＝アレク＝バートレットは部屋の中でそう呟いた。ウイスキーの売り上げが少しずつ減っていってるのである。これは由々しき事態だ。

バートレット領の主な財源は税収ではなくウイスキー・水飴・バートレット茶の三種の神器を売り捌いたお金である。それが陰りを見せると領の経営が一気に苦しくなるのだ。

「問題は他にもあります。コッツ領の商人の出入りが増えているとの報告が。我が領からは羊毛や綿花を、他領からは麦を買い漁っているようですな」

グレンからもたらされたその情報はコッツ領の食糧封鎖が上手く行っていないことを示唆していた。このままではコッツ領が息を吹き返してしまう恐れがある。ここまで折角弱らせたのに。

「問題は二つ。ウイスキーの売り上げ低下とコッツ領の食糧封鎖失敗。これに因果関係は……ないだろうね。別々に対処しないとかー。アシュレイとロットンを呼んできて」

近くにいた兵にそう指示を飛ばすラムゼイ。そこにグレンを含めた四人で対策を練るつもりだ。合流した二人に説明し、意見を貰う。

「なるほどなぁ。じゃあ、俺は商人たちに聞き込み調査をしてみるよ」

「じゃあ私がコッツ領の対策かー。ちょっと荷が重いな」

アシュレイがウイスキーの対策を、ロットンがコッツ領への対策を行うようだ。

ただ、この問題は直ぐに解決できないだろう。それまでの兵糧のやり繰りをグレンが担当するようであった。

「どんな些細な情報でも構わない。逐次、ボクの所まで連絡して欲しい」

各々返事をしてから散らばっていった。ラムゼイは彼らと入れ替わりにグリフィスを呼び出す。

「何の用ですかい？　大将」

「うん。練兵の調子はどうかと思ってね」

ラムゼイはコッツ男爵領への侵略を行う可能性も考慮していた。そのための兵の質が気になっていたのだ。質が高ければ幅広い戦略をとることができる。

「六〇〇名の歩兵は充分に戦える状態だ。どんな要求にだって応えられる自信があるぜ。一〇〇名の精鋭はまだまだだな。ジョニーより強いが俺やギルベルトのおっさんよりも弱い。ま、ヴェロニカと同じくらいだな。彼女よりも強くなってもらわないと精鋭は名乗れねぇわな。五〇名の騎兵はわからん。丸っとギルベルトに預けちまった」

「新兵は？」

ラムゼイがそう尋ねるとグリフィスは頭をガシガシと掻いてから歯切れ悪く答えた。その口ぶりから察するにどうやら上手くいっていないのだろう。

「あー、新兵はなぁ。そこら辺の村人よりは強いが当てにすんなってのが正直なところだ。兵が増えすぎて練兵が間に合ってねぇ。教える側の人手が足りん」

確かにその通りだ。千人近くを一人で見ろ――実際はグリフィスの補佐をしているのが数名いるが――なんて言われたら発狂ものだろう。むしろ良く今まで持ってくれたと思う。

「確かに。ちょっとダニーとヴェロニカ、あとギルベルトも呼んで対策会議を開くかな」

どうやら、ラムゼイの頭を悩ます問題は一つだけではなかったようだ。

後日。ラムゼイは件の四人を呼び出した。ダニーは疲れた顔をしている。慣れない村づくりという作業をしているせいだろう。

「えー、それではこれより第一回、バートレット軍の組み分け会議を行います」

ラムゼイは彼らを前にそう宣言した。組み分け会議。つまり、ラムゼイは兵士をヴェロニカ隊、ダニー隊、グリフィス隊、近衛兵のギルベルト隊、ラムゼイ直属隊に分けるつもりであった。

その数はバートレット三羽烏であるダニー、ヴェロニカ、グリフィスにそれぞれ二五〇、ラムゼイが一〇〇、ギルベルトが一〇〇、騎兵が五〇だ。

ラムゼイはそう宣言する。そして続けてギルベルトにこうお願いした。

「ギルベルト、悪いんだけど近衛兵一〇〇は新兵とさせて欲しい」

「近衛兵なのにか？」

「うん。だからその名に相応しいようにギルベルトがみっちりと鍛えてやって」

「承知した。では早速鍛えてくることにしよう」

ギルベルトが退出し、そのまま兵舎へと向かっていった。ラムゼイは新兵のみんなに心の中で謝罪する。

残ったのはバートレット三羽烏だ。ここからどう兵を分けていくか。問題なのは副官だ。

「みんな、こいつを副官にしたいって人物はいる？」

「俺はディランだ。アイツは筋が良い。槍というものをわかっている」

最初に声を上げたのはグリフィスであった。彼は練兵作業を行わせていたお陰で兵士に詳しくなっているのだろう。前衛らしく槍筋に見込みのあるディランという青年を選んだようだ。

「そうね。私はジョシュアを副官に付けるわ。気は弱いけど弓の精度は抜群よ」

次に決めたのはヴェロニカ。彼女は弓の名手であるジョシュアを副官に据えるようだ。戦術眼にも一目置くところのあるジョシュアだが気の弱さが玉に瑕だろう。

最後まで悩んでいるのはダニーである。彼はまだ一言も発していない。堪らずラムゼイが彼を促す。

するとダニーは意外な人物の名を挙げた。

「俺はダールが欲しいな」

「ダールって、あの王都に駐在させてるダール？」

「そう、そのダール」

何も伊達や酔狂でダールを欲しがっているわけではない。彼が有能だからダニーは欲しがっているのだ。

ダニーは情報の重要性を彼らは知っている。王都に行ってからダニーの思考は確実に変わっていた。

「んー、少し早くない？　村の皆にばれたら一大事だよ」

「いや、大丈夫だって！　髪型も変わっていたし、村人たちも一瞬しか会ってない男の顔なんて覚えてないよ」

ラムゼイを強引に説得するダニー。ただ、ラムゼイとしてもそう簡単にリスクを取ることはできない。それに本人の意向もあるだろう。

「わかった。とりあえず、ディランとジョシュア、それからダールに打診してみて。次の話は返事が来てからだ」

ディランとジョシュアはすんなりと話が通るだろう。ダールはわからない。彼のことはドープに一任してしまってる以上、ドープかダールのどちらかが首を横に振ればこの話はお流れだ。

そこからは二五〇人を選ぶ作業へと続く。ただ、これぱかりは直ぐに決めることはできない。とは言え決めなければならない内容だ。

そこで彼らには七日間以内にそれぞれ二五〇人を選出してもらうことにする。そしてそれぞれの伸ばしたい方向性に合わせて練兵をしていくことに決めた。

選ばれなかった人員がラムゼイの直属となる。普通であればラムゼイの直属が一番強くなるよう手配するのだが、ここでは違っていた。部下のほうが強くなるよう、意図的に差配している。

なぜならば、攻めるも守るもまずはダニーたち三人が当たることになるだろう。ラムゼイの元まで来ていたら、それはすでに敗色濃厚だ。

だからと言って、自身の直属が弱いままで良いというわけではない。彼らの練兵はグレンにお願いするとしよう。方針が決まったところで最後にラムゼイが一言。

「もしかしたらコッツ男爵と一戦交えることになるかもしれない。だから練兵は手を抜かないように」

最後の一言で皆の表情が変わる。彼らも決戦の雰囲気を肌で感じているようであった。

王国歴552年　9月　上旬

「ラムゼイ、情報が纏まったから報告に来たぜ」

執務室にやって来たのはアシュレイである。どうやらウイスキーの売り上げが下がっている原因が朧げながらも掴めたのだろう。同じく執務室にいたロットンも声を上げる。

「私のほうはまだ憶測だけど、どうせだから一緒に報告しようかな。行き詰ってるし」

三人は車座になる。最初に報告を開始したのはアシュレイであった。彼のほうはなぜ売り上げが落ちたか目途が付いている。だが、どうしてそうなったかが掴めていなかった。

「まず、ウイスキーの売り上げの低下なんだが、原因は消費が減ったのと質が落ちたからだ」

「そんな！　品質は――」

ラムゼイが反論しようとするが、手で言葉を遮る。

「そうじゃない。問題はこれだ」

そう言って懐に抱えていた。小さな樽をラムゼイたちの前に置いた。目で飲むよう促すアシュレイ。ラムゼイもロットンもその樽の中のウイスキーを口の中に流し込んだ。

「……薄い。なんで？」

「ホントだ。このウイスキー、薄いね。まるで水のようだ」

愕然としているラムゼイ。彼とは対照的にあっけらかんと言い放つロットン。これでもきちんと事の重大さを理解している。そして、その無垢な一言がラムゼイの脳を刺激する。

「そうか。誰かが水増ししているのか」

その回答に満足そうに頷くアシュレイ。何者かがウイスキーを水増しして売り捌いたお陰で消費が遅くなり、買い付け量が減ったのだ。

それに質が下がったことで客離れが起きているかもしれない。

「一体誰が」

「そう、そこが問題だ。誰がこれをしているのかがわからんのだ」

幅広い商会に売り捌いているラムゼイ。その中から誰が水増しをしているのか調べるのは至難の業だ。それに転売に転売を重ねて水増しされているのかもしれない。

「それに……これは防ぎようがないね」

ロットンの言う通り、これは防ぎようがない。水増し自体は転売された先でされているだろう。そもそも水割り自体は真っ当な飲み方だ。

この水増しを大々的に早い段階でされると困るのだ。となると、取れる対応策は限られてくるだろう。ラムゼイは頭を抱えた。そしてその末に結論を一つ出した。

「うん。ウイスキーを大々的に売るのは止めにする」

その発言に驚く二人。これではバートレット領は資金難に陥るのは必至だ。

ただ、ラムゼイとてそれは理解している。そしてその救済策もきちんとあっての発言だ。

「これからは専売制にする。アシュレイ、信頼できる商会はいくつある？」

「んっと……バルティにあるのなら三商会くらいだな」

「じゃあ、その三商会にだけ売ることにする。そして今回の件を受けて年単位で販売することにする」

年単位、つまり今年は毎月大樽を二十樽、35000ルーベラで買いますよ、という具合に年で契約してしまうのだ。これにはメリットもデメリットもある。

メリットだが、年で保証されているので安定した資金源となることだ。逆にデメリットとしてはたとえウイスキーの値が高騰したとしても恩恵にあずかることはできない。

「それで水増しの問題は解決するのか？」

「全て解決するのは難しいだろうね。だから、水増しして売らないことと売らせないことを契約に盛り込もう。破ったらペナルティを課してね」

もちろん水割りとして売るのは問題ない。水増しが駄目なのであって水割りは許可する。これで三商会が管理を厳しくしてくれるだろう。

「更に相互に監視させよう。もし、水増ししている商会やお店を発見した場合、通報者は来年のウイスキーの卸値を二割引きにする」

「上手くいくかな」

「わからない。でもやってみるしかない。アシュレイ、その辺り丸っとお願いして良い？」

「しゃーねーな。なんとかやってみっか」

まず、三商会以外への供給をすべて停止する。この時点でかなりの難航が予想されるがこればっかりは仕方がない。三商会から買ってもらうしかないということを懇々と諭すしかないだろう。

値も上がることが予想されるだろう。ただ、アルコールというのは値が上がったとしても手放せない人間がいるのも確かだ。酒はともかくウイスキーを供給できるのはバートレットだけなので強気に交渉しても良いだろう。

「じゃ、次は私の報告だね。コッツ領への物資の移動を洗ってみたんだけど前に何とかさんって人が来たじゃない？」

「ペトルか」

「そうそう、その人。その人がバートレット領にやって来た後から綿花や羊毛なんかがコッツ領に大量に運ばれてるみたい」

ラムゼイはこの報告が今一つ腑に落ちていない。

食糧を欲しているであろうコッツ領が羊毛や綿花を仕入れるだろうか。普通に考えればノーである。

「綿花や羊毛は加工して売り捌いているのかな。そうやって資金を稼いでる？」

これは正しいお金の稼ぎ方だ。羊毛をウールに加工して付加価値を付けて高値で販売する。綿花も同様だ。何も間違っていない。いないがしっくりこないのだ。そんな余裕があるのだろうか。

「それと疑問点がもう一つ。頻度と量が異常に多いです。羊毛と綿花が三日おきに二十樽もバートレット領からコッツ領に運ばれていますね」

「三日おきに二十樽!?　そんなに大量に仕入れて糸を紡げるの？」

「いや、普通であれば在庫として倉庫を圧迫するはずだ。これは何かにおうな」

「うん。私もアシュレイと同意見だよ」

この綿花と羊毛が怪しいという意見で纏まった三人。となると善は急げ。関を守っている兵士たちに中を入念に調査するよう伝令を走らせる。こういう時に馬があって良かったと実感していた。

「どちらの関も近くに村があったよね。ダニーの作ったダル村とヴェロニカの作ったロズ村が」

「あるけど二人ともそこにはいねぇぞ。お前がここに呼び寄せたんだろ」

「ああ、そうだった。じゃあ、ボクが見に行くよ。発破をかけるのも兼ねて」

これで会議はお開きかと思われたとき、アシュレイが声を上げた。ロットンの報告で一つ、思い出したことがあるようだ。

「そうだ！　そう言えばペトル？　が俺たちの領を訪ねに来た時、ラムゼイが『アシュレイがあいつに売ってやれ』みたいなことを言ってたのを覚えているか？」

「うん、覚えてるけど」

「それでよ。本当に売ろうと思って会談の後、そのペトルを探してたんだよ。そしたら怪しい男と街の中に消えていってさ、気になって後をつけていったんだけどボロ小屋の中で見失ってよ」

その言葉に何か引っかかるラムゼイ。怪しい男という部分が引っ掛かったのだろうか。いや、違う。小屋の中で見失ったのがおかしいのだ。普通、小屋の中で見失うだろうか。

「え？　小屋の中で見失ったの？」

「お？　おう。いや、見失ったって言うか、見間違いだったんだろうな。あはは」

そう言って自身の後頭部を叩きながら軽く笑うアシュレイ。ラムゼイとしては笑っていられない。

ラムゼイは立ち上がるとアシュレイにその小屋へ案内するよう依頼した。

もちろん、二人で行くわけではない。兵士も引き連れてである。街の治安維持に当たっていた兵士五〇名を伴ってアシュレイの言う小屋に向かった。

「ほら、ここだよ」

確かにお世辞にも綺麗とは言えない小屋だ。中を覗いてみる。誰もいない。ラムゼイは兵士にこの小屋を探索させる。隅々までだ。

そしてラムゼイ自身も小屋の中を見て回る。壁にはおかしなところは一見しただけでは見当たらない。となると怪しいのは壁か床だ。

「誰か水を持ってきてくれる？」

ラムゼイは昔に観た映画を思い出していた。戦争の捕虜たちが脱走する映画だ。そこで看守の一人が脱走のためのトンネルに気が付く。気付いた方法というのがこれだ。

「小屋の中に水を撒いて」

兵士はラムゼイに言われた通り、小屋全体に水を撒く。

ラムゼイは屈んで床すれすれに耳を近づけていた。すると聞こえるではないか。水が下に流れていく音が。

つまり、この下には空間があると言うことだ。

「聞こえた？」

「はい！」

「どこかに下に通じる道があるはず。それを探して！」

ラムゼイは兵士に話しかけ、そう檄を飛ばす。いや、そんな面倒なことはしない。ラムゼイは大きなハンマーを持ってこさせる。床を叩いて確認していくつもりだ。

もし、何も違法性がなかったのであれば修理代金を家主に支払って終わりにすれば良いのだ。だが、この建物は十中八九まともではないだろう。

「じゃあ、あの辺りを叩いて」

兵士はその指示通り、中央の奥のほうを叩き始める。中央の奥で水が滴る音が大きかったからだ。

案の定、建物の下に石造りの頑丈な隠し部屋がそこにはあった。中には樽がたくさん置かれている。

「樽は中をすべて検査して城まで運び出して。それからこの家主の捜索を！」

さて、ここでペトルと家主は何をしていたのか。おおよその察しはついているラムゼイ。

色々な出来事が線となって繋がってくるのがわかる。あともう一押し、何か手掛かりがあれば大手を振って攻め込めるのに。

懸命にこの掘立小屋の家主を探したのだが名乗り出る者はいなかった。仕方がないので眠っていた樽はすべて接収することにする。中身は麦と羊毛とルーベラ硬貨であった。

「逃げられたか」

ラムゼイは小屋にあったルーベラ硬貨が詰まった革袋に手を突っ込みながら、この小屋の持ち主を本腰を入れて探すのであった。

◇

「閣下、スカイファーが戻ってまいりました」

「そうか。我の元へ通せ」

男がガウンを羽織ってワインを片手にソファに座っている。顔色が悪い。青白く生気が感じられないのだ。両隣には女性が侍っていた。

先ほどの兵士が退室すると代わりに深くフードを被った男がガウンの男の前に現れて跪く。それを見て女性を退室させる。それから口を開いた。彼は任せられていた任務の報告を始めたのだ。

「ただいま戻りました、閣下」

入ってきたのは壮年の寡黙そうな男である。体の線が太く、いかにも偉丈夫であるというのが一目でわかる男だ。ただ、体つきとは違い、物腰は柔らかく丁寧であった。

「首尾は？」

「はっ、悪くはないかと。コッツ男爵陣営との接触と補給は完了しております。これで越冬はできましょう。ただ、バートレット陣営に気が付かれてしまいました。残りの物資は彼らに接収されてしまいました」

報告を聞いているのか、いないのか。ガウンの男は銀杯に注がれているワインを太陽の光に当てて色を確認している。その表情は読み取れない。

「このままコッツ男爵にバートレット男爵を抑えさせますか？　分が悪いようにも見受けられますが」

「構わん。その頃には既にこの国などなくなってるだろうよ。跡形もなく、な」

「閣下、それは……」

跪いているフードの男、スカイファーと呼ばれた男は自身の主人であるガウンの男を諌める。ただ、男も苦虫を噛み潰したような顔をして忌々し気に言葉を吐いた。

「この身体がもう少しマシであれば我も天下に覇を唱えるものを」

胸の辺りをぎゅっと思いっきり押さえるガウンの男。スカイファーは何も言うことができなかった。

彼も主である目の前の男には長生きしてほしい。

ただ、見かけているのだ、彼は。ガウンの男がたびたび吐血してるのを。

そして悟っていた。自身の主の死期が近いことを。

「このヴィスコンティ領はどうするので？」

「好きにしろ。継がせる子もいないしな。為るがままだ」

スカイファーは自身の主であるヴィスコンティ辺境伯の物言いに寂寥《せきりょう》を感じてしまった。それは自領をぞんざいに扱う彼への失望か、はたまた残りの余命を実感しての寂寞《せきばく》か。

「スカイファー」

俯くスカイファーは不意に名前を呼ばれて顔を上げる。ヴィスコンティ辺境伯はその青白く頬のこけている顔で彼をじっと見つめていた。

「我はお前のことだけは信じている。他の者が我のことをどう思っているかも」

放蕩領主。それが世間からのヴィスコンティ辺境伯の評価であった。実質的に領を運営しているのはスカイファーであるとも。

ヴィスコの主人《あるじ》に勿体なきは領の広さと空《スカイ》なり。

などと謳われてしまう始末である。能ある家臣は暇を乞いて出て行った。

だが、彼は残った。そして当人たちはそれを気にしていない。現にヴィスコンティは領の全てをスカイファーに任せており、彼もまた主人の信に応えようと必死だ。

スカイファーが判断に迷ったらヴィスコンティ辺境伯に指示を仰ぎ、ヴィスコンティ辺境伯はただ決断するのみである。

この決断もスカイファーが行うと角が立つため、辺境伯自身が行ったと見せかけるためだけだ。そう気遣っているのだ。それほどまでにスカイファーのことを気にかけており、そして気に入っている。全幅の信頼を置いているのだ。領を譲っても良いと思うくらいに。

「我が死んだら相応しい人物にこの領を継がせてくれ。それがバートレットの若造ならばそれもまた良し」

別にヴィスコンティ辺境伯はラムゼイのことを快く思っていないわけではない。ただただ羨ましいのだ。その英気も。そして鋭気も。余命も。

だから彼に意地悪をしてしまう。思春期の男子小学生のように。

「お前から見てバートレット領はどうであった？」

この辺境伯の問いにスカイファーは思い出すように目を閉じ、考えをまとめてから簡潔に伝えた。長ったらしく伝えるなどという愚かなことはしない。

「非常に活気に溢れ、領民の顔には笑顔が灯っておりました」

「……それはお前の目指す世界ではないのか？」

「……はい」

スカイファーが目指す世界。それは領民が何にも怯えることなく伸び伸びと暮らせる世界だ。それは即ち皆が笑顔でいられる世界でもある。そしてバートレット領は彼が見た限り、そうであったと感じたのだろう。

「奴は、信ずるに足る人物か。この領を任せるに能うか？」

「……わかりません」

スカイファーがバートレット領に滞在していた期間は短い。それに彼が滞在していたのはバルティの街だけだ。

領の全てを知っているわけではない。あくまでバルティは活気に溢れて皆が笑顔であったというだけだ。

「まあ良い。我も今日明日に死ぬわけではないからな。ただ、我がなくなった後のことは、託すぞ」

ヴィスコンティ辺境伯は最後に「根回しはしておいてやる。可能な限りな」とだけ述べた。

そして、疲れたのだろうか。その細い体を大きくふくよかなベッドに横たえたのであった。

王国歴552年　9月　中旬

「不味いな」

ラムゼイはダニーとヴェロニカからの報告を聞いてそう呟いた。どうも村に流れ込んでくる移民の数が伸び悩んでいるらしい。

それは何を意味するのか。コッツ男爵領から移ってくる必要がないということだ。

つまり、コッツ領の居心地が悪くない。地力が回復してきているということだろう。

このまま飢え殺しにしてバートレット領に侵略戦争、それを返り討ちにして併呑というシナリオが完璧に崩れてしまった。

ただ、もう直ぐ大きな戦が始まる予感がする、とラムゼイは見ていた。

もちろん親帝国派と反帝国派の戦のことである。勃発するとしても雪解けからだろう。だから、その前になんとしてでも後顧の憂いを絶っておきたい。

「冬を越す前になんとか併呑してしまいたい。こちらから攻め込んで勝てるかな?」

ラムゼイは二人に問う。先に口を開いたのはヴェロニカだ。彼女もバートレット軍の重鎮の一人だ。自軍の状況は彼女もよく知るところである。

「領地を切り取るのであればできるのではないでしょうか」

「ただよ、攻め込む理由がないぜ」

間髪入れずにそういうのはダニー。

そう、そこが問題だ。こちらから攻め込む理由がないのだ。乱世なのだから、と言ってしまえばそれまでなのだが、周囲の心象は悪くしておきたくない。

これから始まる(であろう)内戦は静観を貫いておきたいのだ。コッツ領が併呑できたら両陣営のご機嫌を窺うつもりであった。

そこでラムゼイはもう全てをハンメル＝コッツのせいにするという暴挙に出たのだ。言い換えると、何もかもが面倒になってしまった、ということである。

「折角だからさ、もうあることないこと全てコッツ男爵のせいにしちゃおうか。ウイスキーを水増しした犯人もボクたちを陥れようとしたコッツ男爵にしちゃうとか」

「おいおい、それで大丈夫なのか？」

「じゃあ聞くけど、良い打開策はある？　残されてる時間は少ないよ？」

積雪前までという時間的な制約がある以上、思案に割ける時間は多くない。締め切りが決まっている以上、考えが完璧でなくとも行動に移さないといけないとラムゼイは考えていたのだ。

彼はこういう一面を持っている。悩みに悩むのではあるが、ふっと突然どうでもよくなるのだ。もうなるようになれ、と。

これは社会人時代の考えを踏襲しているからだろう。時間がかかっても満点を出すよりも、早く及第点を出すほうが効率的であると。

「それにさ、新兵たちにも一度は実戦を経験させないといけないと思うんだ。初陣はまだだよね？」

「はい、まだ初陣を済ませておりません」

ラムゼイの問いに今度はヴェロニカが答える。

初陣を経験していない兵士、つまり新兵のことだが、彼らを戦力にカウントすることはできない。それだけ戦場というのは圧が掛かるのだ。

早めに経験を積ませ、メンタルを整えて一人前に仕上げないといけないともラムゼイは考えているのだ。これにはヴェロニカも賛成であった。

「侵略戦は十一の月の頭にする。いい？　これは決定事項だから。それに合わせて練兵をお願い」

「はい」

「あいよー」

そう言うと二人は執務室から退室した。ラムゼイは代わりにグリフィスとグレン、それからアシュレイとロットンを呼んできてもらう。

グリフィスへの指示は明確であった。十一月の頭にコッツ領に進攻するので、それに合わせて練兵を行って欲しい。それだけである。そして、彼も簡潔な指示のほうがやりやすいだろう。

問題は残った三人である。ラムゼイは先ほどの自身の考えを彼らに伝えた。これまでの一連の出来事の主犯をコッツ男爵に仕立て上げる、と。

「はー。相変わらず悪どいこと考えるな。どうしたらそうポンポンと悪いことが浮かぶんだか」

「アシュレイは商人だからね。信頼第一だろうけどボクは領主だから。多少は黒くないと、ね？」

「じゃあ、俺は商会に『全部コッツ男爵の嫌がらせだった』って弁明すれば良いんだな？」

「うん。それでコッツ男爵がなんか言ってきて拗れたらコッチのもんだしね。あとは力こそ正義だ」

「うーん、証拠がないのなら断定はしたくないな。そうらしい、ということを匂わせておいて目下調査中ということにしとくよ」

ラムゼイはアシュレイのその提案に「それで良いよ」と賛同の旨を伝える。彼が嘘を吐けないのは仕方のないことだ。商人は信頼を失えば何もかもが終わるだろう。

「グレンはハンメル＝コッツ男爵に正式な抗議を。家令のペトルがバルティの街で怪しげな小屋で商人と取引していたところから突っついてみて欲しい。それから奴ら、羊毛や綿花の下に麦を隠してやがった。全く腹立たしい。商人たちも拘束してあるから罠を張ってみてくれない？」

「承知」

「攻め込む理由になればそれで。無理はしなくて良いよ」

その一言に静かに頷くグレン。そう、別に徹底的に糾弾する必要はない。あくまで攻め込む口実を作ることができれば良いのだ。

「ロットンは兵糧の準備を。コッツ領の北にある集積所だけじゃなくて東側の砦にも運んでおいて欲しい。十一の月の頭には攻め込むよ！」

バートレット陣営がにわかに慌ただしくなってきたのであった。

◇

リヒトは悩んでいた。

彼は帝国を発った後、モスマンと合流をしていた。そこで奴隷を都合してもらう予定だったのだが、まともな奴隷が高騰しているのだ。

というのもバートレット領とかいう南東の領で奴隷を大量に買い付けており、そちらに供給されているため現在リヒトが滞在している王国北西部には極端に若い奴隷がいなかったのだ。

「はぁ、困ったなぁ」

「訳ありの奴隷か年寄り、それか子供ならいるんですけどねぇ」

モスマンは巨体を揺らしながらそう呟く。リヒトはどうしたもんかと顎をポリポリと掻きながら思案に耽っていた。そしてある一つの決断をする。

「わかりました。じゃあ子供の奴隷をください。数は……そうだな。十人ばかしお願いします」

「承知しました。できる限り年上の男の子を揃えておきましょう。金額は200ルーベラで」

安い。リヒトは素直にそう感じた。つまりこれは奴隷が溢れている。奴隷の供給が過多となっているからだと推測していた。

では、なぜ供給が過多なのか。口減らしのために売られたか、はたまた拐かされたか。どちらにしても良い政情とは言えないだろう。そしてリヒトはその政情をさらに悪化させるため王国へとやってきたのだ。良心が少し痛む。

「あの、やっぱり二十人で」

何か思うところがあったのか、倍の人数を提示するリヒト。この価格ならもう少し養えると思ったのだろうか。それとも良心の呵責があったか。

それからその二十人と自身の分の食糧もモスマンから買い付け、自身の拠点へと戻る。打ち捨てられた古びた砦がそれである。おそらくモリス伯爵のものだったのだろう。

ここで冬の間、買い付けた奴隷たちを鍛え上げて一つの精鋭集団とする予定だ。二十人で村を襲うのは数が足りないかもしれない。しかし、一度に見られる数はこれが限界だ。

「あー、しまったな。寝床に敷く藁や燃料となる薪も買い付けないと駄目かー」

やることは山積みである。それから買い付けた子供たちを一端の兵士にするためのスケジュールも作成しなければならない。

それに武器も買い揃えなければ。当面は槍と弓でよいだろう。それぞれ十本ずつ用意して、子供たちの適性を見て槍なのか弓なのか振り分けることにする。

そんなこんなでリヒトはモスマンのお店を行ったり来たりしていた。成果はまだ何も挙げられていない。自分に懇々と言い聞かせる。まだ慌てるような時間ではない、と。

「はー、今回の任務は時間が掛かりそうだな」

そうため息を吐いたリヒトは砦の掃除に精を出していた。まだ見ぬ教え子たちを想像しながら。

◇

リヒトはモスマンに呼ばれて彼の商店まで足を運んでいた。どうやら頼んでいた奴隷の用意ができたらしい。嬉しいような悲しいような複雑な気持ちで歩を進める。

「お待たせしました。さ、さ。どうぞこちらに」

モスマンがリヒトを奥へと案内する。その先には虚ろな目をした少年が二十人ばかり。年のほどは十二歳くらいだろうか。力なくリヒトを見ていた。

「この方がお前たちのご主人様だ。粗相のないようにな！」

モスマンがそう言うと頭を下げる少年たち。

まるで魂が宿っていないかのようだ。そこから始めないといけないのかと、リヒトは頭を抱えていたという。

まず、リヒトは彼らに食事と十分な睡眠をとらせた。

温かいスープと黒パンを食べさせ、夜は藁の寝床に子どもたちを寝かせると上から羊毛の毛布をかけてあげた。

昼間は思う存分に外で遊ばせる。最初はオドオドと戸惑っていたが、二、三日もすると遠慮なく原っぱを駆け出すようになっていた。

リヒトが子どもたちを遊ばせる理由はいくつかある。

一つ目は心の回復だ。遊ばせることで失くしていた心を取り戻してもらおうと考えていたのだ。もちろん、これから村を襲わせるのだから心などないほうが良いのかもしれないが、リヒトとしては笑って泣いてほしかった。

二つ目は体力づくりだ。外を元気良く駆けさせることで体力を養おうという考えだ。ただ、もちろん外に出たからといって走り回る子どもばかりではない。

そこで三つ目の目的である。遊ばせることで子どもたちの性格や特性を掴もうとしていたのだ。

あの子は体を動かすのが得意で好きなのだろう。逆にあの子は土をいじくって何かを作っている。モノ作りが好きなんだろう。

それから二十人もいれば友達もできてくる。誰と誰が仲良く、また仲が悪いのか。それも考慮してチームを編成しないといけなくなる。

そして最後の目的としては子どもたちのご機嫌取りだ。これから仲良くやっていく子どもたちから早々に嫌われることは避けたい。そこに主従関係があったとしてもである。

奴隷の反乱で滅んだ家の話を嫌というほど聞いてきたリヒト。これから彼らに武力を身につけさせるのだ。二十人全員に反旗を翻されたら堪ったものではない。

やらないといけないことは山積みではあるが、なるほど確かに面白い。だんだんとパメラの言いたかったことが理解できてきたリヒトであった。

王国歴552年　9月　下旬

ハンメル＝コッツは浮かれていた。お金は掛かったものの、冬を越えるための麦も手に入った。領民の流出も一通りの収まりを見せ、ウイスキーを水増しして資金も潤っている。

吐き出したお金と潤った資金とでトントンといったところだろう。儲けてはいないが危機は脱したのだ。浮かれないわけがないだろう。

そんなハンメルの元にペトルがやってきた。顔色が良くない。ハンメルとは対照的な面持ちである。流石の彼も何かおかしいと感じたのだろう。ペトルに声をかけた。

「どうしたんだ？　そんな顔をして。まるで女房にでも逃げられたような顔ではないか。だぁーっはっは！」

「……れました」

「あん？　あんだって？　声が小さくて聞こえないぞ」

「バレました。バートレット陣営に！」

それを聞いた瞬間、ハンメルの顔からサーっと血の気が引いていった。あれほどまで浮かれていたのに今では顔面蒼白である。ペトルはハンメルに続けて伝える。

「もうすぐこちらにバートレット卿の使者が到着するとのこと。おそらくこのことを聞かれるのだと……」

「落ち着け落ち着け。どこまでバレているのだ。なぜバレた？」

「報告として挙がっているのは密輸していた商人の拠点がバートレット卿にバレてしまったことです。そこから芋づる式にウイスキーの水増しまでバレたのかと推測しております」

実際は違う。ただ、ラムゼイが面倒になったというのが理由の一つ。

もう一つの理由は時間的制約からコッツ男爵を犯人に仕立て上げて侵略戦を起こしてしまおうという打算である。

そう。彼らに落ち度はないのだ。落ち度はないが、運もなかったということだろう。使者が到着するまでに対応の方針を定めなくてはならない。

「如何します？　ハンメル様」

「……のらりくらりと躱すぞ。ノーマン閣下へ使者を送れ。何、積雪まで粘れば良いのだ。それであればできなくはないだろう？」

「そのあとはどうするおつもりで？」

「ノーマン閣下に間を取り持ってもらう。それで閣下の飼い犬に成り下がろうとも大事なのは己《おの》が身よ」

ハンメルはそこまで領地に執着していない。こんな辺鄙な国境で暮らすよりも王都でノーマン閣下の子飼いになるほうがマシだとも考えていた。

聖王国がいつ攻め込んでくるかわからない場所だ。実のところ、ハンメルは領地持ちとはいえ、こんな辺鄙な場所で暮らすくらいならノーマン侯爵に取り入って宮中伯にしてもらいたいと考えていた。

「まずはこの冬を乗り切るぞ。何、あと三か月もない。時間を潰していけば良いのだ。慌てることはない」

顔を白くして震えているペトルの肩を叩き、安心するように伝える。ハンメルは彼を糾弾することも責任を転嫁するつもりもない。むしろ、安心するよう強く伝えていた。

「ボサッとせんで、バートレット卿の使者を迎え入れる準備をしようではないか」

ハンメルはペトルの背中を思いっきり叩いた。それで喝を入れられたのかペトルが動き始める。まずは歓待の準備だ。

それからハンメルはどう言い逃れるかを考えるため思案に耽る。三か月。三か月だけ乗り切れれば良いのだ。まずは急ぎ調査する故、時間をいただきたいというのが常套句だろう。

ハンメルはこの線で行こうと意思を固めたのであった。

「失礼。私がラムゼイ＝アレク＝バートレット男爵閣下の使者であるグレンと申します」

「吾輩がハンメル＝コッツだ。今回はどのような用件で？」

ハンメルはわざとらしく尊大に振舞っている。彼の後ろには件のペトルが控えていた。グレンは彼らを一瞥すると単刀直入に用件を切り出した。

「本日は宣戦布告をしに参りました。何故かは、わかっておられますな？」

鋭い眼光で二人を睨め付けるグレン。元来の目つきの悪さも相まって迫力は満点だ。思わずペトルの背中を一筋の汗が流れる。

「いやぁ、何のことだかわかりませんな。宣戦布告をされる謂れなど露ほどもないのだが」

「それならばそれまで。次に見えるときは戦場というだけのこと。では御免」

それだけを言い残し席を立ち去ろうとするグレンを歓待の料理が来たといって何とか押し留めるハンメル。まさかここまで取り付く島もないとは思わなかった。

グレンは押し留められたので、その場に残る。ここにグレンの心の機微が見えていた。

普段の彼ならば有無を言わせず席を立っていただろう。流石にこの宣戦布告はおざなりであったと思っているに違いない。

「まぁまぁ。まずは一杯」

銀杯を渡されるグレン。そしてなみなみと注がれるワイン。ここでグレンはハンメルに向かって一つ牽制を放つことにした。

「おや、ウイスキーではないのですね」

この一言をどう取るか。グレンは二人の出方を窺う。ペトルは滝のような汗を掻いていた。

これが緊張からの汗なのか、それとも疚しいことをひた隠しにしている汗なのかはわからない。一方のハンメルは飄々としていた。

「おや、なんのことですかな？　我々にはウイスキーなぞとてもとても」

ハンメルは大きく頭を振り、ため息を吐く。こののらりくらりとした態度がグレンの心に火をつけた。居住まいを正してハンメルに対し、今度は言葉を濁さずに伝える。

「コッツ卿がウイスキーを水増しして販売しているのは突き止めております。もうお戯れはお止めを」

「な、何を仰るか。そんなわけあるはずなかろう！」

「では、やっていないことを証明できますか？　違うというのであれば真犯人を挙げられますか？」

証明できないのであれば犯人である、と。そう。これは悪魔の証明である。

やっていないのを証明しろとグレンは言っているのだ。徳川家康にも負けず劣らずの言い掛かりだ。

この悪魔の証明を知ってか知らずか用いるグレン。これにはハンメルたちも閉口してしまう。

誰か別の貴族を犯人に仕立てるか。いや、駄目だ。余計に話が拗れてしまう。

ではどうするか。ここまでバレているのであれば、やはりのらりくらりと躱して時間を稼ぐしかない。そう決心したハンメルは口を開いた。

「まっ、待て。もしかして儂の預かり知らぬところで勝手に水増ししているやもしれぬ。早急に調査するゆえ、いましばらくお時間を――」

「十の月です」

「へ？」

「十の月までは待ちましょう。しかし、それまでに犯人を挙げることができなかった場合、戦争です。もう猶予はありません」

強気に言い放つグレン。こちらとしては戦争は望むところである。あとはハンメルたちがどう出るかだ。目頭を押さえていたハンメルは静かに「わかった」と一言呟いた。

「取り敢えず急ぎ調べてみよう」

「ええ、良い報告をお待ちしておりますよ。十の月までは」

こうして、会談は表面上だけは和やかに進んだという。

王国歴552年　10月　中旬

ラムゼイは着々と軍備を進めていた。会談の内容はグレンから報告を受けている。未だハンメルから連絡は来ていない。

「グリフィス隊とヴェロニカ隊がコッツ領の北側の集積所に。ダニー隊がコッツ領の東側にある砦に進みました」

グレンが執務室にやってきてそう報告する。これで七五〇名が前線に配置されたことになる。コッツ男爵領の兵数は多くても五〇〇のはずだ。

「わかった。宣戦布告は済んでいるんだよね？」

「はい、期限は十の月までと宣言しております」

「それなら問題ないね」

ただ、攻め込む際、コッツ領の領民に被害が及ばないよう配慮しないと後の統治に響く。そのことはボーデン領に攻め込んだときに痛いほど痛感していた。

「できれば野戦に持ち込みたいですな」

「そうだね。あとはどうやって持ち込むか……」

ここでハンメル＝コッツの出方を予想しておく。それによってバートレット軍も対応を変えるためだ。まず、ハンメルが野戦に打って出るか籠城するかの二つの選択肢が考えられる。

濃厚なのは籠城だろう。雪が降るまで耐え凌げば良いのだから。

もし、そうなったのであれば仕方がない、籠城している領都を残して領地を切り取らせてもらおう。野戦に打って出てきたのであれば好都合だ。容赦なく叩き潰して領地をまるっと譲ってもらうことにしよう。

「十中八九、籠城だよね」

ハアとため息を吐くラムゼイ。グレンもラムゼイの考えに賛同する。

「でしょうな。ですので、コッツ男爵の領都を囲むように砦を築きたいところですが……」

流石に領都の東西南北すべてに砦を配置するのは現実的ではない。そこでラムゼイたちは現実的なラインとしてコッツ領の半分を奪う計画を立てていた。

「なんとかおびき寄せて野戦に持ち込めれば良いのですが……」

「ま、籠城になった時のために、そちらも嫌がらせしておくか」

頭を抱える二人。こればっかりはどうすることもできない。二人は宣戦布告を正当なものにするべく、各貴族への根回しを行うのであった。

◇

そして、その根回しはもちろんヴィスコンティ辺境伯の元にも届いていた。彼の元にバートレット男爵から一通の書状が届く。

中にはコッツ男爵が意図的にバートレット男爵の名を傷付けようとしたこと——主にウイスキーの水増しに関して——を非難する内容が書かれており、宣戦布告をする旨がつらつらと書かれていた。

「どうやらコッツ卿の策はバートレット卿に見破られていたようだな」

その書状をスカイファーに渡すヴィスコンティ辺境伯。彼は「拝読します」と一言添えてから書状を穴があくのではというほど読み込み始めた。

コッツ男爵は馬鹿なことをしたものだ。わざわざ自分から攻め込む口実をつくってしまうとは。

ただ、食料の輸入を封じられていた以上、何かしらの手を打たなければジリ貧だったのも否めない。

「で、我らはどうする？　このままバートレットが肥えていくのを指を咥えて見守っているか？」

「それは面白くありませんね」

もし、バートレットがコッツ領を全て併呑するとヴィスコンティ辺境伯と同等の領地を得ることになる。

もちろん、バートレット領は山や湖などが多く可住地面積は見かけより多くないのだが、それでも面白くないものは面白くない。

「とはいえ、横やりを挟む口実もないし、どうするべきか」

ヴィスコンティ家は腐っても辺境伯である。その気になれば軽く一〇〇〇人は兵を動員できるだろう。ただ、辺境伯という上級貴族になると、おいそれと他領に侵攻することはできない。それ相応の理由が必要となるのだ。

「手出しをするよりも防備を固めるほうが良いでしょう。南方がきな臭くなってきております。こちらに飛び火するやも」

南方。つまりゴン族を指しているのだろう。確かに族内の統一のため、内乱状態となっている。

それに乗じてマデューク王国の南側、つまりヴィスコンティ辺境伯領に攻め込んでくることは十分に考えられた。

王国の国情、諸外国の動き、隣領の急速な発展など考えることは多い。しかし、スカイファーは動じておらず、また考えも変わっていなかった。

「領を富ませ兵を強く鍛えておけば攻め込まれることはありません。さ、内政に励みますよ」

そう言って全く働こうとしない領主の前に資料を山のように高く積み上げ始めたのであった。

王国歴552年　10月　下旬

「どうする!?　もう時間がないぞ!?」

「やはり、もう籠城するしかありません！　何、ウルダ将軍がいれば一か月くらい造作もなく耐え忍べるでしょう」

慌てふためくハンメルを諭すように伝えるペトル。

そういう彼も動揺してるのか手汗がびっしょりである。ウルダだけが冷静に兵を領都の近くにあるロケイノ砦に詰めさせていた。

彼らはロケイノ砦に兵を二〇〇、領都に兵を四〇〇という配分でバートレット軍を迎え撃つつもりであった。

これは砦を無視して領都に攻め込んできたら、砦から出てバートレット軍の背後を突く作戦である。

このロケイノ砦であれば一〇〇〇名で攻め込まれても一か月は耐えられる。これで準備は万全だ。

ただ一つ問題があるとすれば兵を分けてきたときだろう。

砦に五〇〇、領都に五〇〇で攻め込まれたら領都が陥落する可能性がある。そのため、領都には兵だけではなく男手も駆り出すつもりでいた。

二〇〇人も動員できれば防衛はそう難しくないだろう。一〇〇人でも可能性はある。となれば今のうちから男手を集め、鍛えておくことが大事だ。

すぐに取り掛かるよう指示を出すハンメル。これに応えたのはハンメル軍の将であるトリスタンだ。

彼も有能な武将である。系統としてはダグラスのような頭よりも手が先に動くタイプだ。

本能のままに戦い、その感覚で敵の急所をえぐるタイプの武人である。そのため、常人には理解しがたい行動をとることも多々ある男だ。

そして、ハンメルはこの時のこの人選が大きな落とし穴になるとは思いもしていなかった。その報告を耳にしたのは翌日の夕方であった。ハンメルが何気なく近くの兵に男手は集まっているのか、と尋ねたことが発端である。

「どうだ？　男手は集まっているか？」

「それが……その……」

尋ねた兵の歯切れが悪い。つまり、何か問題があるということだ。ハンメルは兵の一人に詰め寄りひどく詰問する。彼にも余裕がないのだ。

「りょ、領都から領民が流出しております！」

隠しても仕方がないと思ったのか、大声でハンメルに報告する。領都から人がいなくなっているというのだ。つまり、予定していた男手が集まらないかもしれない。それは不味い。

「何故だっ！」

「はっ！　どうやらバートレット軍が大軍で攻め込んでくることが噂されており、それを危惧した領民たちが近くの村にいる親族を頼っているようです！」

領都ではバートレット軍が十一月に二〇〇〇もの大軍で領都に攻め込むという話が方々に噂されていた。このお陰で領都の人口は減る一方である。

そして何の因果か北東の村々では空き家が多くなっていた。そう、バートレット領へと移住した元領民たちが住んでいた家である。領都から逃げ出した領民がそこに住み着いたのだ。

「今すぐ呼び戻せ！」

「は、はいっ！」

返事をして駆け出していく兵士。ああは言ったが呼び戻すのは難しいだろう。よしんば呼び戻したとしても戦力になる気がしない。

「これでは予定していた男手を掻き集めることができないぞ」

この噂を流したのは他の誰でもないラムゼイであった。

コッツ領の領民を巻き込みたくないラムゼイは彼らを避難させるべく、領都から追い出すために過大な噂を流していたのだ。

噂というものは、何故ああも早く巡るのか。人の口に戸は立てられないというのは言い得て妙である。想像以上に噂はコッツ領を駆け巡っていた。

実際は二〇〇〇人もの大軍で攻め込めるはずがない。せいぜいその半分が関の山だろう。

しかし、その実情を知らないコッツ領の領民たちは、その噂を鵜呑みにしてしまったのだ。

こうして、ハンメルは兵も人手も満足に集まらないまま、決戦までの貴重な時間を徒《いたず》らに使ってしまったのであった。

もう十月も終わろうとしている。結局、ハンメル＝コッツから連絡は届かず仕舞いであった。

こうなれば開戦するしかない。しかし、積雪はもう眼前に迫っている。ラムゼイたちに残されている時間は少ない。

「今回はボクも前に出る。置いていくのはギルベルト率いる近衛兵だけだ。総力戦で一気にカタをつけるよ」

バートレット三羽烏が各二五〇、ラムゼイが一〇〇、騎兵が五〇の計九〇〇名での進軍となる。騎兵はグレンが率いることとなった。

現在はグリフィス隊とヴェロニカ隊がコッツ領の北側の集積所に。ダニー隊がコッツ領の東側にある砦に進んでいる。ラムゼイとグレンはダニーたちと合流する予定だ。

どちらも目指す目的地は同じ。コッツ領の領都だ。ダニーもヴェロニカも既に多数の斥候を放ち、コッツ軍の動きを把握していた。

ラムゼイもその報告は耳にしており、まずはコッツ領の領都の手前、ロケイノ砦周辺で合流する手筈を立てていた。そこから臨機応変に対応していく予定だ。

できるのであればコッツ領の領都の攻略。それが難しいようであればロケイノ砦と対峙するように砦を築き、そこまでを実効支配するつもりである。

しかし、それもこれも十一月に入ってからだ。何とももどかしい思いである。攻めるに攻められず、時間だけを与えてしまっているのだから。

流石に自分たちで十一月まで待つと言ってしまった手前、これを破ることは自身の信頼を貶める結果となってしまう。それは避けておきたい。

ラムゼイは領内の書類仕事を片付けて前哨基地となっている集積所に足を踏み入れる。そこを取り仕切っているのは他の誰でもない、悪友のダニーだ。

「ダニー。部隊の様子はどう？　どんな塩梅？」

「悪くはないぜ。ま、心配がないわけじゃないけどな」

　ダニーの隊だけ、まだ副官がついていない。流石にダールを呼び戻してすぐに副官につけるのには無理があった。ということで、ここはダニーだけで二五〇人の指揮をとっている。

　もちろん、中には十人長などの下士官はいるが、百人長クラスの指揮官はいない。できる限り軽い役目をとラムゼイは考えていた。

「奴《やっこ》さんはロケイノ砦に兵を集めているようだな。どうする？」

「んー。できれば正面から当たりたくないね。兵力差で勝っていたとしても、被害が大きくなるのが目に見えているからね」

　無傷で砦を抜けられるわけがない。そんな砦は紙でできているか、人がいないかのどちらかだろう。予定通り、砦は無視するつもりだ。

「もし、そうなったらダニーが砦を牽制してね。ヴェロニカとグリフィスでコッツ領の半分を奪ってくるから」

「へいへい。せいぜい頑張りますよっと」

　やる気のない返事をするダニーだが、テキパキと指示を出す。輜重《しちょう》隊の準備にも取り掛かっていた。

　領境まで移動し、月が変わったと同時に攻め込む算段だ。

　間違ってもコッツ領の領民にだけは手を出さない。それを合言葉にラムゼイは彼自身も兵を一〇〇名ほど率いてコッツ領に足を踏み入れるのであった。

　ヴィスコンティ辺境伯の軍部では怒号が響いていた。その中心に据えられているのは辺境伯の腹心であるスカイファーと、辺境伯軍を預かっているプライセン上将軍が揉めていたのだ。

「バートレット領に兵を出せだと！　何を戯《たわ》けたことを！　攻め込む理由がないではないか!!」

プライセンは禿げ上がった頭も相まって、怒りで顔が茹でタコのように真っ赤になっている。理由もなく攻め込むなど、上級貴族であるヴィスコンティ家が許される行いではないと考えているのだ。

対するスカイファーは目を瞑ってジッとプライセンの発言を耳にしていた。そして、その発言を聞いた彼は将軍の考えの古さに辟易していた。

「では、このままバートレット領が大きく富まれていくのを、指をくわえて見ているだけにすると？」

「領土の広さが軍の強さに比例するわけではなかろう。兵が多くとも率いる将が無能、兵の練度が低ければ意味はないではないか」

これだから素人は、とスカイファーに聞こえるように愚痴を溢すプライセン。執拗に貧乏揺すりをしていた。相当フラストレーションが溜まっているようだ。

「確かに将軍の仰る通りです。ただ、備えあれば憂いなしとも申します。危ない芽は早めに摘み取りましょう」

「だとしてもならん！　ヴィスコンティの名を背負っているのだぞ！　ならんならん！　世間の笑い者になるだけだ！」

マデューク王国の貴族は何よりも誇りを重んじる。そしてヴィスコンティ家は辺境伯という上級貴族だ。他家に嘲られるのだけは避けたいと将軍が考えるのも無理のない話である。

「これでこの話は終わりで良いな。兵は出さん！　以上だ‼」

プライトンは椅子を倒しながら立ち上がると肩を怒らせて立ち去っていった。

その場にいた使用人はあまりの恐怖に震えていたのだが、彼はこれでも穏便に話し合ったほうだと満足していた。

残されたのはスカイファーと胸を撫で下ろした使用人だけである。気を使った使用人がお水をお持ちしましょうか、とスカイファーに問いかけていた。

「いや、大丈夫です。今は一人にしてください」

それを聞いた使用人は一礼をして下がった。それを見届けたスカイファーはガックリと肩を落とした。このままではジリ貧である。

とは言うものの、軍部には兵は出せないと一刀両断されてしまった。では傭兵を雇って出兵するか。いや、勝手な真似をすると軍部の反感を買ってしまう。それだけは避けたい。

「困ったなぁ。待て待て、落ち着け。一番大事なのはヴィスコンティ家が一枚岩であることが大事だ。……仕方がない。ここは大人しくオレが引き下がるか」

八方塞がりとなったスカイファー。解決案も思い付かず、ついには匙を投げてしまった。

今思えば、スカイファーが恩を感じているのはギルビット＝フォン＝ヴィスコンティ辺境伯だけである。

ヴィスコンティ辺境伯領がどうなろうと知ったことではないのだ。彼の願いを極力であれば叶えてあげたいのだが、どう逆立ちしても叶えられない願いというものが世の中にあるのだ。

空を飛べなんて言われてもできるわけがない。それと同じようなものである。

「うん、そうだ。そうしよう」

自棄になったスカイファーは自分の中でそう結論付けて無理やり自分を納得させる。この件は終わりだと言わんばかりに立ち上がると、自分に課せられた仕事を終わらせるため、割り当てられた部屋へと戻って山のように積まれた書類を片付けていくのであった。

王国歴552年　11月　上旬

月が変わったその日。ハンメルの執務室に兵士たちが飛び込んできた。みな、早口で報告しておりソワソワとしている。つまり良くない報告のようだ。

「ほ、報告します！　バートレット軍が我が領の北部に進行して参りました！」

「報告します！　我が領の東側よりバートレット軍が進軍して参りました！」

ハンメルとしては来たか、という心持ちである。こうなることは覚悟していた。ウルダがバートレット領に踏み込んだ時からこうなることは予期していたのだ。

トリスタンとウルダを呼び寄せるハンメル。

彼らもバートレット軍が進攻してきたという報は耳に届いており、籠城するための準備を進めていた。お陰で準備は万全である。

ただ一点、人手が足りていないということを除いて。

「事前に予定していた通り、ウルダはロケイノ砦へ。トリスタンは領都を死守せよ。一ヶ月、一ヶ月耐え忍べば我々の勝ちだ！」

領都さえ占領されなければ良いのだ。ハンメルとしては全軍で砦に籠もっていたいのだが、その間に領都を占領されて籠もっている砦を包囲されてしまったら死しか待っていない。今のところ援軍はいないのだ。

「兵の配分はどうなさるおつもりで？」

「うむ。ウルダに一五〇の兵を預ける。それでロケイノ砦に籠もってくれ。領都には残りの四五〇の兵で籠城する積もりだ」

当初の予定から兵の配分が変更されていた。領都の防衛に兵が予定より多く配備されている。これは男手が上手く集まらなかったからだろう。ハンメルも人の子だ。部下よりも自分の身が可愛いのである。

ウルダは文句一つこぼさず、指示された通りの兵を引き連れてロケイノ砦へと向かっていった。ただ、言葉には出さなかったものの、ウルダにも思うところはある。

与えられた少数の兵で何ができるのかと。彼にできるのはせいぜい三〇〇名程度の兵でロケイノ砦に攻め込んでこられた場合だけ足止めができるくらいだろう。

それよりも多ければ降伏も選択肢に含まなければならない。自分の命であれば良いが部下の命まで危険に晒すわけにはいかない。できるのであればバートレット軍には引き返して欲しいというのが彼の本音であった。

一方のトリスタンはというと、バートレット軍が攻めてくるのを今か今かと待っていた。軟弱なバートレット軍を千切っては投げ、千切っては投げる予定である。あくまでも予定だ。

彼にはそれだけの自信があった。そして、その自信に見合うだけの努力もしてきたつもりである。これが匹夫の勇ではないことを祈るばかりである。

「トリスタンよ。領都の守りはどうするのだ？　男手は集まらなんだぞ」

「男手が集まらないのであれば、傭兵を雇えば良いんでサァ。北に活きの良い傭兵がいると耳にしたことがありますぜ。えーと、なんてったっけな……。黒鷲団とか、そんな奴らでサァ」

「そ、そ、それを今から雇ったところでではないか！」

「そんなことはありませんぜ。今から雇えば月の半ばには到着するでしょう。半ばといやあ、だんだんと劣勢に追い込まれてくる時期でしょう。当然、士気も下がってくる。そこに援軍が到着してくれれば……」

なんだかんだトリスタンも色々と考えていた。確かに士気が下がってきたところに援軍が到着すれば持ち直すことができる。それであれば積雪まで耐えきれるだろう。

「それは妙案だな！　よし、早速雇うとしよう。ペトル！　ペトルはいるか!!」

「はい、なんでしょう」

ペトルも戦線に加わる気満々であった。父祖伝来の鎧を身に纏い、メイスを担いでいた。

しかし、彼は実戦の経験はない。あくまで内政官である。

「お前は北の街にいる黒……」

「黒鷲団ですぜ」

「そう！　黒鷲団という傭兵を雇ってきてくれ。金に糸目はつけん！　つけんが、安く済ませてくれると助かる」

「しょ、承知いたしました。して、その黒鷲団というのはどちらにおられるので？」

ハンメルはこのペトルの問いに答えるべくトリスタンを見る。しかし、トリスタンは肩を竦めて首を傾げるだけであった。

「北側にいるということだけはわかっている！　すまんが探し出して雇って戻ってきてくれ！　お前が戻ってこれるかどうかが我々の命運を左右するぞ！」

ペトルの両肩をガッシリと掴むハンメル。これは脅しでも過大評価でもない。事実である。本当にペトルの出来が戦況を左右すると言っても過言ではないだろう。

「かしこまりましたぁ！　このペトル、必ずや傭兵を探し出し、この地に戻ってきましょう！　では!!」

ハンメルの熱意を受け取ったのか、ペトルが高々にそう宣言すると踵を返して去っていった。どうやら準備を済ませてすぐに出立するようだ。

「じゃ、あとはオレがここを半月の間、持たせれば良いわけだな。それであれば大丈夫でサァ。大船に乗ったつもりでドシンと構えていてくだせぇ」

「う、うむ。任せたぞ！」

両腕を回しながら笑顔で応えるトリスタン。このトリスタンの根拠のない宣言に何故だかハンメルは安心感を覚えたのであった。

◇

「さて、みんな揃っているね」

ラムゼイは辺りを見回してそう口にする。バートレット軍は進軍を続け、コッツ領内にて合流していた。合流した地点はコッツ領の領都の北東。ロケイノ砦の目の前である。

この砦に兵が入っていることは全員が確認していた。その数も二〇〇人ほどであるということも。問題はこの砦をどうするかである。口火を切って意見を述べたのはダニーだ。

「二〇〇人ほどなら無視して全軍で領都に向かっても良いんじゃないか？」

「その場合、この砦の兵たちに背後を突かれる恐れを常に孕むことになるわよ」

「だからわざと誘き出すのさ。オレたちが殿を務める。常に後ろを警戒してな。二五〇対二〇〇なら十分に勝てる。それに背後を突かれるとわかっていれば、それなりに対処できるもんだ」

ヴェロニカの反論も何のその。ダニーは考えを譲らない。それに一聞する限りでは理に適っているようにも思う。そこでラムゼイは彼の考えを採用することにした。

「わかった。それで行こう。本来であれば十分な軍議を重ねたいところだが今は時間が惜しい。ただ、グレン。君も補佐にあたってくれ。城攻めに騎馬は向かないでしょ」

別にラムゼイはダニーを信じていないわけではない。そこは声を大にして伝えておこう。ただ、ダ

ニーが抜かれてしまうとバートレット軍は挟撃されてしまうことになるのだ。そのリスクは取りたくない。

そこでグレンを補佐につけたのだ。彼ならば臨機応変に対応することが可能だし、先ほど述べたように攻城戦では騎馬の特性を生かしきれない。それであれば補佐に回すのは強ち的外れでもない選択肢だ。

「承知しました」

グレンがラムゼイに向けて恭しく一礼する。そして全員が動き始めた。ハンメル＝コッツから全てを奪うために。

「ボクはまだ忘れてないぞ。チェダー村を滅茶苦茶にしてくれたことを！　ここで倍にして返してやろうじゃないか!!　立ちはだかるもの、すべて踏み潰して進むよっ!!」

「「「応っ!!」」」

◈

「報告！　バートレット軍、こちらを無視して領都に向かう模様!!」

ロケイノ砦の頂上付近にいたウルダは、その報告を耳にすると屋上から東側を眺めた。確かに砂塵が舞っている。どうやらロケイノ砦の南側を抜けていくようだ。

「将軍、どうされますか？　打って出ますか？」

「待て待て、逸るな。おかしいと思わんか？　目の前に砦があるというのに無視して進むというのは」

「はぁ、まあ……確かに」

ウルダは報告に来た兵士にそう尋ねる。そして兵士はよくよく考えてみるとおかしな話だということに気が付く。つまり、何か裏があるのだろう。

「我々は待機だ」

本来であれば斥候を放ったり、領都に伝令を飛ばしたりするものなのだが、何を血迷ったのかウルダは何もしない選択肢を選んでいた。

つまり、ウルダはラムゼイたちと事を構える気はないのだ。ハンメルが自分の身を一番大切にしているように、ウルダも自分と部下の命を一番大事に考えて行動していた。

さらに、大きいのは彼の存在だろう。報告に来た兵士を下がらせると、ウルダはため息を吐いた後、その彼に倦怠感を纏った声で話しかけた。

「これで良いのだろう。セオドア」

「ああ、上出来だ。これでラムゼイさまも喜ぶことだろう」

ラムゼイは皆に内緒でセオドアをウルダの元へと派遣していたのだ。もちろん、上手く説得できるかは五分五分という賭けではあったが、少なくとも裏目には出なかったようだ。

セオドアはラムゼイの元に伝令を遣わせる。ウルダは攻め込んでこないという伝言を持たせて。これでダニーも領都の攻略に取り掛かることが可能となるのだ。

「オレは、どうなるのだろうな」

椅子に深く腰掛けてそう溢すウルダ。彼は主君を裏切ったのだ。そんな男を重用する領主は少ないだろう。そんな彼を勇気づけるセオドア。

「そう心配されるな。オレを見てみろ。そう無下にはされておらん。むしろ、代官を任されているほどだ。お前も何かしらの役職に任命されることだろう」

「だと良いんだがな」

現状を悲観的に捉え投げやり気味なウルダ。そして、このセオドアの推測は当たっていた。ラムゼイは「まず隗《かい》より始めよ」と言わんばかりに敵将であっても有能な人物は積極的に採用していた。

これは自領の層を厚くするとともに広く門戸を広げるためだ。もちろん、定着しない人材も出てくるだろうが、それればかりは致し方ないと考えていた。

ただ、この事実をウルダが知るのはもう少し先の話であった。

コッツ領の領都。その城壁の上にいる歩哨がこちらに向かってくる一団を視認していた。バートレット軍である。その数、一〇〇〇人近くはいるだろう。

将軍であるトリスタンに伝えるために走る。駆けている間も「敵襲！　敵襲！」と叫びながら走る歩哨。辺りが俄かに騒がしくなってきた。

「バートレット軍が侵攻して参りました！」

「来たか……思ったよりも早いな」

トリスタンは冷たい水で顔を洗う。やはり冬前の水は冷たく、身が引き締まる思いである。それから愛用の槍を担いで城壁の上に登った。確かにバートレット軍がこちらに攻め込んできている。

「持ち場に就けぃ！　まずは今日一日を乗り切るぞ!!」

時刻はすでに昼を過ぎている。おそらく本日は様子見だろうとトリスタンは踏んでいた。そのバートレット軍は領都を囲んでいる城壁から一キロほど離れた場所で停止し、兵を休ませていた。ラムゼイと将たちはその間に軍議を開いている。

「さて、城壁の前まで来たわけだけど、どう？　抜けそう？」

ラムゼイとしては無理をして欲しくない。兵の消耗を抑えることを第一に考えて欲しいと思っていた。そのことはダニー、ヴェロニカ、グリフィスの三人は痛いほど実感していた。

「ま、すぐに抜くのは無理だわな。まずは一当てして兵の練度でも確認してみるとしようかねぇ」

そう答えるグリフィス。それであればとラムゼイは一番近い東門にグリフィス、北門にヴェロニカ、南門にダニーに攻略させることにした。

ラムゼイとグレンはその場で待機である。セオドアの放った伝令はラムゼイと既に合流しており、ウルダが静観することは聞いていた。

だが、何かの手違いで攻められることもあるかもしれない。ハンメルに別の場所から援軍が来るかもしれないと想定し、予備兵力としてラムゼイとグレンを後ろに控えさせたのだ。

「よーし、矢を放てぇ！　梯子をかけろぉ！」

善は急げと直ぐに動き出すグリフィス。だが彼も手持ちの兵二五〇名で抜けるとは考えていない。

寄せてみて、どれほどの兵がグリフィスに対峙するかを確認したかったのだ。

ヴェロニカが北、南にダニーが陣取ったお陰で敵兵も分散されたようだ。グリフィスと対峙したのは一〇〇名を超えるくらいの兵士であった。

通常、攻城には三倍の兵が必要とされている。つまり、三〇〇人以上を用意しないといけないのだ。しかし、グリフィス配下の兵数は二五〇である。足りていない。

となると足りない分を何で補うかが重要になってくる。勇気と根性で乗り切ろうと考えていたのであれば間抜けか阿呆の烙印を押されているだろう。彼は頭を使って補おうとしていた。

「ふむ。まあ、そう簡単には抜かせてくれないわな」

初日は宣言通り軽く一当てして日没を迎えた。ヴェロニカとダニーもラムゼイたちと合流する。

その夜、バートレット軍は今後の方針を定めるために軍議を開いていた。

「手応えはどう？　難しそうなら諦めて領土の半分を占領する方向に持っていきたいんだけど」

ラムゼイは不安を吐露する。何度も言う通り、ラムゼイは損害を出したくないのだ。しかし、これに異を唱えたのはグリフィスであった。

「いや、今回はいけるぜ大将」

グリフィスも前回のボーデン男爵との戦で思うところがあった。

もっと上手く戦えていれば、ヴェロニカを嗜めることができていれば救える命も多かったのではないか、と。

たられればを口にしてしまえばキリはないが、何も感じないより糧として成長してくれるほうが良いものである。

それより何より、グリフィスが目で訴えかけているのだ。オレにやらせてくれ、と。

「考えがあるの？」

「もちろんだぜ、大将。なけりゃ、こんなこと言わん」

交差する視線。ラムゼイとグリフィスが一分ほど何も発せずに見つめ合っていた。その間、何を考えていたかというと本当にグリフィスに任せて良いかどうかであった。

彼に任せて領都を攻略できる確率、失われる兵数、彼への信頼、など加味されることは様々である。ただ、部下が自信を持ってやりたいと言い出しているのだ。ラムゼイはそれを止めることはできなかった。

「ふぅ、わかったよ。今度はグリフィスに任せる。もちろん考えはあるんだよね？」

軽く息を吐いて肩の力を抜くと、ラムゼイはそう述べた。確かにヴェロニカに任せた時は成功とは言い難かった。

しかし、だからと言って一度の失敗で部下を信頼しなくなるのは間違いだと考えたのだ。

「もちろんだ！　いいかーー」

作戦を嬉々として話し出すグリフィス。ダニーもヴェロニカも、そしてグレンもグリフィスの考えた作戦に耳を傾けた。そして、この作戦に驚いた者は誰一人いなかったという。

いや、この作戦を立てたのがグリフィスであるということに皆が驚いていたのであった。

◇

バートレット軍は連戦連日、凡戦を繰り返していた。このままではコッツ領の領都を抜ける気がしない。しかし、これで良かった。これもグリフィスの作戦のうちであった。

コッツ軍はいつ撤退するかもわからないバートレット軍と毎日戦っているせいで兵の疲労も士気も見る見るうちに低下していった。

士気を上げる起爆剤、例えば援軍などが来れば話は別だが、未だそれが来る気配はなかった。

だんだんと焦れてくるハンメル。このままペトルが戻ってこないと、彼の命も危ぶまれてしまう。

「まだ来んのか⁉」

ハンメルは自室にて大声で喚く。流石に外で叫ばないだけの分別はあったようだ。開戦してから十日は経とうとしている。

幸いなのはバートレット軍が凡戦を続けてくれていることだろう。

特に激しくもない、ただただ惰性とも言える攻撃しかしてこないのだ。よほど兵の命を惜しんでいると見える。

「ま、まあこの程度の攻撃であれば凌げなくはない。あと数日、あと数日で援軍が――」

ハンメルが自分にそう言い聞かせているとき、不意に扉が悲鳴を上げ始めた。どうやらトリスタンが力強く叩いているようだ。

「加減を考えろと何度も言っているではないか！」

ハンメルは扉を開けながら、ストレスを発散するかのようにトリスタンに怒鳴りつける。当のトリスタンはどこ吹く風と右から左へ聞き流し、ずけずけとハンメルの部屋に入ると用件を伝えた。

「おかしい。そうは思わねえですかい？」

「な、何がだ」

「バートレット軍が攻めてこないことがでサァ」

ハンメルはトリスタンを訝しんで見つめた。コイツは何を言っているのかと。

ただ、冷静にトリスタンの言っている意味を考えてみると、なるほど確かに不思議な点がある。

もうすぐ雪が降る。雪が降ってしまえばバートレット軍は撤退を余儀なくされるというのに、何を悠長に攻めているのか、と。

冷静さを取り戻したハンメルは椅子に深く腰掛ける。その対面にトリスタンは主人の許可なく座り込んだ。

「お前はどう思う、トリスタン」

「まあ、何か企んでることは確実でしょう。パッと思いつくのは兵がダレてきたところを急襲ってとこじゃねぇですかい？」

人間とは恐ろしいもので、どんなに極限の状態にあっても、それが長期間続くと慣れてきてしまうのだ。そうじゃないと人間の心が持たなくなってしまうから。

そして悪いことに、この恐怖には終わりがある。積雪までという終わりが。つまり、積雪までこの攻撃を凌げば良いのだ。幸いなことに攻撃は激しくない。

であれば、兵士の心に生まれてしまう。隙が。グリフィスはそれを待っていたのだ。そしてトリスタンもそれに気がついていた。

ただ、気がついてはいるが、油断するなよと声を掛けても兵士たちは威勢良く「はっ！」と応えるだけで、本当にわかっているのかトリスタンにも理解できていなかった。

愚者は経験に学び賢者は歴史に学ぶと言うが、どうやら痛い目をみないと油断は消えてくれないようだ。しかし、それをここで実感させると言うことは、それ即ち負けを意味している。

「どうしたもんか……」

二人して頭を抱える。しかし、これと言って対策が思い浮かばない。そこでトリスタンは素直に兵たちに伝えるしかないと考えていた。

その夜、トリスタンは警戒に当たっている兵士以外を集めて木箱の上に上がると、演説の真似事を始めだした。

「兵士諸君、よくぞ今日もバートレット軍の魔の手から領都を守ってくれた！　しかし、油断してはならない！　なぜならばバートレット軍は我々の油断を狙っているからである！　わざと攻撃の手を緩めているのだ。そうして我々に楽に凌げると思わせておいて、最後の最後に力一杯叩き潰す気である！　だから、油断してはならない!!」

そう言って兵士たちの顔色を窺う。真面目に聞いている者もいれば不安そうにトリスタンを見つめている者もいる。

それもそうだ。これから本気で攻めてくるぞと言われて、怖がらない人間がいないわけがない。そこで、もう一つの吉報を伝えることにした。

「しかし、諸君。心配することはない！　マデューク王国随一と謳われる傭兵団『黒鷺団』と我々が契約することに成功した！　あと十日、十日だけ凌げば彼らがやって来てくれるぞ！」

もちろんこれは嘘だ。黒鷺団はマデューク王国随一でもないし、まだ契約できたかどうかトリスタンも知らない。そして黒鷺団ではなく黒鷺団が正しいのだ。

ただ、この嘘の報告。それなりに効果はあったようで兵士たちが喜びの雄叫びをあげ始めたのだ。

これでトリスタンは確信する。この勝負、もらったと。

あとはペトルが本当に援軍を連れてくるのを待つばかりであった。

王国歴552年　11月　中旬

バートレット軍は今日も凡戦を続けていた。そして被害も少なく日没と共に撤退をしていた。

その日の夜、今日も今日とて軍議を開く。が、今宵の軍議は今までのそれと一味も二味も違った軍議となっていた。

「良い感じじゃねえか？　頃合いだと思うぜ」

集まって開口一番、グリフィスがそう告げる。どうやら機は熟したと見たようだ。

ラムゼイとしてはこの戦はグリフィスに預けている。彼の意見を尊重したい。ラムゼイは手順を確認するため、彼にこのあとどうするか尋ねた。

「それで、どうするんだっけ?」

この質問に対し、グリフィスは全員をゆっくりと見回しながら。

「明日は総攻撃をかける。と言ってもただ総攻撃をかけるだけじゃない。兵の配置をずらす。オレの隊から副官のディランと兵一〇〇を、ヴェロニカの隊からも副官のジョシュアと兵一〇〇をダニーの元に送ってくれ。それでダニーのところから突破するぞ!」

これでダニーの隊は兵数が四五〇となる。これは守り手の一五〇名の三倍の兵数となるのだ。攻撃側三倍の法則に則ればこれで城壁を越えることができるはずである。

「それだけだと心許ないな。万が一にも失敗したくない。それならボクのところからも兵を五〇出すよ。グレン、悪いんだけど君が率いてダニーを助けてやってくれ。騎兵はボクが預かる」

「承知しました」

これでダニーの元に兵が五〇〇と副官にディラン、ジョシュア、そしてグレンが配置されることとなった。そして再びグリフィスが口を開く。

「いいか、この作戦が成功するかどうかはオレの隊とヴェロニカの隊の働きにかかっている。決して兵が減ったことを悟られるな。ダニーのいる南側に兵を送られたら負けだと思ってくれ」

「それくらい私にもわかっているわ。要求に見合うだけの働きは期待してくれて良いわよ」

自信満々に頷き返すヴェロニカ。この場にいる者たちが自信を持って肯いていた。ラムゼイを除いて。

彼は一抹の不安を胸に抱いていた。というのも、策を練っているとはいえ力攻めに頼ることが腑に落ちていなかったからだ。

それを目敏く感じ取ったのは長年、ラムゼイと連れ添ってきた悪友のダニーである。

彼もこの空気に水を差すのはどうかとラムゼイに問いただすのを逡巡していたのだが、蟠りを持ったまま戦場に赴きたくないと思い直し、彼に問い尋ねることにした。努めて明るく、そして陽気に。

「どうしたんだ、ラムゼイ。浮かない顔をしているな？　まだ不安なのか？」

「そりゃあね。みんなを戦場に送るわけだし。今回も策を弄するとはいえ結局は力押しだ。被害は甚大なものになるだろう。不安でないわけがないよ」

その言葉を聞いて思わず言葉を飲み込んでしまったダニー。この状態のラムゼイにはしっかりと考えた言葉でないと響かない。

なんて声をかけようか迷っているとグリフィスが真剣な口調でラムゼイに語りかけた。

「大将。そんなにオレたち頼りないですかい？　確かにボーデン男爵との戦いでは、誤った判断で多くの仲間を失ってしまった。だからオレたちは必死になって兵を鍛え、自分を磨いてきたんですぜ。同じ過ちを繰り返さないために」

ラムゼイを正面から、真っ直ぐに捉えるグリフィス。そしてラムゼイもまたグリフィスの覇気から何かを受け止めるべく、中心で彼を捉えていた。

「言ってくだせぇ。『領の、領民の、そして大将のために死んでくれ』って。オレたちは大将をデカくするために働いてるんだ。あんたの元は良い。領民はみんな笑顔だ。そして決して見捨てず、諦めない。だけど、今だけは見捨ててくれ。そして礎にしてくれ。なぁに。望んで死ぬわけじゃない。必死に最期の最期まで生き抜いてやりまくるからよ!!」

生きろ。死ぬな。そう命令することは容易い。

しかし、オレたちのために死んでくれと命令することのどんなに辛いことか。それを下知できるのが名将の器であろう。

グリフィスは言う。オレたちは弛まぬ努力で力攻めもできるようになったと。

確かに兵は失われるかもしれない。でも、ボーデン領を攻略したときのような無様な戦ではなく、多少の兵の損失はあるものの、自力で開城まで持っていくことができると宣言しているのだ。

であればそれに応えるべきだとラムゼイは全身を持って感じていたのだ。目を瞑って覚悟を決める。

これから死ねと命令し、そして兵士を本当に死地へと追いやるのだと。

「わかった。明日で終わらそう。グリフィス、それにダニーとヴェロニカも。死んでも勝利をもぎ取ってきてくれ」

「「「応っ!!」」」

コッツ男爵と雌雄を決するときは近い。

◇

夜が明けた。陽が昇り始め、辺りが赤く染まっている。

今日は総攻撃を仕掛ける日である。今日で決める、皆その気持ちでいた。

「ディラン。一〇〇名の指揮はお前に任せる。絶対に武功を挙げてこいよ」

「わかりました。任せてください！」

グリフィスがディランの肩を思い切り叩く。ディランの体躯もグリフィスに負けず劣らずガッシリとしており、グリフィスが最も信頼している男である。

もちろんグリフィスの胸中にディランに兵を預けることに対して不安がないと言ったら嘘になるだろう。しかし、コッツ領を奪い取るには信じるしかないのだ、彼を。

「ジョシュア。君にはまだ荷が重いかもしれない。が、この戦に勝つには君に任せるしかないんだ。頼む」

「は、はい！　ヴェロニカ隊長の期待に添えるよう、精一杯頑張ってきます！」

ヴェロニカも副官であるジョシュアを激励の言葉を添えて送り出す。彼はまだまだ経験が浅く、頼りない一面のある男ではあるが、弓の腕前はバートレット軍でも五指に入るだろう。

そして彼は持ち前の人柄で周囲の人から良く手助けをしてもらえる男でもあった。

何かとお節介を焼きたくなるような男なのだ。ジョシュアという人物は。

なので、ジョシュアの下につける一〇〇名の兵士を経験豊富な兵士を多く選別していたヴェロニカ。

彼らが経験の浅いジョシュアを助けてくれるだろうと考えていたのだ。

そんな彼らがダニーの元へと集まってくる。彼らだけじゃない。ラムゼイとグレンもダニーの元を訪れていた。ラムゼイがやって来たのは激励のためである。

「ダニー。それからディランにジョシュアも。本来であれば重圧になるような言葉を掛けたくはないけど、あえて言わせてもらうよ。バートレット領の未来は君たちの双肩に掛かっていると。ハンメル卿はここで叩いておかないとならないんだ」

冬を越えるとマデューク王国で内乱が発生する可能性が高い。ハンメルと争っている状態で内乱に突入したくないとラムゼイは考えていたのだ。

それであれば和睦すれば良いのではないかと考えるかもしれない。

しかし、ハンメルと和睦したらチェダー村の村人たちはどう思うだろうか。

村を荒らし、村人たちを殺したハンメルたちとラムゼイが和睦したとなると、今度はラムゼイとチェダー村の仲が険悪になってしまうだろう。

となると、コッツ領を征服するしかない。そして領内を安定させて内乱に備えるのだ。まだまだやることは多い。コッツ領を征服できたとしても安定させられるかどうかは別問題である。

ただ、コッツ領を征服しなければ話にならないのだ。全て絵に描いた餅と化してしまう。だから、やるならどうしても、無理をしてでもコッツ領をここで征服しておきたいのだ。

ラムゼイはディランとジョシュアの二人をじっと見つめる。二人は何かしら感じ取ってくれたようだ。そして小さく頷くと出兵の準備に戻っていった。

「じゃ、ラムゼイ。ちゃちゃっと行ってくるからよ。期待しててくれよな」

「うん、気をつけてね」

こうしてダニー、ヴェロニカ、グリフィスの三人同時攻撃が開始されたのであった。

まず、最初に襲い掛かったのはグリフィスだ。兵数が減ったのがバレないようにいつも以上に苛烈に攻め立てる。

「今日で落とすぞ！　攻め立てろっ！」

先陣を切って城壁に取り付く。それに触発された兵士たちがグリフィスの後を追う。コッツ軍も大慌てである。なにせ昨日まで凡戦を重ねていたのだから。

ただ、彼らも対応はできている。なぜならトリスタンに口酸っぱく言われてきたからだ。いつか総攻撃を仕掛けてくるぞ、と。

「梯子は外せ！　上から熱湯を掛けてやれ!!」

トリスタンがグリフィスが攻め立てている東門へとやって来て兵士たちに指示を飛ばす。そのトリスタンの元へ一人の兵士が叫びながら走り寄ってきた。

「注進！　北門も激しく攻め立てられているご様子！」

「あいわかった！　お前たちはここを死守してくれ！　城門だけは絶対に破られるんじゃないぞ！」

トリスタンは慌てて城壁の上を走って北門へと抜けていく。そこもヴェロニカによって激しく攻め立てられていた。城門は破城槌によって悲鳴を上げている。

「まだ抜かれていないな。お前たちは下へ行って城壁を補強してくれ。何を使っても良い。ありったけのものを使って何としてでも壊させるな」

トリスタンは掛けられた梯子を蹴落としながら、登ってきた兵士たちを自慢の槍で串刺しにしていく。まだ大丈夫のようだが、破られるのも時間の問題だ。

トリスタンももうダメだ。万事休すと思ったその時、北側からこちらに向かってくる一団がトリスタンの視界に映った。どうやら、ここからもう一波乱あるようであった。

「援軍が来たぞぉー！　兵を走らせろ！　援軍が来たとな!!」

トリスタンが大いに盛り上がる。それに釣られるように周囲の兵士たちの士気も鰻登りに上がっていった。本当に援軍か確認していないのだが、それはどうでも良かった。

もし、援軍ではなかった場合、どちらにしても陥落は免れないだろう。

それであれば早い段階から援軍が到着したことを周囲に喧伝したほうが良いとトリスタンは本能的に判断したのだ。

これに困ったのがヴェロニカだ。北門を任されている彼女がコッツ軍の援軍と一番早く接敵することになるだろう。

まずは本当にコッツ軍の援軍なのか、もしそうだった場合、誰が援軍として派遣されてきたのかを見極める必要がある。

「総員、城壁から離れて態勢を立て直すわよ！　それと同時にグリフィスと本陣にも伝令を！」

最初に接敵したのがヴェロニカだったのはバートレット軍にしてみれば僥倖であった。彼女は無理攻めで軍を壊滅寸前まで追いやってしまった苦い経験があった。

それがあったが故に無理をせず、軍を大きく後退させていた。現在は北門から離れ、グリフィスのいる東門の近く、領都の北東にあたる場所に陣を敷き直していた。

これは英断であっただろう。あのまま攻め続けていた場合、挟撃されてしまう恐れがあった。そうなっていれば瞬きをするよりも早くヴェロニカ隊は壊滅していたに違いない。

「報告！　こちらに向かってる軍団は傭兵団の模様。あれは黒鷺団です！　その数は総勢一五〇名。中にはコッツ男爵の紋章旗も見受けられます！」

「はぁ、最悪ね。だから傭兵って嫌いなのよ。すぐにラムゼイさまに伝えて。それからグリフィスにも。できれば援軍を派遣するよう要請して」

「はっ！　援軍の要請は領主様とグリフィス将軍のどちらにも行って参ります！」

そう告げて兵士が全速力で駆け抜けていく。それからヴェロニカは援軍としてやって来ていた黒鷺団にちょっかいをかけるため、隊を整え始めた。このまま合流させるのは癪に障るのだろう。

「もし、あの援軍が城内に合流するつもりなら横撃するわよ。槍隊を前に、弓隊を後ろに」

「はぁ。気乗りしねぇがこれも仕事だ。全軍停止して態勢を整えんぞ」

傭兵団の団長であるホークはヴェロニカの動きを察知して全軍を停止させる。前金はもらっているのでその分の働きはするようだ。

と言っても捨て駒にされるのは良しとしない。このまま進むと横腹を食われてしまう。態勢を立て直してヴェロニカと対峙した。

このまま素直にぶつかった場合、ホークの勝率は高いだろう。一五〇対一〇〇と素直に数的優位を築けていることが大きい。

「分が悪いわね。急いで落としてよ、ダニー」

そのダニーはというと、皆から遅れたタイミングで攻撃を仕掛けていた。それは人数が多くなってしまったため、統率するのが難しくなったのと、グリフィスとヴェロニカに先に仕掛けてもらい注意を逸らしてもらうためであった。

「ジョシュアたちは右翼に展開して。ディランたちは左翼に。ジョシュア隊は無理に攻城を仕掛けなくて良いぞ。それよりも弓で敵兵を牽制してくれ。逆にディラン隊は積極的に梯子をかけてくれ。そこから突破するぞ。グレンは後詰めを頼む。兵が足りてない所に送り込んでくれ。なんなら右翼から攻め上がれそうならどんどん攻めてくれ。オレは真ん中から突破を試みる。主攻はディランだ。頼むぞ！」

早口に説明をして合図を出す。その合図に合わせて唸り声を上げながら城壁に向かって兵士たちが突進していった。

これに驚いているのは南門を守っているコッツ軍の兵士たちだ。明らかに数が多いのだ。

彼らは一〇〇名ほどしかいない。それに対し、バートレット軍は五〇〇名ほどいるのだ。

左翼であるディランは南側というよりも南西の城壁に取り付いていると言ったほうが正しいかもしれない。

「おい！　このままでは破られるぞ！　トリスタン将軍にお伝えして援軍を送ってもらうよう伝えるんだ！」

「はっ！」

城壁の上はてんやわんやである。ただ、そんなことはダニーにとっては知ったことではない。ただ攻め落とすだけである。

「破城槌を持て！　城門にぶつけていくぞ！　少しでも城門に兵を集めるんだ！」

「もっとよく狙って！　ボクたちを狙っている兵は少ないから的確に敵の嫌がる所に矢を射っていくよ」

「グレン隊は右翼の端から城壁に梯子をかけるぞ。兵をディラン隊から遠くに離すのだ。あわよくば乗り込むぞ！」

ダニーがコッツ軍の兵の注目を集め、ジョシュアがコッツ軍の兵を着実に減らしていく。そしてグレンがコッツ軍を撹乱していった。

ここまでお膳立てされればディラン隊であれば城壁に取り付くのは容易いことである。先陣を切って登っていくディラン。

「オレの元に集まれ！　ここに拠点を築くぞ！　他の者はここから上に上がってこい！」

どんどん城壁の上に登っていくバートレット軍。それを確認したダニーはジョシュア隊とグレン隊を伴って自身も城壁の上へと登り始めた。

「まずは南門を制圧して開門させるぞ！　そしたらオレたちの勝ちは動かないっ！」

ダニーはディランとジョシュアにそのまま東門のほうへと進軍するように命じ、グレンと共に南門を開門させるべく下に降りる。

既に粗方の兵は撤退していたので簡単に開門することができた。これで勝ちは揺るがないとダニーは思っていた。その考えを壊す伝令がダニーの元へと近づいていた。

「伝令です！　黒鷺団がコッツ男爵の援軍として現れました。急ぎハンメル＝コッツを捕らえ、この戦いを終わらせてください!!」

にわかに騒がしくなってくる周囲。ダニーが早く終わらせなければバートレット軍の被害はじわじわと大きくなっていく。城壁の上に戻ったダニーはジョシュアとディランに領都内に攻め込んでハンメルを捕らえるべく、あちこちを捜査するのであった。

「よぉーし。じゃあ、いっちょ突撃してみますか！」

このホークの一声で傭兵団がヴェロニカ隊目掛けて突進してくる。対するヴェロニカは弓で応戦していた。

「弓隊、どんどん狙っていけ！　槍隊はそのまま槍を突き出して突進して来た奴を片っ端から刺していきなさい！」

流石の傭兵団も弓のせいか突撃の威力が徐々に弱まってくる。が、じりじりと前へと進んできていた。その辺りは百戦錬磨の傭兵団。心得ているとしか言いようがない。

「くっ！　密集隊形をとって！　耐えれば援軍が来てくれるはずよ！」

ヴェロニカ隊が一箇所に集まる。それを見たホークは城内の兵に合図を出していた。すると北門から兵が二〇名ばかし出てくる。コッツ軍はここが好機と見たのだろう。

二倍近い兵で攻められたら流石に無傷とはいかないだろう。ヴェロニカは兵を密集させたままジリジリと後退していく。少しでもグリフィスたちに近づくようにだ。

「いい？　まずは自分の命だけ守りなさい！　他のことは気にしなくて良いから生き延びることだけを考えるのよ！」

「「「はっ！」」」

ヴェロニカ隊が威勢の良い返事をする。それを見てヴェロニカはまだ士気が落ちていないことを確信した。これであればまだもう少し戦うことができる。

前線が黒鷺団と交戦する。やはり少しヴェロニカ隊のほうが押されている。何か流れが変わるきっかけがあれば。そうヴェロニカが考えていたところ、後方から蹄の音が響いてきた。

「総員、ヴェロニカ隊を助け出すよ！　真横から突っ込むからね！」

最初に到着したのはラムゼイ率いる騎兵隊五〇名であった。

援軍が来てヴェロニカたちが襲われていると聞くや否や、領主自ら騎兵隊を率いてすぐに援軍として駆けつけてきたのだ。

騎兵がコッツと傭兵の混成軍の横腹に刺さり、そのまま半分に引き裂いていく。傭兵団はそこまで動揺していないのだが、コッツ軍が激しく動揺していた。

また、数の上でもバートレット軍が一五〇に対してコッツ軍が一七〇と互角の勝負ができるところまで来ている。何よりラムゼイが騎兵であることが大きい。

「ボクたちは無理して倒さなくて良いからね！　ヴェロニカ隊を援護するのが目的だ。どんどん馬を走らせていくよ！」

ラムゼイは敵陣を縦横無尽に駆け巡りコッツ軍を引き裂いていく。また、ラムゼイがどのルートで馬を走らせるかわからないため、黒鷺団もヴェロニカ隊だけに集中することができなくなっていた。

「これは……不味いなぁ」

ホークも徐々に劣勢に追い込まれていることを感じていた。

投げ出して逃げ出したいところではあるのだが、それをしてしまうと傭兵としての信頼も同時に失ってしまう。それは食いっぱぐれることを意味していた。

「が、まあ仕方ねぇよな。撤収だ！　撤収！」

明日の食料より今の命。そう判断したホークは信頼を投げ捨て命を拾うため団員に撤収を命じ始めた。その決め手となったのは、何よりもホーク自身がこの戦に乗り気ではなかったからだ。

彼らがこの戦に参戦したのはペトルに願い請われたからではない。なので、さっさと撤退したい。

しかし、それをみすみす許すバートレット軍ではない。

ラムゼイが逃げ出そうとしている黒鷺団を後ろから追撃し北上できないよう牽制を始める。人間の足の速さと馬の速度、逃げ切れるわけがないだろう。

ホークは止まって周囲を見渡す。どうやらバートレット軍のもう一つの隊、グリフィス隊もこちらに合流してきたようだ。さらに戦力差が開いてしまったのだ。

走って逃げることもできない。かと言って勝ち目も薄い。となると、ホークが取る行動は一つ。隣にいる兵士から槍を奪い取ると先端に白い布をつけて大きく振り始めた。降伏するという合図だ。

「だ、団長。降伏を受け入れてもらえますかね？」

「大丈夫だ。ラムゼイならば受け入れる。そういう男だ」

もし、ここで降伏を受け入れずに断った場合、黒鷺団は窮鼠猫を噛む思いで暴れるだろう。そうなればバートレット軍もただでは済まない。

それであれば大人しく降伏を受け入れたほうが得という者である。そしてラムゼイはその損得勘定ができる男であることをホークは知っていた。

「久しぶりだね、ホーク。まさか戦場で相見えることになるとは思いもよらなかったよ」

「オレもだよラムゼイ。まさかこんなことになるとはなぁ」

馬上からホークに話しかけるラムゼイ。黒鷺団はバートレット軍に完全に包囲されており、ネズミ一匹も抜け出すことはできない。

「さて。武器も防具も全て手放してね。手荒な真似はしたくないんだ。大人しくしていてよ」

「あいあい」

グリフィスとヴェロニカが黒鷺団の団員を端から端まで拘束する。野戦は序盤こそ苦戦したものの、総合的な兵数で勝り、そして騎馬を有しているバートレット軍の勝利で終わったのであった。

◇

問題は城内である。城内に侵入したのはダニー率いるバートレット兵五〇〇名だ。コッツ兵は四〇〇名が残っているかどうかなので、数の上では十分に戦えそうである。

ただ、地の利が厄介なのだ。ダニーには土地勘がない。コッツ兵は死角を把握しているため、ダニーたちを急襲してくるのだ。それで徐々に兵が疲弊していく。

「ちっ。はやくハンメルを捕らえねぇと」

外の戦の経過がわからないダニーは被害を小さくするべくハンメルを急いで捜す。

しかし、そうはさせまいと立ち塞がるトリスタン率いるコッツ軍。そしてダニーとトリスタンが睨み合って舌戦を繰り広げる。

「勝手に人の領内を荒らしおって！」

「何言ってやがる！　先にオレらのチェダー村を荒らしたのはお前たちじゃねぇか！」

「チェダー村の奴らがオレたちに嫌がらせしてたんだよ！」

「だったら襲わずにラムゼイに正式に抗議すれば良いだろ!!」

この舌戦では埒が明かないと判断したトリスタンは話はここまでと勝手に打ち切りダニー目掛けて猛然と駆け出した。これに対抗したのはダニーではなくディランであった。

「ダニー隊長！　ここはオレが！　隊長は早くハンメルを!!」

「すまん、ここは任せるぞ！」

ダニーも訓練しているが武力一辺倒の指揮官ではない。どちらかというと搦手を用いるほうだ。トリスタンとの一騎打ちは流石に分が悪いと判断したのか、ディランが変わってくれたのだ。

彼もその槍の才能を見出されて副官に指名された人物だ。そしてグリフィスの厳しい訓練に付き合わされている一人でもある。

「悪いけど、大将首を取らせてもらうぜ！」

トリスタン目掛けて槍を振り下ろす。トリスタンはそれを最小限の動きで避けるとディランの首を目掛けて槍を突いていった。それをダッキングで躱すディラン。まさしく一進一退の攻防だ。

トリスタンの強さとしてはグリフィスよりも少し劣っているくらいだとディランは判断していた。

勝つのは難しいが負けはしない、そんな相手であると。

一方、トリスタンのほうは違っていた。気が気でないのだ。ダニーのことが。

この若造を早く始末してダニーを追わないと主君であるハンメルの身がどうなるか想像に難くないだろう。

その焦りが彼の槍捌きを鈍らせる。そしてトリスタン自身もそれを自覚していた。ディランから距離をとって一呼吸入れたい。そして落ち着きたいというのがトリスタンの考えである。

しかし、ディランがそれを許さない。トリスタンに引っ付いて勢いに任せて槍を繰り出す。それを難なく避けるトリスタン。どうしても距離を取りたいのだ。

そしてその時がやってきた。ディランの息が上がったのだ。一騎討ちにおいて一番体力を消耗するのは何か。それは空振りをした時である。そしてディランは散々空振りをさせられてきたのだ。

ここぞとばかりに距離を取るトリスタン。今回はディランは追ってこず呼吸を整えている。トリスタンも一度だけ大きく深呼吸をして心身ともに整理し始めた。

目の前の若造を軽くいなして隊長格の男を追いかける。見つかった気配はない。まだ間に合うはずだ。

踏み込むトリスタン。姿勢は低く、そして素早い踏込みであった。そこから繰り出される渾身の突き。見事、ディランの革鎧を貫通し、右肩に突き刺さっていた。鈍い痛みがディランに走る。

「がはっ」

ディランは傷口を押さえながら大きく距離を取る。槍を掴む握力も段々となくなってきていた。トリスタンはディランに追い討ちをかけ、首を獲りたいところではあったが、それよりも時間が惜しい。見下すような視線をディランに向けてトリスタンは背を向けた。その後ろ姿に声を掛けるディラン。その表情は屈辱に塗れているようだ。悔しさのあまり、唇を強く噛み過ぎて血が出ている。

「待て！　まだ勝負はついていないぞ。どこへ行く気だっ！」

この問いに答えないトリスタン。いや、答える価値がなかったと言うほうが正しいか。無視してその場を立ち去り、ハンメルの元へと向かう。

ハンメルは捕まってはいなかった。が、今にも捕まりそうな状況である。彼が籠もっている屋敷の扉は破壊され、中に兵が雪崩れ込んでいる状況であった。

「まだだ。まだ慌てるなよトリスタン」

自分に強く言い聞かせる。ハンメルの屋敷には非常時のために脱出口が設けられているのだ。ハンメルならばそこから逃げ出しているはずだと考え、先にそちらへと向かう。もちろん、場所は知っている。忘れるわけがない。

しかし、トリスタンがそこで見た光景は戦の終わりを示すものであった。ハンメルが捕らえられ、縛られていたのだ。もちろん、それを行なったのはダニーである。

彼は予期していたのだ。ハンメルが逃げ出そうとすることを。それがわかっていれば難しいことはない。

先に逃げ出し口を探し当て、正面から襲い掛かればそこからハンメルが飛び出してくるという算段だ。

ハンメルの屋敷の場所も判明していたし、そう遠くまで脱出口を伸ばせるわけがない。それで凡その出口の位置が推測できる。

あとはその辺りを虱潰しに探していくだけだ。三〇〇人も動員すればすぐに見つけることができた。あとはダニーが一〇〇名で出口付近で待ち伏せしつつ、ジョシュアが正面から二〇〇名で突撃するだけである。

こうなってしまえばトリスタンも打つ手はない。かと言って降伏するのも癪に障る。ということで隠れて機会を窺うことにした。

もちろん、機会とはハンメルを奪い返す機会である。そして、トリスタン自身がこの場から逃げ出す機会でもある。逃げ出すだけなら簡単だ。ダニーは隙だらけだから。

何故隙だらけなのか。というのも、一刻も早くハンメルを捕まえたことを喧伝しなければならないと考えていたからだ。そうしなければヴェロニカ隊が敵の援軍に飲み込まれてしまうと。

ダニーは急ぎ、兵たちにハンメルを捕まえたことを叫び走らせ、自身もラムゼイたちの元にハンメルを連れて向かっていったのであった。

◇

「ラムゼイ！」

そこにやって来たのはダニーである。彼の後ろにはハンメルが縄で縛られて項垂れていた。相当急いできたのだろう。ダニーは肩で息をしている。

「なんか、援軍が現れて、襲われてるって、聞いて」

「あー、うん。そうなんだけど、なんとかなったんだよね」

頭を掻きながらダニーに伝えるラムゼイ。なんだか少し気まずそうだ。ダニーはと言うと本陣が無事ということで安堵したのだろう。その場にへたり込んでしまった。ラムゼイはなんだか申し訳ない気持ちになる。

これもホークが手心を加えてくれたからに違いない。彼はこの戦いに乗り気ではなかったのだ。

「ハンメルは捕まえることができたみたいだね。じゃあ、ボクたちの勝ちということで。グリフィス！」

「おう！　野郎ども！　オレたちの勝ちだ！　やったぞぉーーっ!!」

「いぇやぁーっ!!」

大声で勝鬨をあげるグリフィス。それに周囲の兵が呼応する。この声がどんどん伝播していって攻城戦に参加していた兵のほとんどがその結果を知ることとなった。

そしてその裏で暗躍する影が二つ。そう、ペトルとトリスタンである。

彼らは浮かれているバートレット軍を尻目にこっそりと戦線を離脱したのであった。向かった先はもちろん、王都であったのだ。

◇

ところ変わってハンメルの屋敷。そこにラムゼイたちと捕らえられたハンメル、そしてホークが縛られてそこに座していた。

「さて、ハンメルよ。もうこの際、問答などは無用だろう。其方も領主だ。覚悟は出来ているだろう」

ラムゼイは父から譲り受けた片刃の剣を鞘から引き抜く。戦の終わりを自分自身でつけるようだ。ハンメルの顔からだんだんと血の気が抜けていく。

「ま、待て。儂が悪かった。謝る！　許してくれ！　そ、それに儂だけが悪いのではないっ！　そ、唆されたのだ！　人務卿ノーマン侯爵にっ！　頼む!!」

なりふり構わない命乞いに興を削がれてしまったラムゼイ。

しかし、それでも彼を殺すのは止められない。これは戦を仕掛けた領主の務めである。

「主」

それを見抜いたのか、グレンが促すようにラムゼイに話しかけた。それでラムゼイも覚悟を決める。こう、改まって人を殺すのは初めてだ。ふうと一呼吸する。

そして震えるハンメルのもとへと歩み寄って一振り。その首と胴を切り離すよう剣を横に薙いだ。残念ながらラムゼイの腕前では二つに分割することはできず、首の半分くらいまで剣がめり込む形となった。

血飛沫が舞う。そこでラムゼイは思った。床が汚れるので外で行うべきだったと。

残るのはホークである。この処分にはラムゼイも頭を悩ませるのであった。彼には恩もある。仇で返すような真似はしたくない。

思案に耽っているとホークのほうからラムゼイに声をかけてきた。

その内容というのが、ラムゼイだけではなく、その場にいた誰もを腹の底から震え上がらせる内容であった。

「ラムゼイ、先にお前に言っておこう。オレたちがハンメルの援軍としてここにやってきたのは、ダリルの命令だ」

「は？　え？　ダリルって……ヘンドリック辺境伯？」

ラムゼイは意味がわからなかった。彼らとは上手くやっているつもりであった。何も不興を買うような真似はしていない。派閥の拡大に貢献しているつもりであった。

「そうだ、そのダリルで合ってる」

これにはダニーもヴェロニカも困惑を隠せないようであった。

ヴェロニカなんかは平静を装っていても目が泳いでいるのが丸わかりだ。それを知ってか知らずかホークは話し続ける。

「お前さんが邪魔になったんだろうさ。目の上のタンコブってやつでな。考えてもみろ。お前がハンメルの領地まで組み込んでしまったら、それなりの面積を有することになるんだぞ」

確かにラムゼイはこれで広大な面積を持つ男爵となった。この爵位ではあり得ない広さだろう。ただ、山や湖も多く、ヘンドリックやヴィスコンティのような辺境伯には遠く及ばない。

「それに酒やら茶やらで稼いでいるときている。土地もそこそこ、金はある。自尊心の強いダリルとしては面白くないだろうな。それでハンメルを支援してラムゼイの足を引っ張ってやろうって考えだろ」

ヘンドリックはわかっていてペトルの依頼に乗ったのだ。もし、彼らがラムゼイを誅してしまったのであれば、それを大義名分として攻め込むつもりだったのだ。ホークたちを敵に回してでも。しかし、それを彼らは知らない。

馬鹿げた考えと言わんばかりに言い放つホーク。おそらくダリルはラムゼイが腹の底から臣従しているようには見えなかったのだろう。事実、ラムゼイは臣従していなかった。

これはラムゼイの演技が下手であったと言われればそれまでだが、頭を悩ませるには十分な報告であった。

幸いなのがヘンドリック辺境伯とラムゼイの領土が大きく離れているという点である。

「んで、ラムゼイ。オレをどうする？　これを話しちまった以上、オレはダリルのいるヘンドスには戻れないわけだが」

「はいはい、わかったよ。ホークには敵わないな」

ラムゼイはホークを陣営に引き込むことを決断する。情報の裏を取らないといけないとは言え、ここまで赤裸々に話してくれたのだから、相応の覚悟を持っているのだろう。

「ただし、傭兵団としてではなく家臣として迎え入れるわけだから、それなりと節度を持ってね。そして部下にも持たせて」

「飯と寝床が出てくるんならこっちとしては十分さ。よろしく頼むぜ、親分」

また癖の強い者を雇ってしまった。ヘンドリック辺境伯のことといい、内乱のことといい、ラムゼイが考えなければならないことは山積みである。

せっかくハンメルの領土を併合したというのに、彼の表情は浮かないままであった。

◇

「さて、どこを攻めるべきかな」

ダリルはいつも通り、機密性の高い部屋に籠るとアンソニーの他にギルバート、オリヴィエを呼び出して開口一番そう伝える。

ダリルの領土、ギルバードの領土、オリヴィエの領土を全て足すと王国の一割ほどの領土を占めることになるのではないだろうか。

「攻めるのであれば親帝国派の領土だよな。先にこちらから仕掛けておきたいよな」

そう告げるのはギルバード。どうせ内乱に突入するのだから先んじて攻撃してしまおうというのがギルバードの主張だ。ただ、近くに手頃な親帝国派の領土がない。

「ガーデル領に攻め込むのは避けたいよね」

「そうですな。こちらの戦力はまだまだ温存しておきたいところ。できることであれば大公に攻めていただきたいものです」

オリヴィエとアンソニーがそう話している。

ダリルとしてもまだ攻め込む真似はしたくない。穏便な話し合いで領土を切り取っていきたいと考えているのだ。

となると、やることは一つ。周囲の領主に我々の傘下に加わるよう、圧をかけるのだ。武力という圧を。周囲の領主の喉元に。

「手始めに旧バートレット領でも併呑してみようか」

冗談まじりにそう告げるダリル。しかし、あながち悪い考えでもないだろう。オリヴィエとアンソニーも真剣に検討する。

旧バートレット領に赴任したジャック＝オゴム男爵はまだ領内を把握できていないはずである。

それであれば兵を並べて傘下に入ってと優しくお願いすれば快く応じてくれるはずだろう。

それを繰り返し、周囲の小さな領主たちを併呑していくのが先決だ。多少の金銭の出費も覚悟の上である。

「なんとかイグニス大公にガーデル領へと進攻いただけないだろうか」

「……噂を流してみましょう」

ギルバードの問いにそう答えるアンソニー。彼の考えはガーデル領内に「イグニス大公が攻め込んでくる」という噂を流すということらしい。

それであれば確かにガーデルの目はイグニスへと向くであろう。しかし、それではイグニスが出兵する理由にはならない。そこをどうするのか。

「それからイグニス大公のほうに同じ噂を流しましょう。それで何かきっかけがあれば」

そこまで発言して悪い笑顔を浮かべるアンソニー。流石は辺境伯家の家令を務める男である。問題は、同じことをされた場合である。

イグニスとてダリルにガーデルと戦って欲しいと考えているだろう。

そう下知された場合、どうすれば断ることができるのか。確実に厄介なガーデルの押し付け合いは発生するだろう。

ダリルたちの悩みは尽きない。ただ、時間は過ぎていく。早く、何かアクションを起こさないとなす術もなく帝国に併呑されてしまうだろう。

そのためには自分たちを強く、他を弱くする必要がある。他の領主たちには足を引っ張りあっていて欲しいのだ。そのためであれば例え傘下にいたラムゼイであっても容赦はない。

ダリルは自分の地位をもっと上げたい。あわよくば国王になりたいとさえ思っている向上心の強い男である。彼の目はまだまだギラついていたのであった。

《了》

バートレット英雄譚

特別収録　ラムゼイとコタ

ラムゼイはショーム湖に足を延ばしていた。もちろん、一人ではなく妻のサンドラ、愛猫のコタなんかも連れてきている。

今回の目的はリフレッシュだ。多忙な毎日を送っていたラムゼイは少しでも家族の時間を作ろうとショーム湖にやって来たのだ。

「さて、旦那様。何をするのかしら」

「ちょっと待ってね」

ラムゼイは近くの木陰にサンドラとコタが休息できるよう、ラグを敷き軽食と飲み物の用意をする。

これで準備万端だ。

当のラムゼイは何をするのかというと、釣りである。妻を放っぽり出して釣りに興じ始めたのだ。

少し呆れながらもサンドラはラムゼイを温かく見守っていた。

非常に凪の気持ちが良い一日である。太陽の光も柔らかく降り注ぎ、リフレッシュにはもってこいの一日だろう。

ラムゼイはと言うと、浮きが沈むことを祈って水面をじっと見つめていた。

やはり釣りは良い。考え事をするのに向いている。そんなときであった。竿に反応があったのは。

クンッと竿が引っ張られる。これは大物の予感だ。タイミングを合わせて竿を引っ張る。

「よしっ！　釣れた！」

三十センチはあるであろう大物が釣れた。鮎だろうか。塩焼きにしたら美味しそうな魚である。

ラムゼイはそれを水を張った桶の中に放つ。

おめでとうとラムゼイを祝いにコタがやってきた。

「にゃぁん」

ラムゼイの足に頬擦りをするコタ。ラムゼイはコタの頭を優しく撫でた。

「ありがとう、コタ。もっと釣るから待っててね」

ラムゼイが再び釣りを開始する。それを見てコタはサンドラのもとへと帰っていってしまった。

竿に反応が来たのは、それから数十分経ってからであった。竿が引っ張られる。

「おおっ！」

ラムゼイの手ごたえは十分。これも大きな魚のようだ。逃がさないよう、慎重に竿を引っ張った。

「よーしっ！」

これも三十センチは超えていそうな大きな鮎だ。それを再び桶に入れる。そしてラムゼイは気が付いた。先ほど釣った魚がいないことに。

「あれ？」

そして周囲をよく見ると、何かを引きずった跡が残っているのだ。怪訝に思うラムゼイ。

すると再びコタが鳴きながらやってきた。

「にゃぁーん」

そうしてラムゼイの足に頬擦りをしてから、桶にちょんちょん、と手を突っ込み始めた。どうやら魚を狙っているようだ。

そして「いける！」と判断したのだろうか。魚に狙いを定めて噛み付くと、桶から出して尻尾を咥えて引きずり始めたではないか。

　コタの跡を辿るラムゼイ。行先はもちろんサンドラのもとであった。そこにラムゼイが先ほど釣った魚も鎮座されている。

　コタは魚を抱きかかえると、何度も後ろ足で蹴りを入れる。どうやら魚で遊んでいるようだ。

「なんでこんなことを……」

　ラムゼイがそう呟くとサンドラが答えを出してくれた。

「暇なんじゃないの？　誰かさんが遊んでくれないから」

　この言葉がラムゼイに突き刺さる。その言葉にサンドラの意思も乗っかっていると感じたからだ。そう感じたということは、ラムゼイも心のどこかでサンドラを暇にさせていると自覚しているということである。

「その、ごめんなさい。どうすれば良いか、わからなくて」

「どうもしなくて良いのよ。さ、ここにお座りなさいな」

　サンドラに促されるまま、ラムゼイは横に座る。

　するとコタもてこてこと歩み寄ってきて、ラムゼイの膝の上に乗ると、こてんと倒れ込んでしまった。どうやら此処で一休みするようだ。

　ラムゼイは何か話をしないと、と考えて頭をフル回転させる。サンドラはそれを見越していたかのようにこう言った。

「何も、無理に話さなくて良いのよ。そういう関係じゃないでしょ。話したいことがあれば遠慮なく話す。話すことがないなら話さない。それで良いのよ」

その一言でラムゼイの心が軽くなる。そうか。そんなに気を使わなくて良いのか、と。

「うん、ありがとう」

それから二人は気にもたれかかりながら心地良い風を浴びる。

そして肩に重みを感じるラムゼイ。すうすうと可愛い寝息も聞こえてきた。どうやらサンドラが眠ってしまったようだ。

それに誘われるかのようにラムゼイも眠ってしまう。

彼が気が付いたのは、日が傾いてきてからであった。急いでサンドラを起こす。

「サンドラ、起きて。もう帰るよ。急いで帰らないとみんなが心配しちゃう」

「んぅ……」

サンドラを起こして撤収の準備を始める。すると、ヴェロニカとドロシアがこちらに向かってきたのが見て取れた。ヴェロニカがラムゼイに話しかける。

「御戻りが遅いのでお迎えに上がりました」

「ごめんごめん。天気が良かったから二人して寝ちゃった」

それを聞いて笑い声をあげたのはドロシアであった。

「あらあら、そうなんですか。お嬢様も旦那様にお誘いいただいたので、昨夜から張り切っておられましたからね。寝不足なのでしょう」

「ちょっと、ドロシア！　余計なことは言わないで！」

「はいはい、申し訳ございません。ですが、あまり心配をかけないでくださいよ」

こころなしか、ラムゼイにはサンドラの頬が紅潮しているように見えた。どうやらサンドラもラムゼイのことを意識しているのだろう。

それを知れただけでも、ラムゼイは彼女を遊びに誘った甲斐があった。そう思うのであった。

「じゃあ、帰ろうか」

ラムゼイはコタを抱きかかえる。そして、みんなで家路に着くのであった。

《特別収録／ラムゼイとコタ・了》

あとがき

この度はバートレット英雄譚の三巻目をお買い求めいただき、誠にありがとうございます。気が付けば、はや三巻目です。感無量です。

三巻目でようやく物語が動いてきたかな、と思っております。ここから怒涛の展開が待っておりますので、楽しみにお待ちいただけましたら幸いです。

グレンにダール、そしてドープと一癖も二癖もあるキャラクターを登場させることが出来てとても嬉しいです。お気に入りのキャラクターを見つけてもらえたら幸いです。

誰が敵で誰が味方なのか。そして、ラムゼイは何を思うのか。真っ直ぐな彼の気持ちを代弁できるよう、私も精進してまいります。

また、コミックの第一巻も発売となります。こちらは三國大和先生がラムゼイたちを生き生きと描いてくれております。私も更新を楽しみにしています。

戦記物に分類されるので漫画は難しいかな、面倒かなと思っておりましたが、三國先生が二つ返事で引き受けてくださり、とても嬉しく思います。これからもよろしくお願いいたします。

そして、毎度のことながら桧野ひなこ先生にもご迷惑をかけっぱなしでございます。毎巻、登場人物が多くて申し訳ございません。とても素敵なイラストをありがとうございます。

担当編集のH氏にも今回も迷惑をお掛けしました。遅筆でさぞ困らせたことでしょう。辛抱強く、私に付き合ってくださり、ありがとうございます。

妻も愛猫たちも私を陰から支えてくれました。私のお尻を叩いてくれて、感謝の念しかありません。もっと叩いて。

そして本書を購入し、応援してくださっている読者の皆様。皆様のお陰で三巻目を出せました。本当にありがとうございます。四巻目も出したいので、引き続きのご愛顧、ご贔屓、そして応援をお願いいたします。

それでは皆さま、四巻目でお会いしましょう。会いたいです。会えると良いな。

上谷岩清

バートレット英雄譚 3
～スローライフしたいのにできない弱小貴族奮闘記～

発　行
2021年8月18日　初版第一刷発行

著　者
上谷岩清

発行人
長谷川　洋

発行・発売
株式会社一二三書房
〒101-0003　東京都千代田区一ツ橋2-4-3 光文恒産ビル
03-3265-1881

デザイン
okubo

印　刷
中央精版印刷株式会社

作品の感想、ファンレターをお待ちしております。

〒101-0003　東京都千代田区一ツ橋2-4-3 光文恒産ビル
株式会社一二三書房
上谷岩清 先生／桧野ひなこ 先生

Printed in japan, ISBN 978-4-89199-720-5 C0093

※本書は小説投稿サイト「小説家になろう」（http://syosetu.com/）に
掲載された作品を加筆修正し書籍化したものです。